Franz Kafka (1883—1924)

变形的人 卡夫卡 精选集

KA
F
KA
100

Die Verwandlung

变形记

卡夫卡 短篇小说选

[奥地利]

Franz Kafka

弗朗茨·卡夫卡 — 著

赵登荣 — 译

译林出版社

图书在版编目（CIP）数据

变形记：卡夫卡短篇小说选 ／（奥）弗朗茨·卡夫
卡著；赵登荣译 . —南京：译林出版社，2024.5（2024.9重印）
（变形的人：卡夫卡精选集）
ISBN 978-7-5753-0057-5

Ⅰ.①变… Ⅱ.①弗…②赵… Ⅲ.①短篇小说 – 小
说集 – 奥地利 – 现代 Ⅳ.①I521.45

中国国家版本馆 CIP 数据核字（2024）第 044053 号

变形记 　[奥地利] 弗朗茨·卡夫卡／著　 赵登荣／译

责任编辑　　韩继坤
装帧设计　　廖　韡
校　　对　　梅　娟　施雨嘉
责任印制　　颜　亮

出版发行　译林出版社
地　　址　南京市湖南路 1 号 A 楼
邮　　箱　yilin@yilin.com
网　　址　www.yilin.com
市场热线　025-86633278
排　　版　南京展望文化发展有限公司
印　　刷　南京新世纪联盟印务有限公司
开　　本　787 毫米 ×1092 毫米 1/32
印　　张　10.5
插　　页　4
版　　次　2024 年 5 月第 1 版
印　　次　2024 年 9 月第 2 次印刷
书　　号　ISBN 978-7-5753-0057-5
定　　价　49.00 元

卡夫卡画作

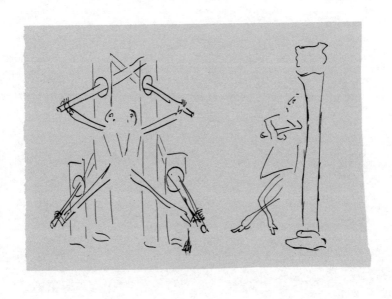

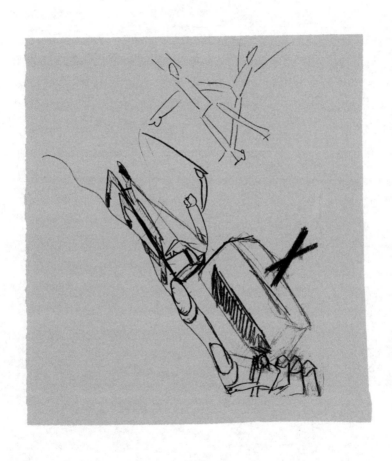

序言

于无声处听惊雷：现代心灵的震悟瞬间

李双志

1924 年 6 月 3 日中午，在距离奥地利首都维也纳 12 公里的一所寂寂无名的私人疗养院，尚未满四十一岁的弗朗茨·卡夫卡因肺结核去世。三天之后，在卡夫卡出生的城市布拉格，一份捷克语日报《民族报》刊登了一篇悼念他的文章，作者是女记者米莱娜·耶森斯卡（Milena Jesenská），卡夫卡最亲密的友人之一。耶森斯卡如此描述道："一位在布拉格生活过的德语作家，在此处少有人知，因为他是一位独来独往的孤行者，一个对这世界心怀恐惧的人。……他写出了新近德语文学中最重要的书；今天整个世界一代人的斗争都在他的书中，尽管其中没有任何宣扬政治倾向的词汇。"

一百年后，卡夫卡之名在全世界已是人尽皆知。任何一部介绍现代主义文学的教科书，若是错过他的名字，都是不合格的。任何一个列举对世界最有影响力的文学名家的榜单，少了他的名字，都不会让人信服。卡夫卡能走入这一文学经典的万神殿，很大程度上源自文学史上最著名的一次"背版"。卡夫卡在自己病情加重之际，两次给自己的一生挚友马克斯·布罗德写了遗嘱，请他烧掉自己所有未发表的手稿和画作。在他死后，布罗德非但没有烧掉他的手稿，还在接下来的三年中先后整理、加工、出版了他的三部长篇小说《审判》《城堡》和《美国》，又从他的遗作中整理出了两部短篇小说集《中国长城建造时》和《在法的门前》，分别于1931年和1934年在柏林出版。1937年，布罗德还为这位好友写了第一部传记。在他不遗余力的推动下，卡夫卡的作品越来越得到关注，跨出了国界乃至欧洲大陆。从1930年至1938年，苏格兰作家埃德温·缪尔与妻子薇拉（Edwin Muir，Willa Muir）将这三部长篇小说与其他短篇作品译为英语出版。英语译本在美国引发了第一波卡夫卡热潮，诗人奥登在1941年写下了被后世多次引用的评价："就作家与其所处时代的关系而论，当代能与但丁、莎士比亚和歌德相提并论的第一人是卡夫卡。……卡夫卡对我们至关重要，因为他的困境就是现代人的困境。"直至今日，卡夫卡对于现代文学和现代人的意义已是举世公认，英语和德语中都增添了一个以他命名的词，用来指称他的作品刻画出的反常、悖谬、惊悚、莫名其妙、往往突如其来而让人无力挣脱的生存状态：Kafkaesque/Kafkaesk（有人将其译为"卡夫卡式的"，其实不妨取其发音和含义，译为"卡夫卡时刻"）。

生前落寞无人识，身后盛名满天下，卡夫卡作为现代文学巨擘的遭遇，似乎与梵高这样被后人发现的艺术大师颇为相似。不过，虽然他的世界声望主要由布罗德为他出版的长篇小说《审判》和《城堡》奠定，但是他在世时也并非毫不知名的隐士作家。他的亲密友人刻意打造的那种离群索居、深藏不露的神秘高人形象，多少是为其增添神话色彩的夸张之举。他离世前发表的短篇作品，尤其是七部单行本，已经吸引了不少识才慧眼。魏玛共和国时期最出名的讽刺作家库尔特·图霍尔斯基（Kurt Tucholsky）对他赞赏有加。同为现代文学巨匠的奥地利作家罗伯特·穆齐尔（Robert Musil）曾向他约稿。1915 年，卡尔·施特恩海姆（Carl Sternheim）获得了德语文学界专为叙事文学设立的冯塔纳文学奖，却将自己的奖金转赠卡夫卡，以表达对他的文学才华的认可。当时已经声名卓著的赫尔曼·黑塞在卡夫卡逝世前不久的 1924 年1 月，为《新苏黎世报》撰文评论最新的德语文学，也对这位"来自波希米亚的德语作家"报以热烈的赞美之词："他的德语之好，胜过三十个其他作家之和。"

这些同时代的作家同行所盛赞的，并非写《审判》与《城堡》的那位卡夫卡，而是仅仅以短篇小说示人的卡夫卡。他给整个现代文学与现代美学造成的初次震荡，他的"卡夫卡时刻"的最早爆发，是以为数不多的短篇作品来实现的。与擅长以长篇巨制惊艳文坛的另几位现代文学大师如乔伊斯、普鲁斯特、托马斯·曼、德布林相比，卡夫卡可谓独辟蹊径，以小篇幅的惊世之作开启了全新的美学格局。黑塞如此来回忆他在 1915 年、1916 年之交初次读到卡夫卡作品时受到的震动："我一次次翻回到封面，拼读作者的名字，因为在我眼里，这奇幻同时又可怕、美丽的小说出自一种极为特殊的、童话般的奇异材料，一种由游戏与血淋淋的严肃，由梦幻与最深的奥义组成的蜘蛛网。虽然这前所未闻的小说里有让我当时迷惑不解甚而反感的东西，但我还是为它着迷，从此之后再也忘不了。"这篇奇幻、可怕又美丽的小说正是世界文学中最经典的短篇杰作之一《变形记》。

《变形记》写于1912年11月至12月，1915年10月发表在德国表现主义期刊《白色书页》上，同年11月德国的库尔特·沃尔夫出版社出版了该小说的单行本。这部小说的确是卡夫卡短篇小说的顶峰之作，集中体现了他的荒诞美学和叙事艺术，因而也被众多短篇小说选集包括本书选作标题。小说第一句就已经释放出了巨大的爆炸性能量，成为世界文学中最著名的小说开头之一："一天早晨，格里高尔·萨姆沙从烦躁不安的睡梦中醒来，发现自己在床上变成了一只巨大无比的甲虫。"人化为虫，固然惊悚奇异，但是更为荒诞的却是这个炸裂式开端之后渐次展开的整个故事。描述完这奇幻的变形之后，卡夫卡在读者面前勾勒出一个小职员的辛劳日常：变成虫子的他依然在为不能按时上班而焦虑。而公司居然还真的派人上门来催。另一边则是为他不能上班而焦急的三位家人，因为格里高尔是养家糊口的家庭支柱。人虫之变仿佛一道霹雳，在炸碎家庭与工作两套运转机制之际，也让主人公身陷双重束缚的处境显露无遗。接下来，溜出房间的巨虫吓跑了公司协理，遭到家人围堵而退回房间中去，随后逐渐被家人视为异类而报以封锁、鄙夷、冷落，被父亲砸来的一颗苹果重创之后孤零零地死去。发生在家宅之内的围困、歧视、施暴和毁灭，才是这个乍看上去有童话色彩的奇幻故事中最惊悚之处，也是最能撼动世人的阴郁所在。家庭关系里隐含的压迫力量在此浮出表面，借由虫变的机缘，显形为污蔑、排斥并摧毁异类弱势者的实在暴力。变形的已不是那只"害虫"，而是定义"害虫"并惩戒之的所谓"常人"。其中的"卡夫卡时刻"，是淋漓尽致地展现出的真实的荒诞感和荒诞的真实感。与这种震撼力相对应的，则是卡夫卡叙事的沉着功力。他对细节的精确把握，对节奏的张弛调控，尤其是叙事语言上的干净利落，都让这个恐怖故事具有了格外锐利又层次分明的美学质感。就仿佛他不动声色地引爆一个又一个心灵上的惊雷。移居美国的俄裔作家纳博科夫在他对《变形记》的评析中如此总结道："你们要注意卡夫卡的风格：它的清晰、准确和正式的语调与故事噩梦般的内容形成如此强烈的对照。没有一点诗般的隐喻来装点他全然只有黑白两色的故事。他的清晰的风格突出了他的幻想的暗调的丰富性。对比与统一、风格与内容、形式与情节达到了完美的整合。"

　　卡夫卡的这种清晰、准确和丰富，在他一生创作的作品中都有体现。如果将《变形记》看作一个关键节点，我们不妨把他的生活与创作分成三个阶段。1883 年 7 月 3 日，卡夫卡出生在布拉格的一个犹太人家庭，父亲赫尔曼·卡夫卡是白手起家的商人，为人精明彪悍而强势，在家中有至高权威。卡夫卡从小就感觉生活在父亲的阴影下。他在布拉格的德语学校完成中学学业后，于 1901 年 10 月进入布拉格大学。最初他选择了化学，两周之后就转而学法学，同时旁听了大量哲学、德语文学、心理学和艺术史的课程。在大学期间他已经开始了文学创作，并且结识了终生都钦佩和支持他的布罗德。1906年他获得了法学博士学位，1907年首先就职于忠利保险公司，一年后换到了波希米亚王国劳工工伤保险公司。在这家准官方机构里他一直工作到1922年——他因病提前退休。他选择这份职业，主要是因为在这家机构只需从早上八点工作到下午两点，这样他就有足够的时间写作。就在他入职的那一年，他首次在文学杂志《许佩里翁》上发表了自己的作品，八则带有随笔性质的小品文。1912年，他在好友布罗德的督促下，汇集了自己十八则短篇作品，交给德国的出版家库尔特·沃尔夫出版，作品集的标题是《观察》（ *Betrachtung* ）。英语界将其译为《沉思》（ *Meditation* ），国内部分学者和出版者沿用了英译标题。这部小说集的出版标志着卡夫卡第一个创作阶段的完结。

也是在1912年，卡夫卡的人生发生了巨大转折：他在8月13日认识了菲丽丝·鲍尔（Felice Bauer），从9月开始给她写信，开启了一场曲折、纠缠、离奇的恋情。正是在这场恋情的触动下，卡夫卡在9月22日至23日的夜晚一气呵成地写出了短篇小说《判决》，而且激动地向布罗德透露，这是他最成功的一次创作经历。在这部小说里，一个即将结婚的青年男子遭到父亲呵责，并接受了父亲对他"投河自尽"的判决，真的投河自尽了。从卡夫卡当时的处境来看，这不亚于一次极端化的文学实验，以极度强化的方式展示了家庭内部残酷的权力对抗，更透露了身为儿子的弱势者对婚恋难题的无奈和绝望。这一年的11月，他写下了上文详述过的《变形记》，进一步确立了奇幻、犀利、冷酷、荒谬又意蕴深邃的独家特色。这两部在世界文学史上颇有石破天惊意义的作品，也让卡夫卡进入了一个全新的创作阶段。在生活境遇中，他与菲丽丝·鲍尔的感情波澜起伏。1914年6月两人正式订婚，同年7月解除婚约。1915年两人重逢，1916年两人和好，1917年7月两人第二次订婚，但不久卡夫卡的肺结核病暴发，他于年底解除婚约，两人彻底分手。在鲍尔之后，卡夫卡在1919年1月结识了尤丽叶·沃里泽克（Julie Wohryzek），并于9月与她订婚。但这次婚约依然没有兑现。1920年7月卡夫卡取消了订婚，此时他与已婚的捷克女记者米莱娜·耶森斯卡往来密切。但两人在1921年1月也中断了恋情。与这些流星般灿烂又短暂的情事同步，他陆陆续续创作了大量短篇小说，尝试写两部长篇小说《审判》和《美国》，但都未完成。《美国》的第一章于1913年以单行本出版，标题为《司炉》。《变形记》和《判决》也都分别于1915年、1916年出版了单行本。这三部作品都是以与家庭有矛盾的年轻男子为主人公，所以卡夫卡一度想以《儿子》为标题出版一个合集，但没有实现。写于1914年的短篇小说《在流刑营》在1919年以单行本出版。1920年出版的《乡村医生》合集收录了他在1916年至1917年创作的十四部短篇作品。这五部作品可视为他的第二个创作阶段的创作主干。从狭仄的家居四壁，到不知名的行刑之地，再到风雪夜里的广袤乡野，卡夫卡的笔墨在越来越辽阔缥缈的空间里驰骋，但无不状写出遭受莫名侵袭而茫然失措甚而走向毁灭的个体生命。随着描写题材的扩展，他的想象力之丰沛、叙事之精确、构思之幽深也愈发挥洒自如，荡人肺腑。

从1917年被诊断出肺结核后，卡夫卡便屡次因病休假，赴外地疗养，却始终无法疗愈。1922年1月，他到捷克北部的施宾德尔梅勒疗养，在其雪景的启发下开始创作长篇小说《城堡》，但也没能完成。1922年6月，他因日益加重的病情而提前退休。1923年7月他在波罗的海的海滨度假时，结识了小他十五岁的多拉·迪亚曼特（Dora Diamant），与她相恋。9月，随她移居柏林。在柏林，卡夫卡度过了他一生中最美好的一段时光，写下了大量短篇小说，可惜其中大部分都在他的督促下被多拉烧毁。1924年3月，他病情恶化，不得不回到布拉格，不久之后转入维也纳附近的疗养院，在离他四十一岁生日还差一个月的时候病逝。8月，他未曾看见的小说集《饥饿艺术家》在柏林出版，包含了他的四部短篇小说，其中创作于1922年的《饥饿艺术家》与他最后一部作品《约瑟芬，女歌手或老鼠的民族》都堪称经典名作。卡夫卡惯有的悖论式书写在此再臻佳境，不论是个体还是群体的存在困境，都获得了极为鲜明又匪夷所思的诡异形象：以绝食为业却也绝食而终的艺术家和仅靠口哨声而赢得歌唱家盛名的老鼠歌手。仿佛卡夫卡在自己的个体生命将终之际，留给了世人两个似是而非的艺术家背影，为现代艺术本身留下了绵延不绝的震荡波。

读者面前的这部短篇小说选，让这横跨百年时空的文学震荡，以传神的中文译文，再次密集又深切地敲击我们的心灵。这里主要汇集了卡夫卡生前以完整、成熟、确定的文本形式正式发表的短篇作品，既有上述七本书中收录的所有篇目，也有发表在期刊报纸上的精彩短文，如《布雷西亚的飞机》和《骑煤桶的人》。卡夫卡的三部长篇小说，有赖于布罗德对其遗嘱的背叛而传世，即使是残篇，也足可成为现代文学的高峰。但是卡夫卡的短篇小说，有着毫不逊色于其长篇作品的艺术价值与冲击力度，在他在世时就已经赢得了同行的青睐赞许。这些多不过数十页，少则寥寥几行的故事与随笔，在有限的叙事空间中造就了层出不穷的文字奇观，打破了一切既有的写实或浪漫文学传统，仿佛一个个意义的旋涡，将我们拉出看似静好、正常的日常秩序，让我们临近一个个引发惊恐的深渊，刺激我们去反思自己的生活。卡夫卡的荒诞和悖谬，之所以让我们困惑又让我们着迷，也许就在于卡夫卡的怪异图景，对应了我们心灵中最隐幽的恐惧和迷惘，展露了我们那些清晰、理性、常规的世界感知所遮蔽的真相，关于权力，关于压抑，关于认知的真相。他的回环曲折的叙述话语，撼动我们笃信不疑的一切，也撼动文学本身，让我们看清一切言语表述都包含的迷惑性。他在第一阶段创作的极短小文《树》便是如此一篇震撼心灵之作：

树

因为我们就像雪中的树干，表面上看，它们横卧着，只要轻轻一推，就能把它们推开。其实不然，我们做不到这一点，因为它们紧紧地和大地联结在一起。然而，你们看，就算这一点也仅仅是表面现象。

在他的第二阶段和第三阶段创作的那些奇幻故事，将他自身体验过的上个世纪布拉格犹太青年的困苦，配以对暴力的极限想象，演绎成了超越单个特殊实例而具有普遍指向的现代寓言。正是这种寓言性，让我们可以在无奈绝望的儿子、孤独卑微的甲虫、行刑机器上的军官、迷失荒野的医生的身上看到一个又一个随时也可能降临于我们的卡夫卡时刻。但也正是这极端化的文学想象，打破了遮蔽，释放了压抑，让我们拥有了更加敏锐的耳目，去投入这个注定不完满的世界，去体验注定充满无奈的人生。

这本短篇小说选的译者赵登荣，是德语界享有盛誉的一位资深翻译家，求学、任教、治学于北京大学德语系，先后翻译过海涅、黑塞、卡夫卡的多部作品。他所译卡夫卡，深得原作魅力三昧，不刻意追求文笔绚丽，而是在保证中文流畅的同时，着力显示卡夫卡的明快、清晰、准确，在措辞和节奏上都极好地复现了卡夫卡文字的质感和气韵。比如《乡村医生》的开头，中文的简洁洗练恰如原文，寥寥几句，就让一幅画面跃然纸上：

我当时处境非常尴尬：我正急着出诊，一个危重病人在十里外的村子里等我；两地之间的广大地区正狂风大作，大雪纷飞；我有一辆轻便马车，轮子很大，在我们的乡村道路上非常适用；我已经穿好皮大衣，手里拿着医疗用具包，站在院子里随时可以上路；然而没有马，缺马……

赵先生已于 2021 年 9 月仙逝。他留给我们的卡夫卡译文，正如卡夫卡百年前离世时留给世人的奇特文字，都有着恒星般的光辉，穿越黑暗的浩渺时空，与当下正阅读着的我们相遇，让我们于无声处听惊雷，让我们在人生之旅中拥有心灵震悟的瞬间，拥有直面困苦的力量。

目录

公路上的孩子们 [1]

我听见马车从花园的栅栏旁驶过，有时，也看见车辆驶过微微颤动的树叶间的缝隙。在这炎热的夏天，木制轮辐和车辕发出的嘎吱声是多么刺耳啊！干活儿的人从地里回来，一边走一边朗朗大笑，真叫人受不了。

我坐在我的小秋千里，正在我父母的花园里的树木间休息。

栅栏外面，人来车往络绎不绝。此刻，一群孩子跑了过去；接着过来几辆运粮车，禾捆上面和四周坐着男男女女，车子经过时，园子里的花畦暗了一会儿；傍晚时分，我看见一位先生拿着手杖，漫步走过，又看见几位姑娘手挽手地向他迎面走来，一边打招呼问好，一边跨到路旁的草地上。

接着，一群鸟腾空而起，我仰面追踪这些飞鸟，看它们如何一口气向上飞升，看到后来，我仿佛觉得不是它们在飞，而是我在坠落，我感到发虚，紧紧抓住秋千绳，轻轻地荡起来。不一

---

1 本篇是卡夫卡最早的作品之一，与本书中从《揭穿拙劣的骗子》至《不幸》的17篇作品创作于约1903年至1911年，一同收入《观察》，于1912年出版。

会儿，我荡得更有劲了，清凉的晚风拂面吹来，我看到的不是飞鸟，而是满天闪烁的星斗。

我就着烛光用晚餐。我已经累了，就把两只手臂放在木头桌面上，咬下一口黄油面包。网眼密布的窗帘被暖风吹得鼓鼓的，有时，外面有什么人路过，想更好地看我，和我说话，就用手搀住窗帘。蜡烛多半不一会儿就熄灭，聚成一团的蚊子还在黑暗的烛烟中乱飞了一阵。有人从窗外问我，我就仔细地打量他，仿佛在眺望山峦，或凝视虚空，而他也并不怎么在乎我的回答。

然后，一个人跳过窗栏，说其他人都已经到了房子前，我自然一边叹气，一边起身。

"别叹气，你干吗这么长吁短叹的？到底发生了什么事？是不是遇到了什么特别的、永远无法弥补的不幸？我们再也无法恢复？难道真的全完了？"

没有完。我们跑到房子前面。"谢天谢地，你们总算来了！"——"你老是迟到！"——"怎么是我？"——"就是你嘛，你要不想去，就待在家里好了。"——"别饶他！"——"怎么？不饶？你怎么这么说话？"

我们一头扎进暮色里，忘记了白天与黑夜。一会儿，我们紧紧挨在一起跑着，背心纽扣像上下牙齿那样互相摩擦；一会儿，我们又拉开一定的距离奔跑，我们口干舌燥，嗓子眼冒火，就像热带动物。我们像古代战争里骑着高头大马的铁甲骑兵，肩并肩地冲下那条短短的胡同，凭着冲力，又向上跑到公路上。有几个人跨进路旁的排水沟，在阴暗的斜坡后面不见了，但马上就像陌生人那样出现在上面的田间小路上，朝下面看。

"你们下来！"——"你们先上来！"——"我们上去，好被你们推下来，我们没有那么傻，才不上你们的当哩。"——"你们是胆小鬼，你们是想说害怕。来吧，只管过来！"——"真的？你们？难道你们能把我们推下去？看你们那熊样子！"

我们发起进攻，向上冲去，结果胸口被推了一把，躺到了公路排水沟的草丛里，是自愿摔倒的。草丛里有点暖和，我们既不感到热，也不觉得冷，只是累了。

要是有人向右侧身，把手枕到耳朵下，那就是他想美美地睡一觉。我们很想抬起头，再次振作起来，却又一次掉到更深的沟里。接着，我们——向前横伸一只手臂，斜伸出双腿——想扑向空中，却又跌进更深的沟里。我们一点不想停止这种游戏。

我们在最后一条沟里会怎样尽量舒展身子，尤其是舒展双膝，好好地睡一觉，这一点我们还没有想过；我们像病人那样仰面躺着，心里想哭。要是有哪个男孩子两肘夹着腰，从斜坡上跳到公路上，一双黑黑的鞋底在我们头上飞过，我们就会眨巴眼睛。

月亮已经升起老高，一辆邮车在月光下驶过。刮起一阵小风，我们在沟里也能感觉到它，附近的树林响起沙沙声。这时，谁也不想一个人单独待着了。

"你们在哪儿？"——"到这儿来！"——"全体集合！"——"你躲在哪里？别闹了！"——"你们不知道邮车已经过去了吗？"——"真的吗？已经过去了吗？"——"当然，你睡着时，邮车开过去了。"——"我睡着了？哪有这回事儿！"——"你闭嘴，我们可看见你睡了。"——"求你别说了。"——"来，都过来。"

我们跑着聚到一起，有些人互相握手，因为是向下跑，我们不能把头抬得很高。有一个人高喊了一句印第安人的战斗口号，我们脚下生风似的向前飞跑，好像风把我们托了起来。没有什么东西能阻止我们；我们奔跑着，超过别人，在超越的一瞬间，我们还能交叉双臂，从容地向四周张望。

我们在山涧小桥上停了下来，远远地跑到前面的人折了回来。桥下的流水拍打着石头和树根，仿佛现在不是夜深人静的时候。大家没有理由不跳到小桥的栏杆上。

从远处的丛林后面驶出一列火车，所有的车厢都亮着灯，窗玻璃肯定都放了下来。我们中的一个人唱起了一首街头小曲，其实我们大家都想唱。我们唱得比火车的速度还要快得多，我们挥动手臂，因为光是声音还不够；我们的声音交织在一起，让我们感到很舒畅。一个人的声音和别人的声音混到一起，他就感到像被鱼钩钩住一样。

我们的身后是树林，我们就这样朝着远方的旅客放声歌唱。村子里的大人们还醒着，母亲们在铺床，准备安息。

是回家的时候了。我吻了吻站在我身旁的人，跟挨近我的三个人握了手，就向家里跑去，没有人喊我。到了他们看不见我的第一个十字路口，我又折过身，顺着田间小路跑进森林。我要到南方的那座城市去，我们村里的人这样谈论它：

"那儿的人真是的！你们想想，他们不睡觉！"

"为什么不睡？"

"因为他们不会累！"

"为什么他们不会累？"

"他们是傻瓜！"

"傻瓜就不会累？"

"傻瓜怎么会累！"

揭穿拙劣的骗子

晚上将近十点钟，我终于和一个以前跟我有一面之交的人来到那座豪门大宅前，应邀参加那里的一个晚会；他是不期然与我相遇的，缠着我在大街小巷转了两个钟头。

"好啦！"我说，拍了拍手掌，表示无论如何要告别了。此前，我已经多次不像现在这样坚定地尝试着和他告别。我已经很累了。

"您马上就要上去？"他问道。我听见他的嘴里有类似牙齿打战的声音。

"是的。"

我是受邀参加晚会的，刚碰见他时我就跟他说过。我可是受了邀请上楼去的，我早就想上去了，而不是站在楼下大门前，看这个人的脑袋瓜子。而现在，我还和他在下面四目相视，仿佛我们决心要在这里久待下去。我们默默地站着，四周的房屋也立刻加入我们沉默的行列中，还有房屋上面黑暗的夜空和星星。看不见的散步者的脚步声——我们没有闲情逸致去猜测他们往哪里走，不停地吹打着对面街道的风，冲着某个房间关闭的窗户歌唱的留声机，所有这些，我们都能在这沉默中听到，仿佛沉默向来就为它们所拥有，永远为它们所拥有。

我的陪同者以他的名义——他微笑了一下——也以我的名义顺应了这种气氛，挨着墙向上伸出右臂，然后闭起双眼，把脸靠到伸出的手臂上。

然而，我一看到他咧嘴一笑，还来不及仔细品味，羞愧就突然向我猛击一掌，让我转了个个儿。他这一笑，我才认出他是个专骗老实人的骗子。而我已经在这座城里待了好几个月，自认为已经看透了这类骗子，知道他们夜里如何从小胡同里走出来，张开两只手，像旅店老板那样向我们迎来；他们如何在我们所站的广告柱附近转悠；他们如何像捉迷藏似的，从圆柱后面探出身来，至少用一只眼睛向四周探望；他们如何在十字路口，趁我们害怕的时候，突然出现在我们面前，站在我们所走的人行道的边上！我非常了解他们，因为他们是我在小酒馆里认识的头一批城里的熟人，我初步认识到何为不屈不挠，就要归功于他们；我现在很难设想，人世间没有这种不屈不挠的意志会怎样，我已经开始在自己的内心感受到了它。即使你早已逃脱了他们，哪怕你已经没有任何东西可骗可取，他们还是会来到你面前。他们既不坐下，也不倒下，而是用目光盯着你；这目光虽然是从远远的地方射过来的，但依然充满说服力，不由你不信！其实他们的招数都是相同的：他们在我们面前一站，伸开双手挡住我们的去路；拼命劝阻我们前往我们要去的地方；在他们自己的心中给我们提供一个住所，作为替代。而当聚积在我们心中的感情终于起来反抗时，他们就把这种感情当作拥抱，脸朝前地迎过来接受拥抱。

这一次，我和他一起待了这么长时间以后，才认清他这些陈旧的把戏。我对搓着手指尖，以消除心头的羞愧。

我的对手却依然像从前那样靠在那里，始终把自己视为骗子，对自己的命运很满意，脸上泛起一阵红晕。

"认出你了！"我说，轻轻地拍了拍他的肩膀。说完，我快步走上楼梯，接待室的仆人们露出无比忠诚的表情，让我像得到一件意外的礼物那样高兴不已。我依次看了看他们每个人，他们脱下我的大衣，掸去我靴子上的灰尘。然后，我舒了口气，伸展了一下四肢，步入大厅。

突然决定的散步

当你晚上似乎终于下了决心留在家里，穿好了便服，用了晚餐，坐在点了灯的桌旁，从事睡觉前通常做的工作或游戏；当外面天气恶劣，留在家里成为理所当然的事；当你在桌旁静静地待了很长时间，起身外出必定引起大家的惊讶；当楼梯间已经漆黑一片，楼门已经关闭，而你却不管这一切，突然感到不舒服，站起身，换上出门穿的衣服，向家人解释说，你必须出去一趟，简短地告别了一声后果真这么做了，你匆匆地关上房门，心想这么做让人多少感到不快；当你又来到小巷里，步履敏捷轻快，以此报答你给四肢带来的意想不到的自由；当你通过这个决定，感到自己完全具有决断能力；当你比往常更深刻地认识到，你拥有超过需要的力量，能轻而易举地引起非常快速的变化，并且承受这种变化；当你这样顺着长长的巷子向前跑去——那么，在这个晚上，你就完全走出了你的家庭，你的家庭正在消失，而你则非常坚定，黑黑的轮廓十分清晰，你拍打着大腿，恢复了你的本来面目。

要是你在这夜深人静的时候去拜访一位朋友，去看看他现在情况如何，那么，上述感受就会更加强烈。

决心

只要一个人愿意花力气，摆脱某种恶劣的处境肯定是一件容易的事。我猛地从沙发椅上站起来，绕着桌子跑，晃动着脑袋和脖子，眼睛射出火一般的光，绷紧眼睛四周的肌肉。我控制住任何感情，要是甲君现在来，就热烈地欢迎他；要是乙君到我房间来，就友好地容他待着；在丙君那里，把他所说的一切深深地吸进我的体内，不管这多么痛苦，多么费力。

然而，即使一切都照这样进行，随着一个个不可避免的错误，整个事情，不管是轻而易举的，还是困难重重的，都会中止，我又不得不转回到老路上转圈子。

因此，最好的办法依然是：接受一切，忍受一切，对一切都采取浑浑噩噩的态度，随风飘荡，不因别人的诱惑而做出不必要的举动，用动物的眼光观察他人，不吃后悔药，总之，要用自己的手挫败生活留下的幽灵般的东西，换句话说，要进一步增强那最后的、坟墓般的安宁平和气氛，不让别的东西有一点存在的余地。

这种状况的典型动作是：用小指头抚摩眉毛。

到山里远足

　　"我不知道，"我无声地喊道，"我真的不知道。如果没有人来，自然就没有人来。我没有对任何人做过坏事，没有人对我做过坏事，可也没有人愿意帮助我。尽是些无名小卒。但是，事情不完全如此。只是没有人帮我，否则无名小卒也挺好。我很愿意和一群无名小卒出去远足，我干吗不这样做呢？当然到山里去，难道还能去别的什么地方不成？这群无名小卒互相挤着拥着，许许多多的手伸出去挽在一起，许许多多的脚向前跨着，互相只有几步的间隔！不言而喻，大家都穿着燕尾服。我们就这样松松垮垮地走着，山风吹过我们四肢之间的空隙。到山里，我们的脖子就会得到自由！说来奇怪，我们没有唱歌。"

单身汉的不幸

　　一辈子当个单身汉，看来是件很糟糕的事。等他上了年纪，想和别人一起度过一个晚上时，他既要保持尊严，又得请求人家接纳他；生了病，他只能从放在角落里的床上，连着几个星期看那空荡荡的房间；他总是在楼门前和人告别，从未带着妻子挤上楼梯；他的房间只有几扇侧门，通向人家的住房；买了晚饭后，他用一只手拿着回家；他只能赞叹别人的孩子，还不能老说"我没有孩子"；他得回忆年轻时的一两个单身汉熟人，按他们的样子设计自己的打扮和举止——所有这些，真让人不是滋味。

　　事情就是这样，无论今天还是以后，单身汉真的会这样孑然一身，形影相吊，有一副身躯，一颗实实在在的脑袋，还有一个脑门，好让你用手拍打它。

商人

可能会有一些人同情我，但我一点儿也没有感觉到。我的小店让我操碎了心，忙得我前额和太阳穴从里到外地疼，然而店铺没有给我带来一丁点儿满意的希望，因为它很小。

我得提前几小时做出种种决定，嘱咐勤杂工记住这件或那件事儿，告诫他不要出可怕的差错，在这个季度就要考虑下个季度的时髦货，当然不是我这个圈子里的人喜欢的时髦货，而是乡下那些不合群的人需要的热门货。

我的钱为别人所有；他们的情况我不清楚；他们会遇到什么不幸，我无法预感；我怎么能防止他们的不幸呢！也许，他们已经变得大手大脚，十分奢侈，在某家酒店花园里举办盛大酒宴，而另外一些人在逃往美国的途中，也来这个宴会上做短暂停留。

如果在某个工作日的晚上，店铺关了门，我突然发现我会有好几个钟头，不能为自己的店铺永不间断的需要做点什么事，那么，我早上预先发送到远处的激动心情就会像回落的潮水那样，涌回到我心里，然而，它在我身上坚持不了多久，就毫无目标地将我席卷而去。

但是，我一点不会利用这种心情，我只能回家去，因为我的脸和双手汗涔涔的，肮脏不堪，我的衣服污渍斑斑，沾满灰尘，头上戴着工作帽，脚上的靴子被木板箱上的铁钉划出了一道道口子。我好像被波浪顶着，颠簸着向前走去，两只手的手指互相碰撞，发出咯咯的响声，我用手抚摩迎面走来的孩子们的头发。

但是，路太短。我不一会儿就到了我住的楼里，打开电梯门，走了进去。

我看到，我现在突然是孤零零一个人了。其他只好爬楼的人有点累了，不得不急促地喘几口气，等着别人为他们开住房的门，而他们自然有理由生气和烦躁，现在走进门厅，把帽子挂到衣帽架上，然后穿过过道，走过几道玻璃门，走进他们自己的房间，这时，他们也都独自一个人了。

而我进了电梯就是孤零零一个人，我顶着膝盖看那面狭窄的镜子。电梯开始上升时，我说："安静，往后退，难道你们要到树荫里，到窗帘后面，到拱形凉亭里？"

我咬牙切齿地说着，而电梯外面的楼梯扶手则像奔流下泻的水，顺着电梯的毛玻璃往下滑去。

"你们飞走吧，但愿你们那些我从来没有见过的翅膀把你们带到乡野山谷，或者带到巴黎，倘若你们很想去的话。

"当游行队伍从所有三条街道走过来时，你们就尽情享受这窗外壮观的场面吧。这些游行的人互不相让，混杂到一起，在最后的队列里重又露出空隙。向他们挥动手巾吧，你们吃惊吧，感动吧，赞美那位开车经过窗前的漂亮女士吧。

"从木桥上越过溪流吧，向在水中戏耍的孩子们点头示意吧，为远方装甲战舰上成百上千水兵的欢呼声发出赞叹吧。

"尽管去跟踪那个不引人注意的男子吧，当你们把他推进某个门洞时，就把他抢劫一空，然后，你们一个个把双手插进裤袋里，看他怎样伤心地拐进左边的胡同里，继续走他的路。

"骑着马四散跑开的警察勒住缰绳，把你们赶回去。放他们走吧，我知道，这些空荡荡的街道会让他们倒霉的。我这一求，他们就两人一组地骑着马走了，先是慢慢地绕过街角，然后飞一般地越过街心广场。"

这时，我该走出电梯，让它降下去，然后我按了按门铃，女仆打开房门，我向她问候。

心不在焉地向外看

春天就要来临，我们在这些初春的日子里做些什么？今天早晨，天空还是灰蒙蒙的，可现在，如果我们走到窗边，就会大吃一惊，把脸颊贴到窗子的把手上。

下面，我们看到显然已经开始下沉的太阳的光线照在那个稚嫩的女孩脸上，她正在慢慢走着，向四处张望，同时，一个男子从她身后快步赶上来，他的影子遮住了她的脸。

男子很快就走了过去，女孩的脸又沐浴着阳光。

回家之路

请诸位看看，雷雨后的空气有多大的说服力！我的功绩在我面前显现，倘若我不加以抵制，它们就会把我压垮。

我快步迈进，我的速度就是我这一侧的胡同、这条胡同和这个街区的速度。我理所当然为这里的一切负责：对每一次敲门，对每一次击打桌面，对所有祝酒词，对床上的、新建筑的脚手架上的、黑暗的胡同里靠墙站着的、妓院矮沙发上的一对对情侣，我都有责任。

我按照我的未来衡量我的过去，发现两者都很优异，不能偏向哪一方，我只得指责天意的不公（对我爱护有加）。

只是当我走进我的房间时，我才有点沉思默想起来，而实际上，我在上楼梯时并没有发现什么值得思考的东西。即使我把窗子完全打开，下面某家花园里还放着音乐，这对我也毫无帮助。

从你身边跑过的人

当我们夜间在胡同里散步，远远地看见一个人——因为胡同在我们前面向上抬升，又正是月圆之夜——向我们跑来，我们肯定不会去抓他，即使他身体虚弱、衣衫褴褛，即使有人一边喊一边向他追来，我们会让他继续向前跑。

因为这是夜里，何况我们又无能为力，不让街道向上抬升，沐浴在满月的月光里，而且，也许这两个人是追着玩的，也许他们两个在追一个第三者，也许第一个人是无辜被追，也许第二个人要杀他，要是我们抓住他，就会成为同谋犯，也许他们两个人互不认识，只是各自跑回家去睡觉，也许他们是夜游者，也许第一个人带着武器。

最后一点，难道不许我们疲乏劳累？难道我们不是喝了很多的酒？等到第二个人也看不见时，我们很高兴。

乘客

我站在电车的踏脚板上，想到我在这个世界、在这个城市、在我家里的地位，感到非常茫然。我甚至无法约略说明，我在哪方面有理由提出哪些要求。我根本不能为我的作为辩护：我为什么站在电车上，抓住车上的这个环，让这辆车载着我走，为什么街上的人给这辆车让路，或者不声不响地走路，或者在商店橱窗前停留。——其实，没有人要求我这么做，不过，这都无所谓。

电车驶近一个停靠站，一个女孩子走向车门，准备下车。她在我眼里显得那么清晰，好像我摸过她似的。她穿着黑色的衣服，衣褶几乎纹丝不动，上衣紧贴着身子，衣领是网眼很小的白色花边做的。她左手平放在车厢壁上，右手拿着伞，拄在上面第二级台阶上。她的脸是褐色的，鼻子两边稍稍往里收，鼻尖显得又圆又大。她的褐色头发很浓密，有几绺飘垂在右边太阳穴上。她的小耳朵紧贴着脑袋，然而，因为我离她很近，所以能看清右耳郭的整个背面和耳根部的阴影。

我当时曾自问：她为什么对自己不感到惊奇，而是紧闭双唇，类似惊讶的话一句不说呢？

衣服

　　我常常看到打着褶皱、镶着花边、挂满饰物的衣服，它们穿在漂亮的身体上，显得很漂亮。每当这时，我就想，这些衣服不可能长时间保持这种状态，它们会发皱，再也熨不平整，它们会染上灰尘，这些灰尘积在装饰物里，厚厚的，再也无法去掉；我想，谁也不会每天穿同一件贵重的衣服，早上穿，晚上脱，让自己显得寒酸，出自己的洋相。

　　然而，我看到一些姑娘，她们算得上漂亮，肌肉和手部骨节十分诱人，皮肤光洁，纤细的头发很浓密，但是，她们每天都穿着同一件自然的假面舞会衣服出现，每次都把同一张脸放到同一双手里撑着，用她们的镜子照射出同一张脸。

　　只是到了某些晚上，当她们从某个庆祝会迟迟归来，对镜卸装时，她们才觉得，她们的衣服已经破旧、松垮、积满灰尘，已经让所有的人看见过，几乎不能再穿了。

拒绝

如果我遇见一个漂亮的姑娘，对她说"请跟我来"，她却一言不发地从我身边走过去，那么，她的意思是：

"你不是威名远扬的公爵，也不是像印第安人那样身材魁梧的美国人，那美国人有一双勇敢沉着的眼睛，有经过风吹雨打的皮肤；你没有到过大江大湖，没有漂洋过海，到过那些我不知道在哪里的地方。所以，请问，像我这样漂亮的姑娘，为什么要跟你走呢？"

"你忘了，没有汽车会一程又一程地载着你，颠簸着驶过街巷；我没有看见绅士们穿着他们的紧身衣，围成半圆，追随在你的身后，嘴里喃喃而语，为你祝福；你穿了紧身衣，所以你的胸部很规矩，但为了弥补这种节制，你的大腿和臀部则放荡不羁；你穿着一件皱褶满衣的塔夫绸连衣裙，去年秋天，你这件衣服曾给我们大家带来多大的快乐啊，而你却还不时地露出微笑——这是你身上的致命伤。"

"不错，我们两个说的都有道理，为了我们不是无可辩驳地意识到这一点，我们还是各自回家吧，你说对吗？"

为男骑手们考虑

只要你稍加考虑，就不会有任何东西让你心动，去争当某次跑马比赛的冠军。

乐队奏起音乐，向冠军祝贺时，国内最佳骑手的荣誉让人如此高兴，仿佛他第二天早上不会后悔似的。

我们策马穿过狭窄的围栏，进入那平坦的场地时，对手——他们是些阴险狡诈、颇具影响的人——的嫉妒不禁让我们感到一丝苦涩。我们前面的场地很快就空无一人，只有几个落后一圈的骑手，灰溜溜地向地平线的边缘奔驰而去。

我们的许多朋友正忙着兑奖，他们只是从远方僻静处的兑奖窗口，回过头来向我们欢呼致意；但是，我们最好的朋友却没有把赌注押在我们的马上，因为他们担心，要是我们输了，他们肯定会生我们的气，而现在，我们的马得了第一，他们一分钱没有赢，所以，我们从他们身边经过时，他们宁可转过脸，朝向看台。

竞争对手回来了，稳稳地坐在马鞍上，试图通盘考虑他们遇到的不幸和遭受的不公；他们摆出春风得意的样子，仿佛一场新的比赛，一场严肃认真的比赛，就要开始，刚才玩的只不过是一场儿戏。

许多女士觉得这个胜利者滑稽可笑，因为他狂妄自大，却不知道怎样应付无休无止的握手、致敬、鞠躬、遥祝，而失败者却紧闭嘴巴，漫不经心地拍拍他们大多发出嘶鸣的马的脖子。

终于，早已阴云密布的天空下起雨来。

临街的窗户

谁孤零零独自一人生活，却又时不时地想和人交往，谁既要顾及一天的不同时段、天气、职业情况以及诸如此类事情的变化，又想轻易地看到任意一只他能抓住的手臂，那么，如果没有一扇临街的窗户，他就很难长期这么做。而实际情况是这样的：他什么也不找，只是疲乏倦怠，走近窗台，在街上的民众和天空之间上下移动他的眼睛，什么也不想做，头微微后扬，就这样，下面的马匹却把他拉下去，拉进随后的车辆和喧哗中，终于也把他拉进和睦的人群中。

愿做印第安人

但愿我是个印第安人，这样，我就立刻骑上飞奔的马，在空中歪斜着身子，一再地抖动着身体，疾驰过颤抖的大地，直到我放开马刺，因为并没有马刺，直到我扔掉缰绳，因为并没有缰绳，我刚看到眼前的土地是一片割得光光的草地时，马脖子和马头早已不知到哪里去了。

树

　　因为我们就像雪中的树干。表面上看，它们横卧着，只要轻轻一推，就能把它们推开。其实不然，我们做不到这一点，因为它们紧紧地和大地联结在一起。然而，你们看，就算这一点也仅仅是表面现象。

不幸

那是 11 月的一天傍晚，天气已经变得难以忍受，我像在跑道上那样，在我房间的狭长地毯上跑着，看了一眼亮着路灯的胡同，吓了一跳，就转过身，却在房间的深处，在镜子的底部，发现了一个新的目标，我大喊起来，只听见自己的喊叫声，没有人回应，也没有任何东西减弱喊声的力度。喊声在上扬，没有相对应的东西抵消它，即使喊声已经变得无声，它也不能停息。这时，墙上的门开了，急匆匆地开了，因为必须迅速，就连下面石子路上拉车的马匹，也像战场上狂野的战马那样，扬起头，尽情嘶鸣。

从尚未点灯、漆黑一团的走廊里跑过来一个孩子，像一个小小的幽灵，踮着脚停住，站在一块有点晃动的地板上。他骤然见到我房间里微弱的灯光，不免感到目眩，就想用双手遮住脸，这时，他突然朝窗户瞥了一眼，顿时安静了下来——在十字窗棂前，街灯发出的雾蒙蒙的烟气终于被黑暗所笼罩。孩子在开着的房门前笔直地靠墙站着，右肘贴着墙壁，任凭从外面吹进的风吹拂他的脚关节、脖子和太阳穴。

我朝他看了看，说了一声"您好"，从炉子的护板上拿过我的外衣，因为我不想这样半裸着身子站在那里。我张着嘴待了一会儿，好让激动不安通过嘴巴离我而去。我感到嘴里涌上唾液，脸上眼睫毛直跳，一句话，这次毕竟是我期待的拜访来得正是时候。

孩子还靠墙站在老地方，右手贴着墙，两颊绯红；刷成白色的墙面呈颗粒状，可以摩擦手指尖，他怎么也看不够，擦不够。我说："您真的要到我这里来吗？没有搞错？在这幢楼里最容易的事莫过于走错门了。我叫某某，住四楼。我是您要找的人吗？"

"别出声，安静，"孩子说，并不正面看我，"一点儿都没有错。"

"那就进屋来吧，我要把门关上了。"

"门我刚才已经关了。您别费心了。您尽管放心好了。"

"谈不上什么费心。不过，在这条楼道里住着好多人，大家自然都是我的熟人；大多数人现在正下班回家；要是他们听见某间屋里有人说话，他们当然认为有权利打开门，进去看看发生了什么事。事情就是这样。这些人做完了一天的工作；在晚上这一点点暂时由自己自由支配的时间里，谁还愿意听命于别人呢！其实，您也知道这一点。您还是让我关上门吧。"

"到底发生了什么事？您怎么啦？就我而言，整幢楼的人都可以进来。而且再说一遍，我已经把门关了，难道您以为，只有您才会关门？我甚至已经用钥匙把门锁上了。"

"那就好。我不想多说了。其实您用不着锁门。您既然来了，就请随便坐吧。您是我的客人。请您完全相信我。您随意，不用害怕。我既不会强留您，也不会赶您走。我非得讲这些话吗？您一点都不了解我吗？"

"不。您真的用不着说这番话。而且，您不应该说。我是个孩子，干吗跟我一个孩子这么客套？"

"事情没那么糟。当然，您是孩子。可您也不是那么小。您已经长大了。如果您是个女孩子，您可不能随随便便和我一起关在一间屋里。"

"这一点，我们不必担忧。我只想说：我非常了解您，这保护不了我多少，只是让您免得动脑筋，对我说假话。然而您却恭维我。别这样，我求您，别恭维。再说，我也不是随时随地都了解您，比如在这黑暗的地方就压根儿不认识您。最好您让我把灯打开。不，也许不开灯好些。我会记住，您已经威胁过我。"

"您说什么？我威胁过您？您可不能这么说！您终于到我这儿来，我是非常高兴的。我说'终于'，是因为已经很晚了。我不理解，您为什么这么晚来。我心里高兴，说话很可能乱七八糟，而您也就这样理解了。我十次八次地承认，我这样说过，甚至威胁过您，拿您愿意的所有事情威胁您。——不过，千万别吵架！——然而，您怎么会相信那是威胁呢？您怎么能这样惹我不高兴呢？您为什么要使出所有力气，败坏您在我这儿逗留期间的气氛呢？一个陌生人都会比您更友善亲切。"

"这我相信；这不是什么了不起的智慧。我天生就和您很亲近，一个陌生人无法和我相比。这一点您也知道，干吗要伤感呢？您说说，您是不是想演戏？要是那样，我马上就走。"

"是这样吗？连这话您也敢对我说？您未免太放肆了一点。何况您还是在我的房间里。您像疯了似的，在我的墙上擦您的手指头。这可是我的房间，我的墙！再说，您说的话不仅狂妄，而且可笑。您说，您的天性迫使您用这种方式和我说话。真是这样吗？是您的天性迫使您这么做的？您有这样的天性很好。您的天性就是我的天性，我的天性让我对您亲切友好，那么您也不许以别的方式对我。"

"这叫友好吗？"

"我是说从前。"

"您知道，我以后会怎样吗？"

"我什么也不知道。"

我走向床头柜，点燃上面的蜡烛。那时，我屋里既没有煤气，也没有电灯。我在床头柜边坐了一小会儿，后来我坐厌倦了，就穿上大衣，从长沙发上拿过帽子，吹灭蜡烛。往外走时，我在圈椅的椅腿上绊了一下。

在楼梯上，我碰见了一个住在同一层楼的房客。

他叉开双腿，站在两级楼梯上，问道："老兄，您又要出去？"

"不出去，我能干什么？"我说，"我刚刚在房间里见到一个鬼。"

"看您这一脸不高兴的样子，就像在饭里吃出了头发。"

"您说笑话啦。不过，请您记住，鬼就是鬼。"

"非常对。可是，如果一个人根本就不信鬼，那又如何？"

"您是说，我信鬼？可是，不信鬼又有什么用？"

"很简单。哪怕真的有鬼来找您，您也不必害怕。"

"说得是，然而这其实是次要的害怕。真正害怕的，是鬼出现的原因。而这种恐惧总也挥之不去。正是这种恐惧，在我身上异常强烈。"我因为烦躁紧张，不禁一个接一个地翻找起我的所有口袋。

"您既然对鬼本身并不害怕，那么，就该平心静气地问问它出现的原因。"

"显然，您从未和鬼说过话。从它们口里，我们永远得不到确切的答复。它们总是一会儿这样，一会儿那样。这些鬼对它们自身的存在，似乎比我们还怀疑，再说它们一个个弱不禁风，这种怀疑就毫不足怪了。"

"不过我听说过，我们可以喂它们。"

"您知道的还真不少。是可以喂它们。问题是，谁会这样做？"

"怎么会没有人做？比如说是个女鬼呢？"他一边说，一边快步迈上一级楼梯。

"是吗，"我说，"但是，即使这样也不见得行。"

我沉思起来。我的熟人已经到了上面，在楼梯间的拱顶下不得不弯下腰，才能看到我。"不过不管怎么说，"我大声说道，"假如您在上面弄走我的鬼，我们的关系就吹了，永远吹了。"

"可是，刚才说的只是玩笑而已。"他一边说，一边把头缩了回去。

"那就没有事了。"我说。本来，我现在可以静下心来去散步了。然而，我感到非常孤单，所以宁愿走上楼，回屋睡觉。

判决 [1]
—— 一个故事

献给 F. [2]

　　那是春暖花开的季节。在一个星期天的上午，一个名叫格奥尔格·本德曼的年轻商人正坐在二层楼自己的房间里。他的住宅位于沿河一长排低矮的简易房子中的一幢里，这些房子只是高低不同，颜色有别。他刚给一位在国外的青年时代的朋友写了一封信，慢条斯理地封好信，然后，他把胳膊肘支在书桌上，凝视窗外的河流、桥梁和对岸淡绿的山丘。

　　他思考着，他的朋友如何不满在国内的处境和前程，几年前逃往俄国。现在他在彼得堡开着一间店铺，开张时店铺着实兴隆了一阵，但许久以来，生意似乎毫无生气，朋友回国时总这么抱怨，而他回国的次数越来越少。他就这样在异乡他域徒劳无益地耗着自己的身心，异国情调的络腮胡子并不能完全遮盖他那张我

1　本篇创作于 1912 年，是作者献给他刚结识不久的女友菲丽丝·鲍尔的礼物。1913 年首次发表在《阿卡迪亚》上。这是卡夫卡在创作生涯中自己颇为满意的短篇作品之一。

2　F. 为卡夫卡的第一位未婚妻菲丽丝·鲍尔小姐。1912 年 8 月，卡夫卡与她认识，于 1914 年和 1917 年与她先后两度订婚，又两度解除婚约。

从孩提时代就熟悉的脸庞。他脸色发黄，暗示着他身上潜伏着什么疾病。据他自己所说，他和彼得堡的本国侨民没有任何联系，而和当地百姓家庭也几乎没有什么交往，他就这样准备终生独身了。

这样一个显然已经走入歧途，只能为他惋惜，却不能给他帮助的人，我能给他写些什么呢？也许该劝他回来，在这里安家，恢复与所有亲朋好友的老关系——做到这一点毫无困难——还要相信朋友们的帮助？可是这样做无异于对他说，他迄今为止的种种尝试都失败了，他终于该放弃这些努力了，不得不回国，让所有人瞪大眼睛看他一事无成地回来，只有他的朋友懂点事，而他是个不明事理的大孩子，该好好向那些留在家里、取得成功的朋友学习。而且，说得越是婉转客气，越会刺痛他。何况，我们不得不加诸他的种种痛苦是否有用，谁有几分把握？也许，把他弄回来这件事本身就办不到。他不是自己就说过，国内的情况他已经一点不了解吗？于是，他会不顾我们的劝告留在异国他乡，由于这些劝告而心生怨恨，更加疏远他的朋友。即使他听从劝告回来了，在家乡也会感到沮丧消沉——当然不是故意装的，而是事实使然；他既不能和朋友相处，离了他们又不知如何度日，羞愧难当，结果，他现在真的没有了祖国，没有了朋友；让他留在他待过的异国他乡，对他来说岂不更好？在这种情况下，我们怎能设想，他回来就真的会一帆风顺、有所成就呢？

鉴于这些原因，倘若人们还想和他保持书信来往的话，就不能把甚至可以无所顾忌地对一个只有一面之交的人说的话，如实地告诉他。这位朋友已经三年没有回国了，他只用三言两语简单说明不回来的原因，说是俄国政局不稳，不允许一个小小的商人哪怕非常短暂地离开；其实，成千上万的俄国人这时正在世界各地旅行。然而，在这三年时间里，恰恰是格奥尔格发生了许多变化。大约两年前，格奥尔格的母亲去世，那位多半得到了噩耗，寄来了一封信，用干巴巴的语言表达了他的哀悼，吊唁信不带感情的原因只能是，一个人远在异国他乡，无法想象对这一不幸事件感到的悲痛。母亲去世后，格奥尔格和他的老父亲一起生活。从此，他以更大的毅力经营他的商店，处理所有别的事情。在母亲生前，父亲在生意中总想自己说了算，也许妨碍了格奥尔格真正按自己的意愿行事。母亲去世后，父亲虽然还在店里工作，却不像过去那样爱拿主意、事必躬亲了。也许是时来运转，偶然因素起了更大的作用——情况很可能就是如此——不管怎么说，在这两年时间里，店铺得到了很大的发展，完全出人意料。职工人数不得不增加一倍，营业额增加了五倍，今后的生意无疑会更加兴旺发达。

对于这些变化，格奥尔格的朋友却一无所知。以前，最后一次也许是在那封吊唁信里，他曾向格奥尔格描述过，正是格奥尔格经营的这一行在彼得堡有很好的前景，劝其移居俄国。他提供的数据和格奥尔格现在所经营的规模相比，简直微不足道，不可同日而语。格奥尔格却不想把他生意上的成就告诉他的朋友，假如他现在再回过头告诉对方，不免显得十分离奇古怪。

于是，格奥尔格就只给他的朋友写些无关紧要的事，写些一个人在闲来无事的星期天杂乱无章地回忆起的事情。他要做的无非是，让他的朋友继续保持他在这么长的时间里形成的并且已经习惯的对家乡的看法。于是就发生了下面这件事：格奥尔格在三封间隔时间很长的信里，三次向他的朋友报告一个无关紧要的男人和一个同样无关紧要的女人订婚的事。结果事与愿违，格奥尔格的朋友对这件异常的事发生了兴趣。

而格奥尔格宁可用这种方式在信中谈论此事，也不愿公开告诉他的朋友，他自己在一个月前和一位名叫弗丽达·勃兰登菲尔德的富家小姐订了婚。他常常和未婚妻谈论这位朋友，谈论他和朋友之间这种特殊的通信关系。"这么说，他肯定不会来参加我们的婚礼，"她说，"可我有权利认识你的所有朋友。""我不想打扰他，"格奥尔格答道，"请理解我的意思，他也许会来，至少我相信他会来；可是，他来了又会感到勉强，感到受了伤害，也许会嫉妒我，肯定会感到不满，却又无力消除这种不满，于是只好独自一人返回。孤零零一个人，你知道这意味着什么？""这我知道。难道他不会通过其他渠道听到我们结婚的消息吗？""这一点我自然无法阻止，不过，以他现在的生活方式，这多半不可能。""格奥尔格，要是你有这样的朋友，你压根儿就不该订婚。""是的，这是我们俩的过错；可是现在，我不想改弦更张了。"他说着，一遍又一遍地吻她。她尽管被吻得喘着粗气，还是说了一句："可这件事还是让我不高兴。"他听了这话，真的认为，把一切都告诉他的朋友没有什么了不起的。他在心里对自己说道："我就是这样一个人，他只能这样接受我。我无法把自己变成另一个人，变成一个比我现在这样更适于和他交往的人。"

他在这个星期天上午给朋友写的长信里，真的提到了他订婚的事。他这样写道："我把最好的消息留到最后。我和一个名叫弗丽达·勃兰登菲尔德的小姐订了婚，她出身于一个富有的家庭，他们是你走后很久才迁到这里来的，所以你恐怕不认识。以后会有机会告诉你我的未婚妻的详细情况。今天，告诉你我很幸福，我们之间的关系只发生了一点小小的变化，即我，你的一个非常普通的朋友，现在很幸福，这就够了。此外，你现在还有了我的未婚妻这样一个诚挚的女友，这对一个单身汉来说不会是毫无意义的。我的未婚妻让我代她向你致以亲切的问候，而且不久会亲自给你写信。我知道，有许多事情缠住你，使你不能来看我们。难道我们的婚礼不正是一次绝好的机会，让你排除一切障碍前来吗？但是，不管情况怎样，你都不必过多考虑，你只管按你的意思办。"

格奥尔格手里拿着这封信，脸朝窗户，在书桌旁坐了许久。一个熟人从窗前走过，向他打招呼，他只是心不在焉地笑了笑，算是回礼。

他终于把信放进口袋，走出自己的房间，横穿过一条狭窄的过道，来到他父亲的房间，他已经好几个月没有来这里了。他也没有必要到这里来，因为他经常在商店里和父亲见面。中午，他们同时在一家餐馆用餐；晚上，他们虽然各忙各的事，但是，只要格奥尔格不出去会友，或像现在这样去看未婚妻，那么，他们会各拿一份报纸，在共同的客厅里再一起坐一会儿，只是格奥尔格出去会友是经常的事。

　　父亲的房间即使在这阳光明媚的上午也很阴暗，格奥尔格感到非常惊讶。原来，耸立在窄小的庭院另一侧的高墙挡住了阳光。父亲靠窗坐在一个角落里，这个角落装饰着已经亡故的母亲的种种纪念物。父亲正在看报，他有某种眼疾，所以把报纸举在眼前，侧向一边。桌子上是没有吃完的早点，看来他没有吃多少。

　　"你呀，格奥尔格。"父亲一边说，一边向他迎过来。他走路时，厚重的睡衣敞开了，下摆随着脚步飘动。格奥尔格想："我的父亲依然那么魁伟，像个巨人。"

　　"这里可是太黑了。"他说。

　　"是呀，是很黑。"父亲回答。

　　"你连窗户也关了？"

　　"我喜欢这样。"

　　"外面已经很暖和了。"格奥尔格说，好像还想着前面说的话，说完坐了下来。

　　父亲收拾早点的餐具，把它们放到一个柜子里。

　　"我只想告诉你，"格奥尔格若有所失地看着老人的动作，接着说道，"我只想告诉你，我倒是把订婚的事通报给彼得堡了。"他把信从口袋里拿出来一点儿，然后又放了回去。

　　"往彼得堡通报？"

　　"告诉我的朋友呀。"格奥尔格看着父亲的眼睛说。"他在店里可完全不是这个样子，"他想，"你看他坐的姿势，伸开两条腿，两只手交叉在胸前。"

“不错，你的朋友。”父亲说，加重了语气。

“你是知道的，父亲，我起先不想告诉他我订婚的事。只是因为有所顾虑，没有别的原因。你知道，他是个很难交往的人。我当时想，他也许会通过别的渠道听说我订婚的事——我不能阻止这一点，虽说按他独来独往的生活方式这几乎不可能，但是，不该让他从我嘴里知道我订婚的事。”

“你现在改变了想法？”父亲问道。他把大开面的报纸放到窗台上，又把眼镜放到报纸上，一只手捂着眼镜。

“是的，现在我又好好考虑了一番。我想，如果他是我的好朋友，那么，我订婚这件喜事对他来说也是一件高兴的事。所以我不再犹豫了，我要告诉他。不过，在投出这封信以前，我要先告诉你。”

“格奥尔格，”父亲咧了一下没有牙齿的嘴巴，说道，“你听着！你为这件事来找我，和我商量。你这样做，无疑很得体。可是，要是你现在不跟我说真话，就等于什么都没说，甚至比这还叫人生气。我不想翻出跟这件事无关的事情。自从你亲爱的母亲去世后，我们之间已经出现了某些不愉快的事情。也许该是发生这种事情的时候了，也许比我们想的早了些。在店里，有些事情我没有看见，也许并不是瞒着我，我不想这么假定，说是瞒着我。我不再那么硬朗了，我的记忆力在减退，我已经无法通观全局、顾及所有事情了。首先，这是自然规律；其次，你母亲的去世对我的打击远远大于对你的打击。不过，我们现在谈论的是你这封信，那么，在这件事情上，格奥尔格，我求你别骗我。这本是一件小事情，不费吹灰之力的，所以你不要骗我。你在彼得堡真有这么一个朋友？"

格奥尔格尴尬地站起来。"别管我的朋友了。对我而言，一千个朋友也顶替不了我的父亲。你知道我在想什么吗？我在想，你太苦自己了。年岁可不饶人。店里的事，我不能没有你，这一点你很清楚；但是，要是开店有损你的健康，那我明天就关门，再也不开张。可这又不行。我们必须给你改变一下生活方式，而且不是小改，是要彻底改。你不能老坐在这间黑乎乎的房间里，你要到起居室里去，那里阳光充足。你早餐就吃那么一点，不好好吃东西增加营养。你坐在屋里老不开窗，而新鲜空气有益于你的健康。这样不行，父亲！我去请医生，我们听医生的意见。我们要换换房间，你搬到前面那间屋里，我搬到这里来。其他什么也不变，这间屋的东西全搬过去。不过现在不急着搬，你先到床上躺一会儿，无论如何要安安静静地休息。来，我帮你脱衣服，你会看到，这事我能做。或者，你现在就到前面那间屋去，暂时睡我的床。这样做再好不过了。"

格奥尔格紧挨父亲站着，父亲垂下白发蓬乱的头。

"格奥尔格。"父亲轻声说，身子一动不动。

格奥尔格赶紧在父亲身旁跪下，他看到父亲疲惫的脸上，一双瞪得大大的眼睛定定地看着他。

"你在彼得堡没有朋友。你一向爱开玩笑，就连对我也一点不收敛。你在那儿怎么会有一个朋友呢！我怎么也不能相信。"

"你再好好想一想，父亲，"格奥尔格一边说，一边把父亲从椅子上扶起来，趁他无力地站着的时候脱掉他的睡衣，"我的这位朋友曾经来看过我们，那是三年以前的事了。我还记得，你不怎么喜欢他。所以至少有两次，虽然他就在我屋里，我却向你否认他在我们家。我的朋友有些古怪，我很理解你对他的反感。可是，你后来还是和他说了话，聊得很不错。你认真听他说话，不时点头，向他提问，当时我感到非常自豪。你仔细想想，你会记起来的。他当时给我们讲了一些俄国革命中的令人难以相信的故事。比如，他因商务到基辅出差时遇到一次骚乱，亲眼看见一个神父站在阳台上，用刀在自己的手掌上划开一个大大的血淋淋的十字口子，然后举起手，向群众高呼。后来，你自己还在有些地方讲过这个故事呢。"

说话间，格奥尔格已经把父亲扶到椅子上坐下，小心地脱掉他穿在亚麻布衬裤外面的针织棉毛裤和袜子。他看到父亲的内衣已经不太干净，心里责备自己对父亲照顾不周。提醒父亲更换衣服，也该是他的责任。他还没有直截了当地和未婚妻谈过，他们将来怎样安置父亲，不过，他们两人都心照不宣地认为，父亲会一个人留在老宅子里。可现在，他当下就明确地决定，要把父亲接到他未来的新居。因为如果好好考虑一下的话，就该想到，到新居以后再去好好照顾他，可能会太晚了。

格奥尔格把父亲抱到床上。在他抱着父亲向床铺走去的短短几步路上，他注意到父亲在他的怀里摆弄他的表链，不禁感到一阵惊恐。他无法马上把父亲放到床上，因为父亲紧紧抓住表链不放。

不过，父亲一躺到床上，情况似乎就都正常了。他自己盖上被子，还把被子往上拉了拉，盖住了肩膀。他仰面看着格奥尔格，眼神不能说不亲切。

"你记起他来了，是不是？"格奥尔格问道，很高兴地冲他点点头。

"我盖严实了吗？"父亲问，仿佛他无法查看两只脚是否盖好了。

"看来你在床上感觉不错。"格奥尔格一边说，一边给父亲掖了掖被子。

"我全身都盖上了吧？"父亲又问了一遍，仿佛特别看重儿子的回答。

"你盖得很严实，放心吧。"

"不！"父亲没等他答完就喊道，一把掀开被子，因用力很猛，被子完全掀开抛了出去，接着他就直挺挺地站在床上。他只用一只手轻轻地撑着天花板。"你想把我盖严实，这我知道，我的笨小子，可是我还没有盖严实。这是我的最后一点力气，对付你足够了，绰绰有余。我是认识你的朋友，他要是我的儿子，倒很合我的心意。正因如此，这些年你一直欺骗他。难道还有别的原因不成？你以为，我没有为他哭过？于是你把自己关在办公室里，不让别人打扰你，说经理正忙着呢——这样你就可以往俄国写那些谎话连篇的信了。但是，幸好当父亲的具有看穿儿子的天性，用不着别人教。你现在以为，你已经把他制住了，可以一屁股坐到他身上，而他会一动不动随你摆布，于是，我的儿子大人决定结婚！"

　　格奥尔格抬头看着父亲那张可怕的脸。那位彼得堡的朋友，那位父亲突然如此了解的朋友，以前从没有像现在这样打动过他的心。他似乎看见那位朋友在辽阔的俄国落泊受苦。他看见他站在被抢劫一空的店铺的门旁。他看见他正站在满目疮痍的店里，站在砸坏的货架、捣毁的货物和正在坍塌的煤气管中间。他干吗非要远走他乡啊！

　　"你看着我！"父亲喊道。格奥尔格几乎心不在焉地快步向床边走去，准备挨父亲的所有训斥，但走到中途他又停住了。

　　"因为她撩起了裙子，"父亲用柔和的声音说，"因为她这样撩起裙子，这个讨厌的蠢货。"他一边说，一边高高撩起衬衣，表演撩裙子的样子，这时可以看到他大腿上战争时受伤留下的伤疤，"因为她用这种方式撩起裙子，你就去亲近她，你为了在她身上顺顺当当地享受快乐、得到满足，就毫不顾念故去的母亲，出卖你的朋友，把你的父亲弄到床上，让他动弹不得。可是，难道他就不能动了吗？"

　　他撒开手站着，摆动两只脚。他因自己洞察一切而喜形于色。

　　格奥尔格站在一个角落里，尽量远离父亲。很久以前，他曾下过很坚定的决心，要非常仔细地观察一切，免得遭受来自侧面、后面或上面的突然袭击。现在他又记起了这个早已遗忘的决心，然后又忘了它，就像我们把一根很短的线穿过针眼一样。

　　"但是，你的朋友并没有被出卖！"父亲一边大声说，一边挥动食指，加强他的语气，"我是他在这里的代理人。"

"你是个滑稽演员!"格奥尔格脱口喊了起来。他马上认识到这样做有害无益,赶紧咬住舌头,疼得弯下身来,可是为时太晚了。

"不错,我刚才演的是滑稽戏!滑稽戏!这个词用得很恰当!一个失去老伴的老父亲还能有什么别的安慰呢?你说说——你在回答这个问题的此刻还是我那活着的儿子——我,一个半截入土的老人,住在一间背阴的房间里,受着不忠的伙计的气,除了演戏还能干什么?而我的儿子则欢呼着,走遍全世界,做成了一桩又一桩其实是我打点好的生意,高兴得活蹦乱跳,摆出一副正人君子的严肃面孔,从他父亲面前走过!你以为,我不曾爱过你,不曾爱过我亲生的儿子?"

"他现在要弯身了,"格奥尔格想道,"可别摔下来,摔伤了身子!"他的脑子里闪过这样一句话。

父亲向前弯了一下身子,但没有摔下来。格奥尔格没有像他期待的那样走近他,于是他又自己直起了身子。

"你就待在那里好了,我不需要你!你以为,你还有力量走到我这里来,只是因为你不愿过来,你才留在原地。这你就想错了!我始终是强者,比你强得多。如果我是一个人,我也许会退缩,但是,你母亲把她的力量给了我,我和你的朋友关系非常好,你的顾客都在我的口袋里呢!"

格奥尔格心里说:"他连衬衣都有口袋!"他相信,他可以用这番话,把父亲搞得无法在世上立足。不过,这一点只在他脑中一闪,因为他总是什么事想过就忘。

"你尽管挽着你的未婚妻，到我跟前来好啦！你还不知道是怎么回事儿，我就把她从你身边赶走了！"

格奥尔格做了个鬼脸，仿佛他不相信这番话。父亲只是朝格奥尔格待的角落点了点头，表示他并非戏言。

"你今天来找我，问我你是否该写信告诉你的朋友订婚的事，这可让我很惬意。只是他什么都知道，傻小子，他什么都知道！我已经写信告诉他了，因为你忘了拿走书写用具。因此，他已经多年不来，可是所有的事情，他比你自己还要清楚一百倍。他左手拿着你的信，看都不看就揉成一团，而右手则拿着我的信，举到眼前读。"

他兴奋得把手臂举过头顶挥动着。"他什么事都比你清楚一千倍！"他喊道。

格奥尔格为了嘲笑父亲，就说："一万倍！"可是，这话一出口就变得严肃无比。

"这些年我一直等着你来问这个问题！你以为，还有别的什么事让我操心吗？你以为，我在看报纸吗？你看！"说着，他把一张不知怎么带到床上的报纸扔给格奥尔格。这是一张旧报纸，格奥尔格连报名都没有听说过。

"你犹豫了多长时间才考虑成熟啊！要等你母亲过世，不能让她看到你的喜庆日子；要等你的朋友在俄国完蛋，早在三年以前他就不行了；至于我呢，你自然看见我是什么情况。你不是有眼睛吗！"

"原来你一直在盯我的梢！"格奥尔格喊道。

父亲同情地随口说道："这句话你大概早就想说了，现在可就不是说这种话的时候了。"接着，他提高嗓音说："你现在知道了，世上不是除了你就什么也没有，你以前就知道你自己！你原本是个纯真的孩子，不过说到骨子里，你是个残忍的人！所以你听着：我判你投河自尽！"

格奥尔格觉得这是要把他赶出房间，父亲在他背后砰的一声倒在床上，他耳中回响着这倒下的声音逃离了房间。他匆匆跑下楼梯，就像跑下一面斜坡，撞倒了正要上楼整理房间的女仆。"天哪！"她喊了一声，忙用围裙遮住自己的脸，但格奥尔格已经走了。他快步跑出大门，穿过马路，冲向河边。他很快就到了桥上，像饿鬼抓食物那样一把抓住栏杆。他年轻时是一个优秀的体操运动员，让父母感到骄傲；他现在跃过栏杆，悬空挂着。他那双抓住栏杆的手越来越疲乏无力，他从栏杆中间看到驶来一辆公共汽车。他想，汽车的噪声会很容易地盖过他落水的声音，于是他低声喊道："亲爱的父亲母亲，我可是一直爱你们的。"说完，他松手掉了下去。

这时，一辆又一辆汽车驶过桥面。

司炉 [1]

　　十六岁的卡尔·罗斯曼被一个女仆引诱，让她生了他的孩子，于是他的父母把他送往美国。当他乘坐的轮船缓缓驶进纽约港时，他看到，他在远处早就看见的自由女神雕像耸立在突然变得强烈起来的阳光下。她持剑的手臂像刚刚伸出来一样，高高举起，她的身躯四周，自由之风轻轻吹拂。

　　"真高啊！"他心里说了这么一句。他还没有来得及想下船的事，就被越来越多从他身边蜂拥而过的行李搬运夫慢慢地挤到了甲板栏杆旁。

　　他在旅途中认识的一个年轻人从他身边走过时说："喂，您还不想下船吗？""当然下，这就走。"卡尔冲他笑了笑说，因为高兴，一把将箱子扛到了肩上，他是个强壮的小伙子嘛。他看着他的熟人微微挥动手杖，随着其他人一起离去时，突然发现自己的雨伞落在下面船舱里了。他当即请求这位熟人停下，照看一下

1　本篇创作于 1912 年至 1913 年，为长篇小说《美国》（一译《失踪者》）的第一章，但作者将其视为独立的短篇小说。1913 年夏单独发表在《末日审判》第 3 卷上。

他的箱子，这年轻人似乎不太乐意。卡尔环视了一下四周，以便回来时找到放箱子的地方，就匆匆离开了。遗憾的是，他在下面发现一条近道头一回被堵死了，这也许是全体旅客已经下船的缘故。于是，他不得不穿过许多小房间，走过一道又一道短短的楼梯，经过老是弯来弯去的走廊，穿过一间孤零零放着一张写字台的空房间。他就这样艰难地找着路，因为这条路他只走过一两次，而且都是和许多人一起走的。他终于迷了路，感到一筹莫展，看不见一个人，只听见头顶上不断传来千百只脚擦地而过的声音和远处已经关掉的机器最后几圈转动的嗡嗡声。这时他正来到一扇小门前，就不假思索地敲起门来。

"门开着哩。"屋里有人喊道。卡尔高兴得舒了一口气，开了门。"您干吗这么使劲敲门？"一个彪形大汉问道，对来人看都不看一眼。上层船舱里本已暗淡的光透过一扇天窗，射进这间简陋的小船舱，舱里像堆放货物那样，紧挨着放着一张床、一个柜子、一把圈手椅，还有那个汉子。"我迷路了。"卡尔说，"在航行中，我根本没有怎么注意船的构造，可这是多大的一艘船啊。""是艘大船，您说得一点不错。"那男子有点自豪地说，两只手不停地摆弄着一只小箱子的锁，一次又一次地压着箱盖，仔细听锁簧入扣时的清脆响声。他接着说："您进来吧，别站在门外！"卡尔问："我不会打扰您吧？""哪里，您怎么会打扰呢？""您是德国人？"卡尔试着搞清楚对方的身份，因为初到美国的人面临的危险，尤其是来自爱尔兰人的危险，他听说了很多。那个男子说："不错，我是德国人。"卡尔还犹豫地站在那里。这时，那人突然抓住门把手，将他拉进屋里，随即关上门。"我受不了有人从过道朝里面看我，"他一边说，一边又摆弄起他的箱子，"每个经过这里的人都往里看，这种事十个人有九个受不了！""可过道里一个人都没有啊。"卡尔说，他紧挨床架站着，心里有些不自在。那人说："现在是没有人。""我说的就是现在嘛，"卡尔想，"这个人真难沟通。"那男子说："您还是躺到床上吧，那样会宽敞一点。"卡尔起先想跳上床，试了几次都没有成功，于是一边笑着，一边爬到床上。他刚上床，突然喊道："天哪！我把箱子忘得一干二净！""您的箱子在哪儿？""在上面甲板上，一个熟人看着它。他叫什么来着？"他从母亲为他出门旅行而缝在衣服衬里上的暗袋里掏出一张名片。"布特鲍姆，弗朗茨·布特鲍姆。""您急着用这只箱子吗？""当然。""那您干吗把它交给一个陌生人呢？""我把雨伞忘在下面了，就下来取雨伞，又不想随身提着箱子。后来我又迷了路。""您是一个人？没有同伴？""是的，就我一个人。"卡尔脑子里闪过一个念头："也许我该求他帮忙，眼下我到哪里找更好的朋友呢？""您现在把箱子也弄丢了，雨伞就更甭提了。"那男子坐到圈手椅里，卡尔的事似乎引起了他一些兴趣。"我相信，箱子还没有丢。""信仰让人糊涂。"那人说，用手使劲搔他又黑又密的短发，"在船上，换一个码头就换一种风气。要是在汉堡，您的熟人也许会看着您的箱子，可在这儿，多半连人带箱子都没有了踪影。""那我可得赶紧上去看看。"卡尔一面说，一面环视四周，看自己怎么出去好。"您就待着吧。"那人说，毫不客气地用手推了一把他的胸口，把他推回到床上。"干吗不让我上去?"卡尔恼火地问道。"因为没有用。"那男子说,"过不了一会儿我也上去,那时我们一起走。要么您的箱子已经被偷走,那就一点办法也没有了;要么您的熟人把它留在那里,那么,等大家都走了,会更容易找到它。您的伞同样会找到。""您对船上的情况非常熟,是吗?"卡尔疑惑地问道。在空船上最容易找到他的东西的想法在一般情况下自然令人信服,但他觉得这件事会有现在还看不见的麻烦。"我可是船上的司炉。"那男子说。"您是司炉!"卡尔高兴地喊了起来,似乎这完全超出他的意料,他支着胳膊,更加仔细地打量这个男子,"就在我和那个斯洛伐克人同住的船舱前面,有一扇天窗,我们透过天窗可以看到机房。"司炉说:"是嘛,我就在那儿工作。""我一直对技术很感兴趣,"卡尔说,他的脑子还停留在某个思路上,"要不是非让我到美国来,我以后肯定会成为一名工程师。""您干吗非走不可呢?""噢,算了吧!"卡尔说,手一挥,做了个抛却往事的手势,一边微笑着看着司炉,仿佛请求对方谅解他没有说出事情的原委。"肯定是有原因的。"司炉说。卡尔不明白,司炉说这话是要求他说出原因呢,还是要他不要讲。"现在我也可以当司炉了。"卡尔说,"现在,不管我做什么,我的父母也无所谓了。""我的位子就要空出来了。"司炉很有把握地说,一边把两只手插进裤口袋,把穿着起皱的灰色仿皮裤子的两条腿搁到床上,让它们好好舒展一下。于是,卡尔不得不往墙那边挪动了一下身子。"您要离开这艘船?""是的,我们今天就出发。""为什么?您不喜欢当司炉?""不喜欢,这是客观情况所致，一个人做出某个决定，并不总是取决于他喜欢不喜欢。再说您说得不错，我不喜欢当司炉。您恐怕也不是当真要当司炉，当司炉恰恰是最容易做到的。所以，我坚决劝您打消这个念头。要是您在欧洲时想上大学，为什么您在这儿就不想呢？比起欧洲大学，美国大学不知好多少。""这有可能，"卡尔说，"可是我几乎一点上大学的钱都没有。我在什么地方读到过，有一个人白天在一家商店干活儿，夜里学习，最后成了博士，我没有记错的话，他还当了市长。可是这要有多大的毅力啊，您说是不是？我怕我缺乏这种毅力。再说我本来就不是一个特别优秀的学生，当时离开学校，我真没有觉得很难受。这儿的学校也许比我们的还严格。英语我几乎不会。我觉得，这儿的人对外国人压根儿就有很多偏见。""这一点您也听说了？这就好。这么说我们是一路人。您看，我们是在一艘德国船上，它属于汉堡—美国航线，可船员为什么不全是德国人？为什么轮机长是个罗马尼亚人？他叫舒巴尔。这简直叫人无法相信。这个混蛋竟在一艘德国船上欺压我们德国人！您别以为，"他气得一时喘不上气来，摆摆手停了一会儿，然后接着说，"我是为诉苦而诉苦。我知道，您在这种事上起不了作用，您自己就是个穷小子。可是这事太气人了！"说完，他用拳头猛敲了好几次桌子，一边敲，一边盯着拳头。"我不知道在多少船上干过，"他一口气列举了二十艘船的名字，船名之间没有间歇，仿佛它们是一个词似的，搞得卡尔稀里糊涂，"我干得很出色，受过表扬，我是个很合船长口味、招他们喜欢的工人，甚至在同一艘商船上干过好多年。"——说到这儿，他站起身，仿佛这是他一生的顶峰——"可是，在这艘臭船上，什么都井井有条、规规矩矩的，不要求你幽默风趣。在这儿，我是个废物，老是碍手碍脚的，妨碍舒巴尔做事，是个懒蛋，活该让人赶出去，我挣的那点钱是人家的恩赐。为什么会这样，您明白吗？我可不明白。""您可不能这么任人摆布！"卡尔激动地说。他躺在司炉的床上，觉得像在家里一样，再也没有那种身处一艘船的底舱、停靠在一片陌生大陆的海岸的没着没落的感觉了。"您找过船长了吗？您有没有向他争取过您的权利？""唉，您走吧，您还是走吧。我不想让您待在这儿。您没有好好听我讲话，就给我出主意。我干吗要去找船长！"司炉显得疲倦乏力，又坐到椅子上，两手捂住脸。

卡尔心里说："我哪有更好的主意给他啊！"他现在觉得，与其在这里给人家出主意，却被人家当作馊主意，还不如去找他的箱子。父亲把箱子交给他时，曾经开玩笑地问他："你能把这只箱子保存多久？"现在，这只珍贵的箱子也许真的丢了。唯一的安慰是，即使父亲追查起来，也不可能知道他现在的情况。同行的人顶多只能告诉父亲，卡尔跟他们一起到了纽约。卡尔感到可惜的是，箱子里的东西他还没有用过就没有了，而现在他非常需要这些东西，比如，他早该换衬衣了；他是在不该省的地方节省。而现在，他要开始新的生活，寻找新的发展，需要衣着整洁，却不得不穿着肮脏的衬衣登场。要不是没有衬衣可换，丢掉箱子倒也没有那么糟糕，因为他现在身上穿的这套西服比箱子里那套还好，那是临行前母亲补好了放到箱子里，给他应急时穿的。他现在还想起，箱子里有一根意大利维罗纳熏肠，是母亲特地包好放进去的。旅途中他没有胃口，而且船里提供的饭也足够他吃的，所以那根香肠他只吃了一小段。现在，他多希望手里能有这么一根香肠，可以给司炉美餐一顿。因为这类人，只要给他们塞点小东西，就很容易笼络过来。这一点，卡尔是从父亲那儿体会到的，他父亲总是给所有生意上要打交道的低级职员分送雪茄，获得他们的好感。现在，卡尔可以拿来送人的只有钱了，可是，他暂时还不想动用这笔钱，因为他的箱子也许真的找不回来呢。这一下他的思绪又回到了箱子上，他真不明白，他一路上那么精心照看箱子，甚至连觉都睡不安稳，怎么就那样轻而易举地给人拿走了呢。他回想起船上的那五个夜晚，他一直怀疑睡在他左边、隔两个铺位的小个子斯洛伐克人在打他的箱子的主意。这个斯洛伐克人总是在等待时机，只要卡尔抵不住困意，打上一小会儿盹，他就可以用一根白天不断玩耍或练习的长竿，把箱子钩过去。白天，这个斯洛伐克人看起来非常天真烂漫，可是一到夜里，他就不时地从床铺上支起身子，可怜兮兮地朝卡尔的箱子看。他的这些举动卡尔看得很清楚，因为在船舱里，总有人怀着移民的不安心理，不顾船上禁止点灯的规定，点亮一盏灯，试图搞清楚移民局的令人费解的移民指南。要是这样一盏灯在附近，卡尔就可以安心地眯一会儿；倘若灯火在远处，或者没有人点灯，舱里漆黑一团，他就得睁大眼睛。神经这么紧张，把他搞得疲惫不堪，可现在，这些苦头也许白吃了。你这个布特鲍姆，哪天让我碰见，有你好看的！

这时，在外面很远的地方响起了轻轻的、短促的打击声，像孩子的脚步，打破了原先的一片寂静；声音越来越近，越来越响，现在变成了男人缓缓行进的脚步声。显然，他们是排成一列行进的，这在狭窄的过道里也很自然，还可以听到类似武器碰撞发出的清脆响声。其时，卡尔在床上舒展开身子，抛开箱子和斯洛伐克人带来的烦恼，正要进入梦乡，他听到声音一下惊醒了，推了推司炉，让他注意外面的声音，因为这时，队列最前面的人好像已经到了门口。"这是船上的乐队，"司炉说，"他们在上面演奏结束了，现在去收拾行李。现在一切都结束了，我们可以走了。来，跟我走！"他抓住卡尔的手，在临走的最后一刻，取下挂在床铺上面墙上的一帧镶在镜框里的圣母像，放进前胸的口袋里，然后提起自己的箱子，和卡尔一起离开了那间小船舱。

"现在我去办公室，跟那些先生说说我的意见。现在已经没有旅客，用不着顾虑这顾虑那了。"这层意思司炉来回说了好几遍，只是说法不同。他走着走着，看见前面一只耗子挡道，就横着一脚跨出去，想踩住耗子，结果只是踢到它的身上，让它更快地钻进了耗子洞。他原本就是个动作迟缓的人，虽说他的腿很长，但那两条腿太笨重。

他们穿过厨房的一个操作间，几个穿着肮脏围裙的姑娘在一个大桶里清洗餐具，她们故意把脏水溅到围裙上。司炉把一个叫什么莉娜的姑娘叫到身边，用胳膊搂着她的腰，而她也卖弄风骚，紧紧地偎在他的怀里，他就这样带着她走了一段。他问道："现在发工资，你愿意一起去吗？"姑娘答道："干吗要我劳神？

你还是把钱给我捎来吧。"说完，她挣脱掉他的胳膊，跑开了。"你在哪儿碰上这么个小帅哥？"她还冲他喊了一声，不过并不想得到什么回答。他们听见所有在场的姑娘都大笑起来，中断了一会儿手中的活计。

他们继续往前走，来到一扇门前。门的上方有一个小小的三角形楣饰，楣饰的柱子是几根细小的镀金女像柱。就轮船装饰而言，这是相当奢华的。卡尔发现，他从来没有到过这儿。在航行中，这个地方也许只对头等舱和二等舱的旅客开放，现在轮船要进行大扫除，那些隔门都被卸了下来。他们也确实遇见了几个男人，一个个肩上扛着扫帚，向司炉打了招呼。船上竟如此繁忙，卡尔很是惊讶；他原先待在统舱里，对这些情形自然所知甚少。过道里安着电线，可以听见一只铃在不停地响。

司炉毕恭毕敬地敲了门，里面有人喊了一声"进来"时，他打了个手势，叫卡尔一起进去，不用害怕。卡尔真的跟了进去，但在门口就停住了。他从房间的三个窗户看见外面的大海，看见波涛欢快地起伏涌动，也不禁心潮起伏，仿佛他一连看了五天大海还没有看够似的。巨大的轮船你来我往，穿行在海面上，在波浪的冲击下，在重力许可的范围内晃动。倘若我们眯起眼睛，就会觉得这些船纯粹是由于自身的重量而摇晃。桅杆上挂着又窄又长的旗帜，因为船在行驶，所以旗帜绷得很直，但仍然来回飘动。大概是从战舰上传来礼炮声。不远处驶过一艘战舰，舰上钢制大炮的炮筒因表面的反光而闪闪发亮，在平稳的行驶中接受海风的抚摩。从门口望出去，只能在远处看见许多小船和小艇，通过大船之间的空隙驶进港口。在所有这些景物的后面是纽约，这座城市的摩天大楼的成千上万扇窗户正凝视着卡尔。是啊，在这间房间里，人们就知道自己到哪儿了。

在一张圆桌旁坐着三位先生，一位是穿着蓝色制服的高级船员，另外两位是港务局官员，身穿黑色美国制服。桌子上放着许多文件，摞得高高的，那位高级船员手里拿着一支笔，浏览着文件，然后把文件递给另外两个人。这两个人时而阅读，时而做些摘录，时而又把文件放进公文包里；其中一个几乎不停地用牙齿磕碰出小小的噪声，不时地向他的同事口授点什么，让他记下。

窗户旁有一张写字台，背朝房门坐着一位小个子先生，忙着整理并排放在他面前齐头高的一块厚板上的大开本账簿。在他身旁立着一个开着的钱柜，至少第一眼看上去是空的。

第二扇窗户旁没有人，可以极目远眺。第三扇窗户附近则站着两位先生，正在低声谈话。一位靠在窗边，也穿着船员制服，摆弄着剑柄。跟他谈话的另一位面向窗口，穿着便服，手里拿着一根细细的竹手杖，两手叉腰，所以手杖就像剑那样斜挂着。他不时地做个什么动作，闪动一下身体，让另一位胸前挂着的一排勋章中的几枚露在众人面前。

卡尔来不及仔细观看这一切，因为不一会儿就有一个侍者朝他们走来，轻声问司炉要干什么，而且瞥了他一眼，好像说他不该到这儿来。司炉也同样轻声地答道，他要和主任出纳员先生谈谈。侍者挥了挥手，表示就他而言，他拒绝这个请求，但还是踮起脚，绕了一个大弯避开圆桌，径直走向摆弄账簿的先生。人们清楚地看到，那位先生听了侍者的话先是愣住了，但后来还是转过身来，面对想和他说话的司炉，冲着他，为了保险起见，也冲着侍者，用力挥了挥手，表示坚决拒绝。侍者当即回到司炉身旁，用一种向他透露心里话的声调说道："你马上从屋里出去。"

司炉听了这个回答，低头看着卡尔，仿佛卡尔是他的心，他在无声地向这颗心诉说他的痛苦。卡尔不假思索，抬腿就跑，穿过房间，甚至轻轻擦过那个高级船员坐的沙发。侍者弯着腰，伸出双臂，跟在后面跑，好像在追赶一只害虫，但是卡尔首先跑到主任出纳员的桌子旁，两只手紧紧抓住桌子，以防侍者把他拉回去。

屋里的人自然一下子都来了精神。坐在桌旁的高级船员一跃而起，港务局的两位先生冷静地注视着一切，窗口的那两位先生并排站到了一起，而那位侍者则往后退去，因为他想，高贵的先生们已经表现出兴趣，这里就没有他的事了。司炉站在门口，紧张地等着需要他伸出援手的时刻。主任出纳员终于把靠背圈手椅向右转了一大圈，转过身来。

卡尔从他的暗袋里——让他们看见他的暗袋，他一点也不担忧和迟疑——掏出护照，放到桌子上，不说一句话介绍自己。主任出纳员对护照似乎不屑一顾，用指头把它弹到一边；卡尔随即把护照又放进口袋里，仿佛手续已经办完，令他很满意。

"我冒昧地说几句，"卡尔开口说道，"依我看，你们让这位司炉先生受了委屈。这儿有个人叫什么舒巴尔的，老给他找麻烦。司炉本人在好多船上干过，他可以向各位——列出所有这些船的名字，他在哪儿都干得很出色，人又勤快，对待工作非常认真，所以我真的弄不明白，他为什么在这艘船上就干不好，这艘船上的活儿并不比其他轮船，例如商船上的活儿繁重。所以，妨碍他提升、让他得不到赏识的原因只能是有人说他坏话，不然，他肯定会在船上得到赞赏。我说的只是这件事的一般情况，至于具体的委屈、特别的苦处，他自己会向各位诉说。"卡尔是向所有在场的先生们说这番话的，因为事实上也是所有的人都在全神贯注地听他讲，而且在他们当中，多半会有一个讲公道的人，只是这个人未必会是主任出纳员。此外，卡尔很聪明，一句话不提他是刚刚才认识司炉的。还有，要不是他从现在所站的位置才第一次看见的那位拿着竹手杖的先生的红脸让他走了神，他会讲得更加精彩。

这时，没有人问司炉，甚至没有人朝他看一眼，但他接住卡尔的话茬说道："他所说的句句属实。"要不是那位佩戴勋章的先生表现出愿意倾听司炉的申诉的话，司炉这么沉不住气就是个大错误。卡尔现在恍然大悟，这个人准是船长。因为他伸出手，朝司炉大声喊道："请您过来！"他的声音斩钉截铁，非常坚定。现在，一切都看司炉的表现了，因为就事情本身而言，卡尔毫不怀疑，正义在司炉一边。

幸好，司炉在这个场合表现得很出色，表明他见过世面。他非常从容自若地从他的小箱子里取出一卷证件和一个笔记本，然后拿着这些东西，径直走向船长，在窗台上摊开他的证件。他完全忽略了主任出纳员的存在，仿佛这样做是理所当然的事。于是，主任出纳员只好自己向船长走过去。"这个人是个有名的牢骚鬼，"他解释说，"他在出纳室的时间比在机房的时间还多。他搅得舒巴尔这么一个文静的人对他毫无办法。您听着！"他转过身对着司炉，"您这么纠缠不休，真是太过分了。您已经多少次被赶出了出纳室，您的要求完完全全、无一例外都是无理的，能有什么好结果呢！您已经多少次从被赶走的地方跑到总出纳室来！我们已经告诉过您多少次，舒巴尔是您的顶头上司，您是他的下级，您一定要听他的！您现在竟跑到这儿来，趁船长在这里，非但不知羞耻地骚扰他，还厚着脸皮，带来这个小家伙，让他事先背好词，充当您那些毫无价值的指控的代言人。在我们这艘船上，我还是头一回见到他哩！"

卡尔强压住怒火，没有向前冲过去。但这时船长已经开口说道："我们还是听听这个人怎么说吧。不管怎样，我觉得随着时间的推移，舒巴尔也有点太自作主张了。不过，我这么说可不等于向着您。"最后这句话是针对司炉的，他不可能马上为司炉说好话，这是非常合情合理的事，但是看来一切都很顺利。司炉开始说明原委，并且一开头就控制住自己的感情，称舒巴尔为"先生"。卡尔站在主任出纳员的空无一人的写字台旁，看着这一切高兴万分，忘情地一次又一次按下写字台上的一台邮件磅秤。——舒巴尔先生不公正！舒巴尔先生偏袒外国人！舒巴尔先生把司炉赶出机房，让他打扫厕所，而打扫厕所肯定不是司炉的分内事！——司炉甚至怀疑舒巴尔先生是否真的精明强干，说他是外强中干。听到这里，卡尔全神贯注地看着船长，显得那么亲切，好像船长是他的同事似的，而他这样做，只是为了不让司炉这种不那么聪明的表达方式影响船长，从而对司炉不利。然而，司炉讲了一大堆话，在场的人却没有听到一点实质性的东西。尽管船长依然看着司炉，眼里流露出无论如何要听他讲完的坚定神色，但其他那些先生却已经不耐烦了，房间里不再只听得见司炉一个人的声音了，这让人不禁生出几分担心。第一个表现出不耐烦的是那位穿便服的先生，他提起他的手杖，轻轻敲击着地板。其他几位也都开始东张西望。港务局的两位先生显然有紧急事务要处理，便重新拿起文件审阅起来，尽管还不是那么专注；高级船员又走向他的桌子；而主任出纳员则以为，现在已经胜券在握，不禁嘲讽地深深叹了口气。只有那个侍者不受这种普遍出现的心不在焉的气氛的影响，对这个受大人物摆布的可怜人的痛苦不免有点感同身受，就严肃地朝卡尔点了点头，仿佛他想以此说明什么。

这时，窗外可以看见港口依然一片繁忙。一艘满载圆桶的平底货船从窗前驶过，船室里顿时一片黑暗。船上的圆桶码得高高的，肯定堆放得非常稳固，一点没有滚动。一艘艘小摩托艇风驰电掣般驶过，每艘艇的舵盘前都站着一个男子，紧握舵盘的双手震得发抖，只是现在卡尔没有时间去仔细观看这些小艇。这儿那儿从动荡起伏的水里冒出形状奇特的漂浮物，但一露出水面又被海水淹没，在众人惊异的目光注视下沉了下去。卖力的水手划着远洋轮的小船向前驶去，小船上挤挤挨挨的坐满乘客，他们安安静静、充满期待地挤在一起，尽管也有一些人忍不住来回转动脑袋，观看不断变化的种种场景。总之，这是一幅动荡不安的画面，充满永无休止的运动，并且传给了那些束手无策的人，感染了他们的举动。

但是，一切都提醒人们要抓紧时间，要开门见山，要简单明了；可是司炉做了什么呢？他说得满头大汗，双手发抖，早已拿不住放在窗台上的文件了；各种各样对舒巴尔的牢骚从四面八方涌上他的心头，照他的看法，每一条都足以完全葬送舒巴尔的前程，可是，他理不出一点头绪，只是向船长陈述了一大堆杂乱无章、让人糊涂的东西。那位拿着小巧的竹手杖的先生早已不耐烦了，轻轻地对着天花板吹着口哨；港务局的两位先生让那位高级船员留在他们的桌子旁，看样子是不想让他走开了；主任出纳员显然只是看到船长安详地听着而没有插嘴；而那个侍者则留神地在一旁候着，等着船长随时发出有关司炉的命令。

看到这里，卡尔不能再袖手旁观了。于是他慢慢向那些人走过去，一边走一边飞快地转动脑筋，思索他怎样尽可能巧妙地去干预这件事情。现在真是到了关键时刻了，如不能立即扭转局面，要不了一会儿，他们两人就会被赶出办公室。船长可能是个好人，而且——卡尔觉得——尤其是现在，他很可能有特别的理由，愿表明自己是个正直的上司，但是，船长毕竟不是别人可以充分利用的工具，而现在，司炉恰恰把他当成了这样一个工具，虽然他是因为心中委屈、恼怒万分才这样做的。

于是，卡尔对司炉说："您应该把事情讲得简洁一点、明了一点，按您现在这种讲法，船长先生是不会欣赏的。难道他知道所有机械师和伙计的名字，甚至教名吗？难道您说出一个人的名字，他就能马上知道您说的是谁吗？您应该把您要申诉的事情理出条理，先讲最重要的，然后再讲其他的，这样，大部分事情也许连提都不必提了。您以前在我面前，可是讲得一清二楚的呢！"倘若在美国箱子都可以偷，那么偶尔说一两句谎话也没有什么，卡尔这么想，为自己没有说真话辩白。

要是这番话能帮上忙该多好啊！是否已经太迟了？司炉听到这熟悉的声音，马上就停下不说了，但是他男子汉的尊严受到了伤害，加上可怕的回忆和目前的困境，眼泪不禁夺眶而出，模糊了眼睛，使他看不清卡尔。他现在该怎么办呢，难道能突然改变他的讲述方式吗？卡尔默默地站在现在也默不作声的司炉旁，大概也看到了这一点。司炉觉得，该说的话他都已经说了，可丝毫没有引起对方的重视；而另一方面，他觉得似乎什么也没有说，又不可能指望在座各位先生听他从头到尾再说一遍。而在这样的时刻，他的唯一支持者卡尔还走过来，想给他出些好主意，结果非但没有出好主意，反而向他表明全都完了，一切的一切都完了。

"我不该光顾着看窗外，这么晚才过来提醒他。"卡尔一边想，一边在司炉面前低下头，双手拍打着裤缝，表示一切希望都泡汤了。

但是司炉误解了卡尔的意思，以为卡尔心里有许多责怪他的话，正打算向他和盘托出，就更加恼火，和卡尔吵了起来。而这时，圆桌旁的先生们早已被他们毫无用处的吵闹激怒了，因为这吵闹声妨碍了他们从事重要的工作；主任出纳员逐渐觉得船长的耐心不可理解，禁不住要马上发作；侍者又完全被他的主子所控制，用愤怒的目光打量着司炉；那位拿着小巧的竹手杖的先生已经听腻了司炉的话，可以说已经对他感到厌恶，于是拿出一本小小的笔记本，心中显然想着其他事情，眼睛却交替看着笔记本和卡尔，而船长则不时地向他投来几瞥亲切的目光。

"我知道，我知道，"卡尔说，竭力想让司炉停止那针对他的滔滔不绝的话语，而在整个争吵过程中，他依然向司炉友好地微笑着，"您是对的，您没有错，我对此从来没有怀疑过。"卡尔害怕司炉打他，恨不得抓住对方胡乱挥舞的手，而卡尔更想做的是把他挤到哪个角落里，悄悄地对他说几句别人听不见的话，让他平静下来。但司炉已经失去控制。卡尔想，司炉在迫不得已的时候，也许会凭着绝望挣扎的力量战胜在场的七个男人，这种想法甚至让他感到某种安慰。因为一眼就可以看到，在写字台上放着一只装有许多电线按钮的控制器，只要用一只手按动电钮，就能使整艘船闹腾起来，要知道，船上各条过道里挤满了心怀敌意的人呢。

就在这时，那位手持竹杖、原本漠不关心的先生向卡尔走过来，用不是很大却压过司炉的喊叫声的声音问道："您到底叫什么名字？"他的话音一落，就响起了敲门声，仿佛有人在门外等着这位先生开口说话似的。侍者朝船长看了看，船长点了点头。于是，侍者走过去开了门。门外站着一个中等身材的男人，穿着老式帝国上衣，看外表本不适合在机房干活，可他确实是——舒巴尔。这时，所有人的眼睛都流露出某种满意的神情，船长也不例外；要不是卡尔看到这一点，那么，他看到司炉此时的举动就必定会大吃一惊：司炉绷直双臂，握紧拳头，仿佛这紧握的双拳是他身上最重要的东西，他愿为此牺牲他的生命。现在，他的全部力量，包括支撑他身体挺立不倒的力量，都凝聚在这紧握的双拳里了。

这就是仇人，他衣着齐整，满面春风，腋下夹着一本账本，可能是司炉的工资单和劳动记录文件。他逐个打量每个人的眼睛，毫不掩饰他首先要断定每个人的心境。这七个人都已经是他的朋友，因为即使船长此前对他有过微词，或者也许只是托词，当司炉给他添了麻烦后，他现在看起来大概一点也不会指责舒巴尔了。对待司炉这样的人，再严厉也不为过，而舒巴尔该受责备的，是他在这段时间里未能制服倔强的司炉，致使他今天还胆敢到船长这里来。

我们也许还可以这样假设，在这些人面前，司炉和舒巴尔的对质也会达到在高级法院上对质所产生的效果。因为，不管舒巴尔怎样善于掩饰，他都不可能坚持到最后。只要把他的劣迹稍稍曝一下光，就足以让在场的先生们看清他的面目。卡尔正准备这么去做呢。他可已经大致了解了每位先生的洞察力、弱点和脾气，就此而言，他没有虚度迄今为止的这段时间。要是司炉能表现得好一点该多好啊，可他似乎已经毫无战斗力了。要是有人把舒巴尔推到他面前，他准保会一拳砸开对方那可恨的脑袋瓜。然而，司炉连短短几步路都走不了啦，舒巴尔离他就那么几步。舒巴尔肯定会来，即使不是自己来，船长也会叫他来，这本是很容易预料到的事，卡尔怎么就没有预料到呢？他为什么不在来的路上，预先和司炉商量好一个周密的作战方案，而不是像他们实际所做的那样，见到一扇门，就毫无准备地径直走了进去呢？司炉还说得了话吗？倘若盘问起来——当然，只有出现特别有利的情况时，才会进行这场盘问与对质——他还能回答"是"或"不是"吗？你看他站在那儿的样子，两腿叉开，双膝发抖，头微微抬起，嘴巴张开，大口大口地喘着粗气，仿佛他胸腔里没有换气的肺似的。

卡尔则感到浑身是劲，头脑清醒，他在家里时也许从来没有过这种感觉。他真希望他的父母能看到他在异国他乡，在有名望的人物面前主持公道，尽管他还没有取得成功，但他已完全做好准备，去进行最后的冲刺。他们看到这一点，会改变对他的看法吗？会让他坐到他们中间称赞他吗？会看一眼他那双非常顺从他们的眼睛吗？唉，这都是些没有把握的问题，现在也不是提这些问题的恰当时间！

这时舒巴尔开口说话了："我到这里来，是因为司炉指责我，说什么我诡诈。厨房里的一个姑娘告诉我，她看到他到这儿来了。船长先生，所有在场的先生，我愿意用我的文件反驳对我的任何指责，如果必要，可以请不偏不倚、不受他人左右的证人提供证词做证，他们就在门外等候。"这番话自然是君子之言，清楚明了，根据听者表情的变化，我们可以认为，他们仿佛好长一段时间以来第一次又听到了人的声音。不过，他们没有觉察到，这番漂亮的话也有漏洞。为什么舒巴尔想到的第一个与事情本身有关的词是"诡诈"？也许正因为他诡诈，才要对他指责，而不是因为他的民族偏见？一个厨娘看见司炉到办公室去，舒巴尔就马上明白是怎么回事，说明什么？难道不正是他心里有鬼，他才这么敏感？而且他还带来了证人，说他们是不偏不倚的？欺骗，纯粹是欺骗！而这些先生却容忍他这么说，把它当作正确的处理方式加以认可？他为什么在厨娘向他报告后，过了这么长时间才到这里来？无疑，他在等待时机。他要等到司炉把这些先生弄得疲惫不堪、逐渐失去清醒的判断力时才出现，因为他最怕他们有清醒的判断力。他肯定在门外等了很长时间。不正是听到那位先生提了个无关紧要的小问题，他可以指望司炉已经完蛋时，他才敲门的吗？

这一切都是明摆着的，舒巴尔也是违反本意这么表演的，可这些先生却没有看出来，现在得用另一种方式，更明确、更清楚地向他们揭示事情真相。需要向他们猛击一掌，让他们清醒。好，卡尔，快抓紧时间，别等证人进来，把事情搅乱！

但是，正在这时，船长向舒巴尔示意让他停下，舒巴尔知道，他的事情看来要往后推一会儿了，就马上退到一旁，开始和向他靠近的侍者交谈起来，一边交谈，一边不时地斜眼看着司炉和卡尔，自信地打着各种手势。看来，舒巴尔在练习下一番演讲了。

在大家都不作声的时候，船长对拿竹手杖的先生说："雅各布先生，您不是想向这个年轻人问点什么吗？"

"当然要问。"拿竹手杖的先生说。他朝船长欠了欠身，感谢船长对他的关注，然后问道："您到底叫什么？"

卡尔想，这位固执的先生横插一刀，为了把正事办好，得赶紧将其打发掉，于是他不像往常那样出示他的护照，而是简短地回答道："卡尔·罗斯曼。"他要出示护照还得临时找呢。

"什么，你叫卡尔·罗斯曼？"这个被称为雅各布的人一边说，一边几乎不相信地向后退了一步，嘴角露出一丝微笑。船长、主任出纳员、高级船员乃至那个侍者，听到卡尔的名字，都明显地露出十分惊讶的神色。只是港务局的那两位先生和舒巴尔听了无动于衷。

"什么，你叫卡尔·罗斯曼？"雅各布先生重复了一遍，朝卡尔走过去，脚步不十分灵便，"这么说，我是你的舅舅，你是我亲爱的外甥啰。"他又朝船长说道，"怪不得这段时间，我一直有这种预感呢！"说完，他对卡尔又是拥抱又是亲吻，卡尔则默默地听任他这样做。

"您贵姓？"卡尔感到对方把他松开后问道，虽然很客气，却一点也不动情。他赶忙开动脑筋，设想这种新的情况会给司炉带来什么后果。暂时还没有什么迹象表明舒巴尔能从这件事情中捞到什么。

"您可要明白，年轻人，这是您的福分！"船长对卡尔说，他觉得卡尔的问话伤了雅各布先生的尊严。这时，雅各布先生已经走到了窗边，正用一块手帕轻轻擦着脸，显然，他不想让别人看到他很激动。船长继续说道："这是爱德华·雅各布参议员，他已经告诉您他是您的舅舅。这一点，您原先恐怕完全没有料到吧，现在，灿烂的前程在等着您。您可要看清楚了，这个开头真不错，您要冷静，把握住自己！"

"我是有一个雅各布舅舅在美国，"卡尔转过身对船长说，"可是，假如我没有理解错的话，雅各布只是参议员的姓。"

"正是这样。"船长充满希望地说。

"可是，我的舅舅是我母亲的兄弟，他的姓自然和我母亲一样，应该姓本德尔迈耶，雅各布是他的教名。"

这时，参议员已经在窗旁恢复了平静，听了卡尔的说明，不禁一边往回走，一边大声喊了起来："诸位先生！"除了港务局的那两位先生，其他人听了他的喊声，全都大笑起来，有的像是深受感动，有的则看不透是什么原因。

"我刚才说的话，可没有这么好笑呀。"卡尔想。

"诸位先生，"参议员重复了一遍，"你们现在参与了一场家庭重逢的小戏，这既非我的本意，也违反诸位的意愿，所以，我不得不向诸位做一番解释，因为我相信，只有船长先生完全了解事情的始末。"他提到船长时，他们两人互相鞠了一躬。

卡尔心想："现在，我可真的需要注意他的每句话了。"他侧过脸朝旁边看了看，发现司炉渐渐恢复了生气，不禁感到一阵高兴。

"我长年在美国逗留——对一个像我这样地道的美国公民来说，用'逗留'一词自然很不恰当——自从我在美国逗留以来，我和我在欧洲的亲戚断绝了往来，至于个中原委嘛，第一，和现在的事没有什么关系；第二，讲这些会让我非常劳神费力。我甚至害怕，也许什么时候我不得不向我亲爱的外甥讲明这些原因，而那时，很可惜，我就不得不坦率地谈及他的父母和他们的亲属了。"

"没错，是我舅舅，也许他把名字改了。"卡尔一边想，一边注意听舅舅说。

"我亲爱的外甥如今被他的父母——用一个确切表示这种事的说法就叫——赶出了家门，就像一只惹人生气的猫被扔到门外一样。我一点不想为他所做的、让他受如此惩罚的事情做任何粉饰，但是，他的过错算不了什么，只要简单提一下就足以让人原谅了。"

"这话还算可以，"卡尔想，"不过我不希望他把这件事讲给大家听。而且，他也不可能知道这件事。他倒是从哪儿听说的呢？"

"因为，"舅舅接着说，微微弯下身，俯靠在支在他面前的竹手杖上，这个姿态确实使事情失去了不必要的庄严意味，而本来这种事情肯定是很庄严的，"事情是这样的，他被一个大约三十五岁、名叫约翰娜·布鲁默尔的女用人勾引了。我绝不想用'勾引'这个词来伤害我的外甥，可我一时找不到其他恰当的字眼。"

卡尔本来已经走近舅舅，听到这里就转过身来，面对在场人的脸，想看看舅舅的这番话引起了他们什么样的反应。没有人笑，大家都耐心而认真地听着。况且，人们也不会在初次见面时就笑一个参议员的外甥。相反，我们倒是可以说，司炉在冲着卡尔笑，哪怕只是一丝微笑，然而，他的笑首先表示他又有了生气，是一件高兴的事，其次是可以原谅的，因为在船舱里时，卡尔一直把这件现在被公开的事当作特别的秘密隐瞒呢。

舅舅接着说："我的外甥让这个布鲁默尔怀了孩子，生下一个健康的男孩，洗礼时取名雅各布，无疑，这是想着鄙人的意思。看来，我肯定给这个姑娘留下了十分深刻的印象，尽管我的外甥只是顺便向她提到过我几次，讲了一些无关紧要的小事。幸亏如此，我告诉你们。因为，我外甥的父母为了免付那个孩子的抚养费，或者为了避免其他丑闻会牵涉到他们，就把我的外甥送到美国来了，如各位所看到的，他们毫不负责，只给他很少一点行装和旅费——这里我要强调，我既不了解那里的法律，也不清楚他父母的其他情况；要不是那个女用人在一封写给我的、几经周折才于昨天送到我手里的信中给我讲了整个故事，描述了我外甥的相貌，还非常聪明地注明了他所乘轮船的名字，要是没有恰恰在美国还会出现的奇迹，那么，这个小伙子就只能无依无靠了，也许很快就在纽约港的哪条小巷里穷困潦倒了。要是我有意给各位排遣解闷的话，我可以念几段这封信里的话。"说着，他从口袋里掏出两张写得密密麻麻的大信纸，晃了两下，"这封信只要念那么几段，肯定会给各位留下深刻印象，因为它写得虽然有点过于精明，却是出于好意，对孩子的父亲充满了爱心。但是，我不想给各位多讲，消磨大家的时间，而只想把事情说清楚；我也不想伤害我外甥可能还有的愿意接受这封信的感情。如果他愿意，可以把这封信拿回到已经为他准备好的房间里，静静地读一读，从中吸取教益。"

但是，卡尔对那个姑娘并没有感情。在越来越淡漠的记忆中，他仿佛看见她坐在厨房里的碗柜旁，两肘支在柜面上。他有时到厨房去，给父亲拿喝水的杯子，或者传达母亲给她的指令，这时她就那么盯着他。有时，她歪着身子坐在碗柜旁写信，还从卡尔脸上吸取灵感。有时，她用手捂着眼睛，让卡尔无法和她打招呼。有时，她跪在厨房旁边她的小房间里，对着一个木制十字架祈祷；这时，卡尔如果经过她的房间，就怯生生地透过开着的门缝看她。有时，她在厨房里乱转，当卡尔迎着她走过去时，她就像女巫那样笑着向后退去。有时，卡尔进了厨房后，她就关上门，手抓住门把手不放，直到卡尔要求离开。有时，她拿来一些卡尔不想要的东西，一声不吭地塞到他手里。有一次，她叫了一声"卡尔"，这突如其来的称呼让他十分惊讶，不等他反应过来，她就做了个鬼脸，嘴里唏嘘着，把他带进自己的房间，随手关上了门。她紧紧地搂着他的脖子，一边请他给她脱衣服，一边真的脱掉他的衣服，把他放到她的被窝里，仿佛她从现在起再也不想把他让给别人，要一辈子抚摩他、照顾他。"卡尔，噢，我的卡尔！"她大声喊着，仿佛她能透过被子看见他，确定现在占有了他；而他呢，躺在厚厚的、暖暖的被窝里觉得很不舒服，什么也看不见，看来，这些被褥是她特地为他准备的。然后，她也躺到他身边，想倾听他吐露一点秘密，可是他没有什么秘密可以向她吐露，她开玩笑也好，当真也好，总之生气了，使劲摇晃他的身体，耳朵贴到他身上听他的心跳，又把自己的胸脯贴近他的头让他听，但是卡尔却不听。她把光光的肚子贴到卡尔身上，一只手

70

在他的两条腿之间东找西摸，让他非常厌恶，他使劲摇着头和脖子，脑袋滑出了枕头。她用肚子对着他撞了几次，他觉得，仿佛她是他身体的一部分，也许出于这个原因，他迫切需要别人来救他。她喋喋不休地表示希望再次相会之后，他终于哭哭啼啼地回到了自己的床上。这就是当时发生的一切，舅舅却拿它大做文章。看来，这个厨娘真想着他，把他到美国的事告诉了舅舅。她干得很漂亮，指望他还会再一次报答她呢。

"现在，"参议员大声说道，"我要听你当众说说，我是不是你的舅舅。"

"你是我的舅舅。"卡尔说着吻了一下舅舅的手，又让舅舅吻了一下自己的额头，"我在这里碰到你，很高兴，可是，要是你以为我的父母只说你的坏话，你就错了。而且撇开这一点不说，你的话里也有些不实的地方，就是说，我的意思是，事情不全是你说的那样。当然，你远离家乡，确实不可能对事情有正确的判断。此外，我认为，在座的各位先生与这件事情真的没有什么关系，所以你们听到的在细节上与事实有些出入，也不会造成特别的损失。"

"说得好。"参议员说，然后把卡尔带到显然关注着他们的谈话的船长面前，问道，"您看，我的外甥不是很出色吗？"

船长像只有受过军事训练的人才做得到的那样一躬身，对参议员说："参议员先生，认识您的外甥我很高兴。我的轮船能成为这样一次会面的场所，真是荣幸之至。只是坐统舱旅行想必很不舒服，可谁能知道，您外甥也在船上呢。不过，我们正在尽一切努力，使统舱里的旅客也能尽量轻松地旅行，比如至少比美国航线要轻松得多。但是，我们始终还没有做到，让这样的航行变成愉快的享受。"

"对我来说，这没有什么。"卡尔说。

"对他来说，这没有什么！"参议员哈哈笑了，重复了一遍卡尔的话。

"我只担心我的箱子丢了……"卡尔说到这里，回想起了此前发生的一切，想起该做但还没有做的事情。他向四周看了看，发觉所有在场的人都待在他们原来的位置上，眼睛都盯着他，露出尊敬和惊讶的神情。只有那两位港务局的官员——只要看一眼他们那严肃而自得的脸就能看出——露出来得不是时候的神情，对他们来说，现在放在面前的怀表，也许比房间里发生的一切以及可能还会发生的事情更重要。

奇怪的是，在船长之后第一个对卡尔表示关注的是司炉。"我衷心祝贺您！"他一边说，一边与卡尔握手，也想以此表达一点赞赏、钦佩之类的意思。当他也想向参议员讲同样的话的时候，参议员立即向后退，仿佛司炉这样做是越轨之举；司炉也就立马把话咽了回去。

不过现在，其他人也都看到他们该做些什么了，纷纷向卡尔和参议员围拢过来。连舒巴尔也向卡尔祝贺，卡尔接受了他的祝贺，并表示感谢。最后，等到大家祝贺完毕，重又安静下来时，那两位港务局的官员也走过来，说了两句英语，让人觉得可笑。

参议员兴高采烈，尽情享受着这奇遇带来的快乐，兴致勃勃地回忆起一些次要的事情，并向众人讲述；自然，大家不仅耐心地听着，而且听得津津有味。他告诉大家，他把厨娘信中提到的卡尔最突出的相貌特点记到了他的笔记本上，因为说不上什么时候就用得着。司炉喋喋不休的废话让他无法忍受，他只是为了分散自己的注意力，便掏出笔记本，玩耍似的把厨娘的观察和卡尔的外貌加以对比。厨娘的观察当然不像侦探那样准确。"我就这样找到了外甥！"他用这句话结束了他的讲述，听那语气，好像他想再次得到大家的祝贺似的。

"现在司炉怎么办？"舅舅讲完后，卡尔问道。他以为他现在地位不同了，心里怎么想，嘴里就可以怎么说了。

"司炉该怎么办就怎么办，"参议员说，"船长先生认为该怎么办就怎么办。我想，司炉的事我们已经谈腻了，非常腻烦了，这一点，在场各位都会赞同我的看法。"

"问题不在于是不是腻烦了，事情牵涉到公正与否。"卡尔说。他站在舅舅和船长之间，也许受这个位置的影响，以为决定权在他手里。

尽管如此，司炉似乎不再抱有希望了。他把手半插在裤腰带上，心绪不宁，两手哆嗦，把裤腰带和花格子衬衣的条纹弄得露了出来，可他全然不顾。他已经把自己的苦水都倒出来，那就让他们看看他身上的破衣烂衫吧，随后就让他们带走好了。他心想，在场所有人中级别最低的两个人，即侍者和舒巴尔，会赐予他这最后的恩惠。那时，如主任出纳员所说的，舒巴尔就可以高枕无忧了，就不会再次陷入绝望了。船长可以全部雇用罗马尼亚人，船上到处都说罗马尼亚语，船上的一切事情也许真的会比现在好。不会再有司炉到总出纳室絮叨了，只有他的最后这次絮叨会成为人们亲切友好的回忆，因为，正如参议员所说，这次絮叨间接促成他找到了外甥。再说，这个外甥在此以前已经多次设法为司炉说话，可以说，对他在舅甥相认方面帮的忙，早已经给予了回报，表示了足够的谢意；而司炉也压根儿没有想到，还要向他提什么要求。此外，即使他是参议员的外甥，他也远远不是船长，而船长终究会说出那句对他不利的话。——司炉既然这么看，也就尽力不去看卡尔，然而在这个都是敌人的房间里，没有他的目光可以注视的地方。

"你别把事情理解偏了，"参议员对卡尔说，"你说的也许是一件涉及公正的事情，但同时也是一件涉及纪律的事情。两件事都要由船长来判断，特别是后一件。"

"事情就是这样。"司炉嘟哝着说。听到这句话并理解这话意思的人，都诧异地微微一笑。

"再说，轮船刚抵达纽约，船长事情千头万绪，我们已经打扰他半天了，现在该是我们离开轮船的时候了。我们别去插手两个机械师之间鸡毛蒜皮的争吵，免得惹出不必要的事端。我理解你的处事方式，亲爱的外甥，可以说完全理解，但正是这一点，让我有理由马上带你离开这里。"

船长听了舅舅的这番话一点没有表示反对，只是说："我马上让人给您放下一只小艇。"这让卡尔感到诧异。毫无疑问，舅舅的话被看成他的自谦了。主任出纳员赶忙冲到写字台旁，打电话给艇长，传达船长的命令。

卡尔想道："没有多少时间了。而我要是不得罪在场的人，就什么事也做不了。舅舅刚找到我，我现在可不能离开他。船长虽然彬彬有礼，但仅此而已。一旦涉及纪律，他就毫不客气了，在这点上，舅舅肯定说出了他的心里话。至于舒巴尔，我可不想跟他说什么，我甚至后悔和他握了手。在这里的其他人都是废物。"

他这么想着，慢慢走向司炉，把他的右手从裤腰带里拉出来，放在他自己的手里抚弄着。他问道："你干吗一句话不说？你干吗任人摆布，忍受一切？"

司炉只是皱起眉头，仿佛他在寻找恰当的表情，用以表达他要说的话似的。此外，他低头看着卡尔和自己的手。

"你受了委屈，船上就你受了委屈，这一点我很清楚。"卡尔在司炉的手指间来回抽动自己的手指，司炉则眼里闪着光，环视四周，仿佛他遇到了天大的喜事，高兴万分，但愿谁也不会怪他。

"你一定得自卫，说'是'和'不是'，否则人家对事情的真相就会一无所知。你要答应我，你会听我的劝告，因为我有许多理由担心，我以后一点忙也帮不上了。"卡尔说到这里哭了起来，拿过司炉的手吻着，然后把他那几乎没有血色的大手贴到自己的脸颊上，好像那是一件不得不放弃的宝贝。——可这时，参议员舅舅已经走到他身边，硬把他拽走了，哪怕只有一点点强制的意味。

"看来司炉把你迷住了。"舅舅说，并越过卡尔的头顶，向船长送去会意的一瞥，"你在船上感到很孤独，那时你找到了司炉与你为伴，所以你现在很感激他，这是非常值得称赞的。可是，就算看在我的面上，你别做得太过分了，你要知道你现在的地位。"

这时，门外响起了一阵嘈杂声，可以听到喊叫声，甚至好像有人在使劲撞门。一个水手撞开门走了进来，举止有些粗野，身上围了一条女佣的围裙。"外面来了好多人！"他一边喊，一边用胳膊肘向四周推撞了一下，仿佛他现在还被人围着似的。过了一会儿，他终于恢复了理智，镇定下来，正想对船长行礼时，发现自己围着女佣的围裙，便一把扯下围裙，扔到地上，大声吼道："他们给我系上了女佣的围裙，真讨厌！"随后，他咔嚓一声并拢鞋后跟，向船长敬了一个礼。有人不禁想笑，但船长厉声说道："真是兴致不错嘛。谁在外头？"

舒巴尔向前走了两步，说："是我的证人。他们举止不当，我恳请船长原谅。每当航行结束，弟兄们有时就会像疯了一样撒野。"

"您马上把他们叫进来！"船长下达了命令。他随即向参议员转过身，彬彬有礼却急速地说道："尊敬的参议员先生，劳驾您带着您的外甥，跟这个水手离开这里，他会把你们带到小艇上。我不说您也知道，我能认识您，真是荣幸之至、愉快之至。我只希望，参议员先生，很快就有机会再次见到您，与您继续进行这场中断了的关于美国舰队情况的谈话，希望我们那时的谈话也许

76

再次像今天这样，以非常愉快的方式中断。"

舅舅笑了，说："有这样一个外甥，我暂时就感到满足了。非常感谢您的这番盛意，我们后会有期。"他亲切地搂住卡尔，接着说，"这并非不可能，我们下次到欧洲旅行时，也许会乘您的船，那时就会有更多的时间和您相处呢。"

"那样，我会由衷地感到高兴。"船长说。接着，舅舅和船长握手，卡尔则只来得及默默地和船长匆匆握了一下手，因为船长这时不得不去应付舒巴尔叫来的那帮人。他们大约有十五人，在舒巴尔的带领下虽然有些手足无措，却吵吵嚷嚷地拥了进来。水手请参议员跟在他后面，同时分开人群，为他和卡尔开出一条路，于是舅甥两人就很容易地从躬身行礼的人群中穿过。看来，这些平常心肠很好的人，把舒巴尔和司炉的争执当成了一场开心的儿戏，即使在船长面前，这件事也依然好笑好玩。卡尔看见厨娘莉娜也在人群中，她一边向卡尔挤眉弄眼，一边系上水手扔给她的围裙，因为那是她的围裙。

他们跟着水手离开了办公室，拐进一条狭窄的过道，沿着过道走了几步，来到一扇小门旁，小门后面有一架短短的梯子通到下面为他们准备好的小艇上。艇长一步跳到小艇上，小艇里的水手都站起来敬礼。卡尔还站在最高一个梯级上，参议员提醒他下梯子时要小心，他却大哭起来。参议员用右手托住卡尔的下巴，让他紧紧贴在自己身上，用左手抚摩他。他们就这样一级一级地慢慢往下走，互相紧挨着下到小艇里，然后参议员在自己对面为卡尔找了一个好位置。参议员手一挥，水手们就把小艇从轮船旁撑开，用力划起来。他们刚离开轮船几米远，卡尔就意外地发现，他们正好在轮船上总出纳室窗户的一侧。所有三扇窗户前都站着舒巴尔的证人。他们非常友好地向小艇挥手致意，舅舅甚至向他们说了声谢谢，一个水手一边稳健地划着桨，一边朝大船做了个飞吻的优美动作。看这情景，好像已经没有司炉这个人了。卡尔和舅舅面对面坐着，他们的膝盖几乎互相碰着。他紧紧盯着舅舅，心中不免产生了怀疑：在他心中，这个人恐怕永远也代替不了司炉。舅舅也避开他的目光，看着让小艇不停地摇晃的水浪。

变形记 [1]

一

一天早晨，格里高尔·萨姆沙从烦躁不安的睡梦中醒来，发现自己在床上变成了一只巨大无比的甲虫。他仰卧着，后背坚硬得像铁甲一般，稍稍抬起头，看见自己的肚子变成了棕褐色，高高隆起，表面分割成许多弧形的硬片，在肚子的最高处，被子已经盖不住，就要完全滑落下来。他长着许多条腿，这些腿与巨大的身躯相比显得很细，在他眼前无可奈何地舞动着、扑腾着。

"我出了什么事啦？"他想。这不是梦。他的房间静卧在四堵熟悉的墙壁之间，是一间真正的人住的房间，只是略微小了一点。桌子上摊着衣料样品——萨姆沙是旅行推销员——桌子上方挂着那幅他不久前从一本画报上剪下来、装进漂亮的镀金镜框的画。画上是一位戴着毛皮帽子、围着毛皮围巾的妇人，她笔直地

1　这是卡夫卡短篇小说的代表作。写于 1912 年底，1915 年发表在《白色书页》上，同年出版了单行本。

坐着，两只前臂完全套在一个厚厚的皮手筒里，皮手筒略微抬起，好像给看画的人看似的。

接着，格里高尔把目光投向窗口，听见雨点打在窗子挡板上；看见天气阴沉沉的，他的心情变得忧郁起来。"要是能再睡一会儿，把所有这些倒霉的事都忘记，该多好啊。"他想。可是，要想再睡是完全办不到了，因为他已经习惯右侧卧睡，而按他现在这种状况，他已经无法侧卧了。不管他怎样使劲向右侧翻身，他总是翻回到仰卧姿势。他试了恐怕上百次，闭上眼睛，免得看见自己那些乱扑腾的腿，后来感到右侧有一种从未有过的隐痛，这才作罢。

"啊，上帝，"他想道，"我选了一个多么辛苦的职业啊！成天在外面奔波。在外面出差，情绪的波动不安比坐在店里大多了。还有旅行的种种烦恼，操心一次次换车时的衔接，饮食很差，又不规律，打交道的人都是萍水相逢，不断更换，不可能建立起深厚的交情。这一切都见鬼去吧！"他觉得肚子上有点痒；他慢慢地蹭着后背，使身体向床头靠近，以便更好地抬起头；他看见发痒的地方布满了白色的小斑点，无法判断那是什么；他想用一条腿去搔一搔发痒的地方，但马上又把腿缩了回来，因为刚碰到那个地方，他就浑身一阵发冷。

他往下滑，恢复到原先的姿势。"这么早起床，"他想，"把人搞得傻头傻脑的。人总要有足够的睡眠嘛。别的推销员活得像后宫里的娘娘。比如说，我上午回到旅店，在搞到的订单上签字时，这些先生才刚刚起来吃早饭呢。要是我在我老板那里也这么试一把，我立马就得卷铺盖走人。不过，这对我也许是好事，谁知道呢。要是我不顾虑我的父母，我早就辞职了，我会走到老板面前，开诚布公地告诉他我的看法。他准得从高高的桌子上掉下来。坐到桌子上，居高临下地和职员说话，也算得上他的奇特之处，而由于他重听，和他谈话的职员就不得不走过去靠近他。不过嘛，还没有完全失去希望；一旦我攒够了钱，还清父母欠他的债——这恐怕还得五六年吧——我就一定去办这件事。那时就会时来运转。可现在，我得起床了，我的火车五点钟开。"

他朝放在矮柜上嘀嗒嘀嗒响着的闹钟看了看。"天哪！"他想。时间已经六点半了，指针不慌不忙地向前走着，其实指针已经过了六点半，快到六点三刻了。难道闹钟没有响？他从床上可以看到，闹钟是定在四点的，没有错；闹钟肯定响过。是啊，肯定响过，难道他睡死了，竟没有听见闹钟震耳欲聋的响声？这可能吗？他睡得并不安稳，但也许就睡得更死。可他现在该怎么办？下一班火车七点钟开；要想坐上这趟车，他就得赶紧了，可是样品还没有包装好，他觉得自己没有一点精神头，动作迟钝。即使他赶上了火车，也免不了挨老板一顿臭骂，因为公司听差肯定在五点钟那趟车旁等过他，并早已向老板报告了他误车的事。那人是老板的一条狗，既没有脊梁骨，也没有头脑。他去请病假如何？这样做叫他犯难，也让别人怀疑，因为格里高尔在这里供职五年，还从来没有生过病。老板一定会带着医疗保险公司的医生来，因儿子懒惰而责备他的父母，借助医生的观点驳回他所有的辩护意见，因为在这个医生看来，世界上就压根儿只有完全健康却好吃懒做的人。再说，就今天这件事而言，医生的这番话就一点没有道理吗？格里高尔除了长时间睡眠后确实多余的困乏之外，真的感到很好，甚至觉得饥肠辘辘，很想吃东西呢。

他飞快地转着脑子，思考着这一切，下不了决心离开他的床，这时闹钟正好敲响六点三刻，有人轻轻地敲他床头这边的房门。"格里高尔，"有人喊道——是母亲的声音，"六点三刻了。你不是要出门吗？"多柔和的声音！格里高尔听到自己回答的声音时，不禁大吃一惊，这声音分明还是他从前的声音，却掺杂着一种好像从下面传来的、无法压制下去的痛苦的叽叽喳喳声，使得他的话只是一开头还清晰可辨，而余音却被破坏得面目全非，以至听的人都不知道，他是否听真切了。格里高尔本想详细回答，把一切事情解释清楚，可是在这种情况下，他只想说一句话："是，是，谢谢母亲，我这就起床。"由于有木门隔着，外面大概觉察不出格里高尔声音中的这点变化，因为母亲听了他的话就放下心来，吧嗒吧嗒拖着脚走了。可是这简短的对话却使家里的其他人注意到，格里高尔出乎大家的意料还在家里，于是很快，在一扇侧门上就响起了父亲的敲门声，声音很轻，但父亲是用拳头敲的。"格里高尔！格里高尔！"他喊道，"你怎么啦？"过了一小会儿，他压低声音又催了一遍："格里高尔！格里高尔！"与此同时，从另一扇侧门后面传来了妹妹轻轻的抱怨声："格里高尔？你不舒服？你需要点什么？"格里高尔朝两边答了一句："我这就好。"他说话时尽量注意发好音，每个词之间加上长长的停顿，从而消除了他声音中引人注意的怪味。父亲回到餐桌上吃他的早饭，妹妹却悄悄地说道："格里高尔，快开门，我求你了。"格里高尔却压根儿不想开门，而是庆幸自己因经常旅行养成的、就算在家里晚上也要锁好门的谨慎作风。

首先他想安安静静、不受干扰地起床，穿衣，而最重要的是吃早饭，然后再考虑下一步怎么办，因为他现在觉得，他在床上多半想不出什么好主意。他记得，他在床上已经多次感到过轻微的疼痛，这疼痛也许是躺的姿势不合适造成的，可是起床时却发现，这种痛感纯粹是幻觉；所以他现在很想知道，他今天的幻觉会怎样逐渐化为乌有。他毫不怀疑，声音的变化不外是重感冒的前兆，旅行推销员职业病的前兆。

掀掉被子非常简单；他只稍稍抬了一下身子，被子就自己掉下去了。但后面的事就难了，他身体宽得吓人，尤其让他行动艰难。他本可以借助胳膊和手坐起来；可他现在没有胳膊和手，而只有这许多条腿，它们不停地做着不同的动作，不听他使唤。他想收回一条腿，这条腿却向外伸得笔直；要是他终于控制住了这条腿，把它弯了回来，所有其他的腿就会像松了绑似的，都痛苦地乱蹬乱动起来。格里高尔心里对自己说："可千万别待在床上，浪费时光。"

他想先把下半身挪到床外，可是下半身又重又笨，很难活动；他还没有看见过下半身，也想象不出它是什么样子。他只能非常缓慢地挪动，到后来几乎疯了似的，使尽全身力气，不顾一切地向前推进，可他选错了方向，身体重重地撞到了床尾的床架上。他感到一阵钻心的疼痛，这让他明白，眼下也许只有下半身是他身上最敏感的部位。

于是，他试图先把上身挪到床外，所以就小心地把头转向床沿。这件事轻而易举地做到了，而且尽管他身宽体重，但巨大的身躯还是慢慢地随着头的转动而转动起来。可是，当他的头伸到了床外，悬在空中时，他又害怕起来，不敢再这样继续向前挪动，因为要是他就这样掉下去，除非发生奇迹，他的头准保摔破受伤。而他现在无论如何不能失去的正是知觉；他宁可待在床上。

可是，当他同样费了九牛二虎之力，唉声叹气地挪回原来的位置躺好，看见他的细腿比先前更厉害地互相争斗，却看不到控制这种不由自主的颤动、恢复平静状态的可能时，他不禁又想道，他不能就这样躺在床上，现在最明智的做法是，不管代价多大，都要离开床铺，哪怕希望微乎其微。但同时，他没有忘记时时提醒自己，深思熟虑比因绝望而匆忙决策好得多。在他这么考虑的时刻，他把目光投向窗户，尽力睁大眼睛紧紧地盯着，然而遗憾的是，外面晨雾弥漫，连狭窄的街道的对面都裹在浓雾中，看着这雾蒙蒙的街景，人们实在提不起多少兴致和信心。"已经七点了，"他听到闹钟又一次响起时想道，"七点了，雾还这么浓。"他轻轻地呼吸着，静静地躺了一会儿，看那样子，他也许盼着这屏息静气的宁静状态会使那真实的、理所当然的状况回到他身上。

但是他接着想道："我无论如何得在七点十五分前下床。况且那时公司里就会来人打听我的情况，因为公司七点前开门。"

于是，他开始用力摆动全身，想把整个身体横着从床上荡出去。要是他能这样掉下床去，他可以在落地时把头抬起一点，估计脑袋就不会受伤。后背看来很坚硬，落地时掉在地毯上大概不会有事。他最大的担心是，落地时肯定会发出一声巨响，这样，门外他的家人即使不感到恐惧，也会感到忧虑。然而，这个险必须冒。

格里高尔已经把半个身体晃到了床外，这种新方法与其说是吃苦，还不如说是游戏，他只需一下一下地摇晃自己的身体；这时他想起，要是有人帮忙，事情原本非常简单。只要有两个强壮的人就足够了——他想到父亲和女佣；他们只要把胳膊伸到他拱起的背下，这样把他从床上慢慢撬起来，然后托着重物弯下腰，再小心地耐心等着，他就会自己在地板上翻过身来，但愿那时他的那些细腿能派上一点用场。撇开所有的门都锁着这一点不说，他现在真该叫人帮忙吗？想到这里，尽管他的处境非常窘困，他还是忍不住微微一笑。

他更加使劲地晃了几下，身体几乎就要失去平衡。他到了必须马上做出最后决定的时候了，因为再过五分钟就要七点十五分了。这时，住房大门上响起了铃声。"公司来人了。"他想道，几乎一下子僵住了，而他的细腿看起来舞动得更加急促了。静寂了片刻。"他们不开门。"格里高尔怀着某种奢望想道。然而过了一会儿，女佣自然就像往常一样，迈着坚实的步子走向门口，开了门。格里高尔听了来人的第一声招呼就知道来的是谁——公司的协理本人。为什么单单格里高尔天生注定，要给一家稍有一点延误就会招致天大怀疑的公司做事？难道所有员工都是无赖，他们当中就没有一个忠诚可靠、顺从听话的人？有人即便只是没有充分利用早上几个小时的时间为公司做事，就感到于心不安、头脑发呆，简直就下不了床，难道他不算忠诚、顺从？倘若真有必要穷根究底，难道就不能派个学徒来打听一下，非得协理亲自出马不可？非得用这种方式向无辜的全家人表明，这件可疑的事情只能委托公司的协理调查？与其说是由于格里高尔做出了一个正确的决定，不如说是由于他想到这些而十分激动，他使出全身的力气摆动身体，一下子就晃到了床下，响起了一声响亮的碰撞声，但也说不上是巨大的声响。地毯稍稍减弱了落地时产生的声音，而且他的后背也比他想象的有弹性，所以落地的声音有些发闷，不那么引人注意。只是他不够小心，头没有好好抬起，碰到地板上了；他又气又痛，转动了几下脑袋，就着地板按摩它。

"那边屋里有什么东西掉地上了。"左边屋里公司的协理说。格里高尔试图设想，类似他今天发生的事，是否有一天也会发生在协理身上；说心里话，这种可能性是存在的。可是这时，仿佛粗声粗气回答他的这个问题似的，隔壁房间里的协理坚定地走了几步，他的皮靴发出嘎吱嘎吱的声响。从右边房间里传来妹妹的耳语声，她向格里高尔通报："格里高尔，协理来了。""我知道了。"格里高尔自言自语道。他不敢提高嗓门，让妹妹听见他的话。

"格里高尔，"从左边屋里传来父亲的声音，"协理先生来了，他要知道你为什么没有坐早班火车走。我们不知道该向他说什么。再者，他要亲自和你谈谈。所以请你快把门打开。你房间里东西凌乱，他也不会见怪的。""早上好，萨姆沙先生。"协理亲切地高声说道。父亲还在门边说着，母亲插进来对协理说："他不舒服。请您相信我，协理先生，他身体不舒服。要不，格里高尔怎么会误了火车！他头脑里装的全是公司的事。他晚上从不出门，我几乎都要为此生他的气了；这段时间他在城里待了整整八天，但他每个晚上都在家里。他和我们一起坐在桌旁，不是安安静静地读报，就是查看火车时刻表。对他来说，用钢丝锯干点活，就已经是一种消遣了。他曾经花了两三个晚上，做了一个小镜框，雕上花。您会感到惊讶，镜框做得有多精巧；镜框挂在他房间里，待会儿格里高尔开了门，您就会看到的。您到我们家来，我很高兴，协理先生；光靠我们自己劝不动他开门；他很倔。他肯定不舒服，虽然他早上矢口否认这一点。""我马上就来。"格里高尔不慌不忙地说，却在原地躺着一动不动，免得听不清他们交谈的哪怕一句话。"恐怕是的，夫人，我也想不出别的原因来解释这件事，"协理说，"但愿不是什么大病。不过话又得说回来，我们生意人碰到头疼脑热的小毛病——你可以说可惜，也可以说幸好——为了做生意，常常不得不把它抛到一边不管。""那么，协理先生现在可以进来看你啦？"不耐烦的父亲问道，同时又敲起门来。"不。"格里高尔说。左边房间里顿时一片寂静，众人一时不知做什么，右边房间里妹妹呜呜咽咽地哭了起来。

妹妹为什么不到他们那边去呢？她也许刚刚起床，还没有穿衣服呢。那么她为什么哭呢？因为他不起床，不让协理进他的屋？还是因为他有可能丢掉饭碗，或者老板又会向他的父母逼债？可眼下，这些恐怕还都是不必要的担忧。格里高尔还在这里，压根儿没有想离开他的家。此刻，他躺在地板上，看到他这种状况的人，有谁会当真要求他让协理进来呢。但是，格里高尔不会为这点小小的失礼行为，就马上被赶出公司的，以后很容易找到一个合适的借口，解释这次失礼之举。格里高尔觉得，现在让他安安静静地待着，比起又哭又劝地打扰他要明智得多。然而，正是情况不明让其他人困惑，使得他们的态度情有可原。

"萨姆沙先生，"协理提高嗓门说，"到底发生了什么事？您把自己关在屋里，只回答'是'和'不是'，让您的父母不必要地为您担惊受怕，而且——顺便说一句——还以这样一种闻所未闻的方式玩忽职守。我现在以您的父母和您的经理的名义和您说话，非常严肃地请您立即做出明确的解释。我感到很惊讶，真的很惊讶。我原以为您是一个遇事冷静、通情达理的人，而现在，您似乎要无缘无故地耍脾气了。今天一早，经理向我暗示了您误班的某个可能的原因，他的解释涉及不久前委托您收取的一笔账款，但是，当时我真的几乎以我的名誉担保，这个解释不可能符合事实。可现在，我在您家里亲自看到您固执得不可思议，我再也没有兴致为您出力，丝毫也不想为您说情了。而您在公司里的职位并不是最稳固的。我原想只有我们两个人时单独跟您说这番话，可您让我在这里无端地浪费时间，我就不知道，为什么不能让令尊和令堂也一起听听。您最近一段时间的业绩可是很不令人满意的啊；现在自然不是做生意的旺季，这我们承认；可是不做生意的季节是根本没有的，萨姆沙先生，这样的季节是不允许有的。"

"啊，协理先生，"格里高尔听了这番话失去了自制，激动得忘记了一切别的事，气冲冲地大声说道，"我马上就开门，这就来。我有点不舒服，突然感到头晕，这让我起不了床。我刚才还躺在床上。现在我已经好多了，又有精神了。我正在起床。再耐心稍等片刻！情况还不像我所想的那么好。不过我已经好多了。一个人怎么会突然发生这种事呢！昨天晚上我还好好儿的，我的父母不是看见的嘛，或许该说，昨天晚上我就已经有所预感。那时就该有所察觉啊。我为什么没有向公司报告这件事？因为我想，这点病我能挺过去，用不着待在家里。协理先生，请您不要为难我的父母！您刚才针对我的所有指责都是没有根据的；在这些问题上，公司里没有人对我说过一句话。再说，我还来得及坐八点钟的火车出差去，这几个小时的休息让我恢复了精力。协理先生，您先回去，不要再在这儿耽搁了；我马上自己到公司去，劳您大驾，把我这句话转告经理，并代我问候他。"

格里高尔急匆匆地说了这么一通话，几乎不知道自己在说什么；在这同时，他用在床上学到的办法，轻而易举地挨近了那只柜子，力图靠着柜子站起来。他真的想把门打开，真的想出去和协理说话；他急切地想知道，现在那么想见他的人看见他时会说些什么。如果他们惊呆了，那么格里高尔就不用承担责任，就可以安心了。如果他们安然无事，接受眼前的一切，那么他自己也就没有理由害怕不安，要是抓紧的话，还真能在八点钟前赶到火车站。头几次他试着站起来时，都从光滑的柜子上滑了下来，最后一次，他使劲向上一扬，终于站住了；他的下身钻心似的疼痛不止，他却一点也顾不得了。他重重地靠到一把挨近他的椅子背上，用自己的细腿紧紧抓住椅背的边缘。这样他就控制住了自己的身体，不说话了，因为他现在可以好好听协理讲话了。

"您二位听懂他说的话了吗，哪怕一句？"协理问父母，"他不是拿我们当傻瓜吧？""天哪！"母亲喊道，哭了起来，"他恐怕病得很厉害，而我们还在折磨他。"接着她喊她的女儿，"格蕾特！格蕾特！""母亲？"妹妹在另一边应道。他们隔着格里高尔的房间互相对答着。"你赶快去请医生。格里高尔病了。快去请医生。你听见格里高尔刚才说话了吗？""这是动物的声音。"协理说道。和母亲的嚷嚷声相比，他的声音显得异常地轻。"安娜！安娜！"父亲通过门厅朝厨房喊道，急得拍着手，"快去叫个锁匠来！"话音刚落，两个女孩子就飞快地穿过门厅向外跑去，裙子发出嗖嗖的响声——妹妹怎么那么快就穿好了衣服？——她们到了门口，一把推开门就跑了出去。格里高尔根本没有听见大门又关上的声音；他们多半让门就那么敞着啦，许多人家里出了事，往往都是这么敞开大门的。

格里高尔却已经平静多了。他们听不懂他的话了，虽然他觉得自己的话说得够清楚的，比以前还清楚，也许是他的耳朵听习惯了。不过他们总算相信他有些不对头，准备帮他了。他们安排头几件事时表现出来的信心和镇定让他觉得很舒服。他感到自己又被纳入了人类的圈子，期盼着医生和锁匠两个人会做出了不起的、令人惊异的成绩，而不用确切地分清他们俩谁是谁。为了让自己的声音尽可能地清晰，以应对即将到来的具有决定意义的谈话，他稍许咳嗽了一下，清清嗓子，当然他把声音压得很低，因为他清嗓子的声音也很可能不像人的声音，而这一点他自己是不敢断定了。他的父母和协理也许一起坐在桌旁，悄悄地说着话，也许他们都靠在门旁偷听呢。

他慢慢移动自己的身体和椅子，向门口挪去，到了门口推开椅子，全身扑向房门，扒着门直起身子——他的细腿的掌面有一些黏性的东西。他就这样扒着门休息了片刻。接着，他试着用嘴去转动插在锁眼里的钥匙。可惜他似乎没有真正的牙齿，他拿什么咬住钥匙呢？不过，他的下颚非常结实有力；果然，他借助下颚转动了钥匙，而且没有注意到他这样做无疑给自己造成了某种伤害：一股棕色的液体从他嘴里流出来，再从钥匙上滴到地上。"你们听，"协理在隔壁房间里说，"他在转动钥匙。"这对格里高尔是一个巨大的鼓舞；可是他们大家都应该这样鼓励他，父亲和母亲也应该对他喊："格里高尔，加油！继续转下去！别松开！"他头脑里想着，大家都在紧张地看他开门，于是他使出全身的力气，拼命地咬住钥匙。他随着钥匙的转动而绕着锁眼舞动；他根据需要时而挂在钥匙上，时而用全身的重量把钥匙往下压。锁终于弹开了，清脆的响声让格里高尔清醒过来。他舒了一口气，心中想道："我总算没有用锁匠就把门打开了。"他把头靠到门把手上，想把门完全打开。

因为他不得不以这种方式开门，所以即使门已经开了很大一条缝，外头的人还是看不见他。他必须先从这扇门后面慢慢绕出来，而且得十分小心，免得往客厅里走时重重地朝后摔倒在地上。他艰难地挪动着身体，没有时间顾及别的事，这时他突然听见协理惊呼了一声"啊！"——他的声音听起来就像大风呼啸般尖厉——随即看见协理站在离门口最近的地方，一只手捂住张开的嘴巴，慢慢往后退去，仿佛有一股无形的、均匀推进的力量在推动着他。母亲——她起床后还没有梳洗，所以当着协理的面，散披着一头蓬乱高耸的头发——先是合掌看着父亲，然后向格里高尔走去，刚走了两步就倒了下去，衣裙在身体四周摊了开来，头垂在胸前埋住了脸。父亲握起拳头，眼里露出敌意，仿佛要把格里高尔推回房间里似的，然后他忐忑不安地扫视了一下客厅，随即用手捂住眼睛哭了起来，壮实的胸膛上下起伏着。

格里高尔没有往客厅里走，而是从里面靠在那扇插着门闩紧关着的门上，所以只能看见他的半个身子和侧向一边的头，他正侧着头窥视其他人呢。这时，天亮了许多；街道对面的那幢长得没有尽头的灰黑色房子的一段清晰可见——那是一座医院——一排间隔距离均匀的窗户贯穿了房子正面；雨还在下，雨点很大，一滴滴的看得见，稀稀落落地掉到地上。桌子上放着好多早餐餐具，因为对父亲来说，早餐是一天当中最重要的一顿饭，他一边阅读各种报纸一边就餐，一吃就是几个钟头。对面墙上挂着一幅格里高尔服兵役时的照片，照片上的他是少尉，手按在剑上，无忧无虑地微笑着，一副要人家敬重他的风度和制服的样子。通向门厅的门开着，由于住宅的大门也开着，所以看得见住宅外面的前院和通到下面的阶梯的头两个梯级。

"好了,"格里高尔说,他清楚地意识到自己是在场的人中唯一保持镇静的,"我这就穿衣服,装好样品,然后就走。你们,你们愿意让我走吗?唔,协理先生,您看,我不是个死顽固,我很愿意工作的;出差很辛苦,但是不出差我就会活不下去。您现在去哪儿,协理先生?去公司?是吗?您会如实地报告这一切吧?一个人可能一时干不了活,但恰当的时机很快就会到来,他会回忆起从前做出的成绩,打算障碍消除以后更加勤奋、更加投入地工作。您很清楚,我是非常感激经理的。另一方面,我也为我的父母和妹妹担忧。我目前处境困难,但我很快会摆脱这个困境的。请您不要再给我增添麻烦,让我更加窘困。请您在公司里为我美言两句!我知道,他们不喜欢旅行推销员。他们以为旅行推销员赚大钱,过好日子。人们没有特别的理由去好好思考这种成见。而您,协理先生,比起其他员工,您对情况有更全面的了解,说句心里话,您对情况的了解甚至比经理本人还全面,因为经理身为东家,容易被人误导,做出不利于某个员工的判断。您恐怕也很清楚,旅行推销员几乎整年不在公司里,很容易成为闲言碎语和无端指责的牺牲品。对这些闲言碎语和无端指责,他根本无法防备,因为他本人大多听不到;只有当他精疲力竭地出差回来时,他才感受到严重的后果,而不知其原因何在。协理先生,您走以前给我一句话,让我知道,您认为我的话至少有一部分是对的!"

然而协理听了格里高尔的头两句话就转过身,向门口走去,他张着嘴，耸着肩，扭头朝格里高尔这边看。在格里高尔讲话期间，他没有停留片刻，而是慢慢地向门口踅去，眼睛始终盯着格里高尔，仿佛有一道不让他离开房间的禁令似的。他已经进了门厅，而看他走出客厅的最后一步的突然动作，人们可以认为，他烧伤了脚跟。在门厅里，他朝外面的阶梯远远地伸出右手，好像那里有一个天外的救星在等他。

格里高尔明白，他决不能让协理带着这种心情离开他家，否则他在公司里的职位会受到极大的损害。他的父母对这一切并没有深切的了解；多年以来，他们一直以为格里高尔在这家公司工作是捧上了铁饭碗，一辈子有了着落，而且面对眼前的倒霉事，他们根本无暇顾及将来的事。但是格里高尔想到了以后的事。必须挽留住协理，让他镇静下来，说服他，赢得他的心；格里高尔和他一家的未来系于协理一身！要是妹妹在这儿就好了！她很聪明；格里高尔还安安静静地仰卧在床上的时候，她就已经哭了一通。协理是个喜欢女人的人，要是妹妹在场，她的话肯定会打动他的心；她会关上大门，在门厅里打消他的恐惧感。可是妹妹不在，格里高尔只好自己出马了。他根本没有想他现在是否有能力活动身体，也没有想他的话可能——甚至极有可能再次不被理解，就离开那扇靠着的门，往外挪动；这时，协理已经很可笑地用双手抓住门前阶梯的栏杆，格里高尔想向他走过去，可刚一迈步，他就找不到一个支撑点，轻轻叫了一声倒了下去，那许多细小的腿一起着了地。他的腿一着地，他今天早上第一次感到全身舒服；他的众多细腿踏踏实实地踩在地上了；他很高兴地注意到，它们完全听他的使唤；他想到哪里，它们就竭力把他载到哪里；于是他想，最终消除这一切痛苦的时刻已为期不远了。可是在这同时，就在他因为动作不便而摇摇晃晃地躺在离母亲不远的对面时，似乎完全陷入沉思的母亲突然跳了起来，两臂前伸，十指叉开，大声喊道："救命！天哪，救命！"她垂着头，好像要更好地看清格里高尔，可是又与这个愿望相违背，发疯似的向后退去；她忘了，她背后是那张摆好餐具的桌子；她退到桌边，心不在焉地一屁股坐了下去；她根本没有注意到，在她旁边的大咖啡壶被碰倒了，咖啡从壶里汩汩地流到地毯上。

"母亲，母亲！"格里高尔轻轻地说道，抬起头看着她。此刻，他完全忘记了协理；他看见咖啡从壶里流出来，禁不住多次张开嘴巴，对着空中咂巴。母亲看见他这个样子，再次尖叫起来，赶紧起身往后退，和向她迎过来的父亲撞了个满怀。可是格里高尔现在没有时间顾及他的父母了；协理已经到了楼梯上，他把下巴放在栏杆上，最后一次回头看了一眼格里高尔。格里高尔铆足劲往前赶了几步，想尽快赶上他；协理多半预感到他要做什么，一个大步跳下几个梯级，消失不见了；不过，他一边下楼，还一边喊了一声："啊！"他的响声在整个楼梯间回响。遗憾的是，协理这一跑，似乎把父亲搞得乱了手脚，本来到目前为止，他是一直比较镇静的，可现在，他非但没有去追协理，或者至少不去妨碍格里高尔追，反而用右手拿起协理遗忘在沙发上的手杖——他忘了拿走手杖、帽子和外套了——左手从桌子上拿过一张大开面报纸，一边跺着脚，一边挥舞手杖和报纸，要把格里高尔赶回房间去。格里高尔怎么求也无济于事，也没有人听懂他的请求，不管他多么低声下气地转动脑袋，父亲非但没有停止跺脚，反而跺得更加厉害了。在另一边，母亲不顾天凉，打开了一扇窗户，她把上身远远地探到外面，两只手捂着脸。胡同和楼梯间之间刮起一阵强烈的穿堂风，窗帘飘了起来，桌子上的报纸沙沙作响，有几张吹落到了地上。父亲发狂似的，发出尖厉的嘘声，毫不留情地催逼格里高尔回到屋里去。然而，格里高尔还真没有练过倒退着走，所以他退得十分缓慢。要是格里高尔可以转身的话，他早就回到房间里了，可是他担心，他转身要花很长时间，会让父亲不耐烦，父亲手里的手杖会向他的后背或脑袋重重地致命一击。不过，格里高尔终究没有别的选择，因为他惊恐地发现，他倒退时连方向也掌握不了；于是，他一边胆战心惊地不断侧过头看着父亲，一边开始转身，他想尽量转得快点，而实际上却转得很慢。父亲大概觉察到了他的良好意图，因为他没有阻挠他转身，反而在远处不时地转动手杖头，给他指点方向。要是父亲不发出令人难以忍受的尖厉嘘声，那该多好啊！这尖厉的嘘声搞得格里高尔晕头转向。他已经几乎转过身了，可是他听着父亲的嘘声，昏了头，反而又转过了头。他终于头朝前，来到门口，可这时发现，他的身子太宽了，不想点办法进不去。父亲在目前的心境下，压根儿想不起打开另外一扇门，让格里高尔有足够宽的通道进去。他一味想着，格里高尔得尽快进他的房间。格里高尔要直立起身子进屋，就需要做一系列冗长的准备动作，父亲是不会允许他这样慢慢做准备的。相反，他大喊大叫，把格里高尔往前赶，好像这里不存在什么障碍似的；格里高尔身后响的已经不再只是一个父亲的声音了；现在真的不是闹着玩了，格里高尔不顾一切地果真挤到了门里。他的身体一侧向上抬起，他就那样斜躺在门框里，身体的一侧完全擦伤了，洁白的门上留下一块块难看的斑痕；他很快就卡住了，没有别人帮忙他根本动弹不得，一侧的细腿悬在空中颤抖，另一侧的腿则压在地上疼痛难熬——这时，父亲从后面重重地推了他一把，这真是救命的一击，格里高尔受了这一击，猛地弹进了他的房间里，满身鲜血直流。父亲用手杖一下关上了门，接着，屋里终于安静了下来。

二

直到暮色降临，格里高尔才从昏厥般的迷睡中苏醒过来。即使没有外界的干扰，他过不了多久也会自己醒来，因为他觉得已经睡够，休息好了，然而他还是觉得把他吵醒的是一阵匆匆的脚步声和小心地关上通向门厅的房门的声音。街灯的光透过窗户照射到房间的天花板上和家具的上部，可是下面，在格里高尔四周却是一片黑暗。他慢慢地挪动身子，用他现在才知道珍惜的触角笨拙地摸索着，向门口移动，想去看看外面发生了什么事。他的左半身似乎整个成了一道长长的、紧绷着让人很不舒服的伤疤，他不得不依靠两排腿一瘸一颠地往前挪动。一条腿在早上往屋里挤时受了重伤——只有一条腿受伤，几乎是奇迹——耷拉着被拖着向前跟进。

　　到了门边他才发现，把他吸引到那里去的到底是什么：某种食物的味道。门边放着一个装满甜牛奶的钵，上面漂浮着几小片白面包。他高兴得几乎笑出声来，因为比起早上，他现在更饿了，于是他立刻把头伸进了钵里，眼睛几乎碰到了牛奶。然而他马上失望地把头缩了回来，因为一方面，他的左侧身子不便，让他吃饭非常困难——只有整个身体随着大声喘气，上下摆动，他才能吃饭——而且他原本非常爱喝的牛奶一点也不好喝，这牛奶肯定是他妹妹想到这一点才给他的，他几乎感到厌恶，便反感地转过身，爬回到房间的中央。

　　格里高尔透过门缝，看到客厅里亮着煤油灯，但听不到一点声响，而往常这个时候，父亲总是抬高嗓门，给母亲，有时也给妹妹朗读下午出版的报纸。对了，妹妹常常向他谈起或在信中提到的这种读报习惯在最近一段时间也许已经放弃。可是整个住宅里全都寂静无声，而屋里肯定不是空无一人。"家里人过着多么平静的日子啊！"格里高尔心里想道，他一边凝视着眼前的这一片黑暗，一边感到非常自豪，能让父母和妹妹有这样一套漂亮的住房，过上这样一种生活。可是，如果这宁静平和、富裕舒适、心满意足的日子现在要可怕地结束，那会是什么情形呢？格里高尔不敢这么想下去，于是他就活动起身体，在房间里来回爬动。

　　漫漫长夜中，有一次房间这一边的门被开了一条缝，另一次另一边的门被开了一条缝，但都很快就关上了；有谁也许想进来，可又有很多顾虑。格里高尔爬到客厅门边停了下来，他想以某种方式让疑虑重重的来访者进来，或者至少搞清楚来人是谁；可是再也没有人来开门，格里高尔白等了。先前关着门的时候，大家都想进来看他，可现在，他开了一扇门，而其他门显然整天都是不锁的，却再也没有人来了，而且钥匙还在外头插着。

直到深夜，客厅里的灯才熄灭，格里高尔很容易地断定，他的父母和妹妹一直没有睡，因为他清清楚楚地听见，现在他们三个人踮着脚离开了客厅。这下可以肯定，天亮以前不会有人来看格里高尔了；现在他有很长的时间，可以安安静静地考虑，怎样重新安排他今后的生活。可是这间又高又大的房间——他被迫躺在地板上——让他感到害怕，而又搞不清是什么原因，因为他在这间屋里已经住了五年了呀。在这种心情下，他半无意识地做了个转身动作，心中感到一点羞耻地急忙爬到沙发底下，立刻感到很舒服，尽管他的背受到一点挤压，头无法抬起；唯一感到遗憾的是，他的身体太宽，无法完全躲到沙发底下。

他在那里待了整整一夜，有时他半睡半醒，一再地被辘辘饥肠惊醒，有时他陷入忧虑之中，朦胧的希望浮上心头。然而所有这些忧虑和希望让他得出一个结论：他目前必须保持安静，要有耐心，凡事多体谅，让全家人比较容易忍受他现在的状况必然给他们造成的种种麻烦和不快。

第二天一大早，天还几乎没有亮，格里高尔就有机会检验他刚才所下的决心是否坚定，因为这时，他的妹妹几乎穿好了衣服，从门厅那边打开门，带着紧张的神情往里看。她没有马上找到他，但当她看见他在沙发底下时——天哪，他总得待在什么地方呀，他不可能飞走吧——她大吃一惊，失去了控制，砰的一声从外面又把门关上了。可是，仿佛后悔自己这么做似的，她马上又打开门，好像探视一个重病人或拜访一个陌生人，踮着脚走了进来。格里高尔从沙发边探出头来看着她。她会不会发现他没有喝牛奶，而且不是因为他不饿？或者她会不会送来更适合他口味的食物？如果她不主动做这件事，他宁可饿死，也不想去暗示她这么做，虽然他非常想从沙发底下爬出来，跪倒在妹妹脚下，请求她送点好吃的东西来。但是妹妹马上惊讶地发现钵子还是满满的，只有一点点牛奶洒到了钵子四周，她立刻垫了一块布，拿起钵子端走了。格里高尔急切地等着，看她会给他送点什么别的东西来，各种猜想涌上他的脑袋。他可绝对猜不出好心的妹妹真正要做的事。为了搞清楚他到底想吃什么，她拿来了一大堆不同的东西，在一张旧报纸上摊开，让他挑选。有不新鲜的、开始腐烂的蔬菜；有头天晚饭剩的骨头，四周还有凝固的白色肉汁；有一把葡萄干和杏仁；有一块格里高尔两天前说过不能吃的奶酪；有一块干面包，一块涂了奶油的面包，以及一块涂了奶油、撒了盐的面包。此外，她在这些东西旁边放了一个可能是永远为他准备的、倒好了清水的钵。她知道，格里高尔当着她的面是不会吃的，所以她体贴入微地赶紧走出房间，还转动了一下钥匙，好让格里高尔知道，他觉得怎么舒服就采取什么姿态。现在就要吃饭了，他的那些细腿都跃跃欲试地摆动起来。再说，他的伤口也都已经完全痊愈，他一点没有感到碍事，对此很是惊讶，因为他想起一个多月以前手指被刀割破了一个小伤口，直到前天这个伤口还很疼呢。"难道我现在不如以前敏感了？"他一边想，一边贪婪地吃起奶酪，在所有这些食物中，奶酪是最先强烈吸引他的东西。他很快一口接一口地吃了奶酪、蔬菜和肉汁，满意得流出了泪水；相反，他觉得新鲜的食物不好吃，连它们的味道都不能忍受，所以他甚至把他想吃的东西叼到离钵子远一点的地方吃。他吃完了饭，懒洋洋地躺在原地，这时妹妹慢慢转动钥匙，示意他该回去了。虽然他几乎已经睡着了，但他还是立刻惊醒过来，急忙又爬回到沙发底下。然而，待在沙发底下，即使只有妹妹在房间里的短暂时刻，也让他很不自在，需要极大的自制，因为他饱饱地吃了一顿，身体就稍稍鼓了起来，挤在沙发下喘不过气来。他憋得有些窒息，眼睛微微鼓起，看着对他目前的心境一无所知的妹妹用一把扫帚不仅把吃剩的东西，而且连格里高尔没有碰过的食物统统扫到一起，仿佛这些东西也不再能派上用场似的，接着，她匆匆地把这些东西倒进一个桶里，盖上木盖，提了出去。妹妹刚转过身去，格里高尔就从沙发底下爬出来，舒展起身体，大口大口地吸气。

格里高尔就这样每天得到他的食物，第一次在早上，父母和女佣还在睡觉，第二次在大家吃完午饭后，父母这时要小憩一会儿，女佣则被妹妹打发去做某件事。他们肯定也不想让格里高尔饿死，只是他们不想亲眼看着他怎样吃饭，而更愿意从别人嘴里听说，也许妹妹不想给他们增添一点哪怕只是小小的忧伤，他们实在已经够苦的了。

第一天上午他们是用什么借口又让请来的医生和锁匠离开

他们家的，格里高尔无从知晓，因为他们听不懂他的话，也就没有人，包括妹妹，想到他能听懂别人的话，所以，每当妹妹来到他的房间，他也只能间或听见她的叹息声和向圣者的祈求声。后来，她稍许习惯了一点——完全习惯自然是无从谈起——格里高尔才偶尔听见她的一言半语，她的话是怀着好意说的，或者可以这么解释。每当格里高尔把东西吃得干干净净时，她就说："今天他吃得很香。"遇到相反的情况，她总是几乎忧伤地说："又全剩下了。"后一种情况现在是越来越多了。

格里高尔没有当面从家人那里听到什么消息，不过，他从隔壁房间倒是听到了一些话；因为只要旁边有什么声音，他就立刻跑到那边去，把整个身体贴到门上。尤其在头几天，任何一次谈话都或多或少与他相关，哪怕只是秘密地谈到他。足足两天，每次用餐时都可以听到他们在商量该怎么办，采取什么态度；即使不是用餐的时候，他们也在谈论同一个话题，因为同时总有两个家庭成员在家里，看来谁也不想单独留在家里，又不想家里不留一个人。女佣——谁也不完全清楚，家里发生的事她知道什么，知道多少——也在第一天就恳求母亲马上辞退她，一刻钟后她向父母告辞时，眼含泪花地感谢母亲辞退了她，仿佛辞退是他们为她做的一件天大好事，而且在没有人要求她这么做的情况下，发了一个毒誓，说绝对不会向外人泄露哪怕一丁点这里发生的事。

现在妹妹也得跟着母亲一起做饭了；不过现在做饭花不了多少力气，因为他们几乎不吃什么东西。格里高尔一次又一次听到，一个人怎样叫另一个人吃饭，得到的回答却总是"谢谢，我饱了"之类的话。酒大概也不喝了。妹妹常常问父亲要不要喝啤酒，甚至自告奋勇，说愿意亲自去买，而父亲却一声不吭，妹妹为了打消他的顾虑，说可以让管房子的女人去买，这时，父亲终于说了一个明白无误的"不"字，妹妹也就不再提啤酒的事了。

还在第一天，父亲就向母亲和妹妹说明了家里的全部财产状况和前景。他不时地从桌子边站起来，走向一个小小的保险箱，从里面拿出一张什么单据或一个记事本，这个保险箱是五年前他的商店破产时留下的。格里高尔听见他怎样打开保险箱那把复杂的锁，拿出要找的东西后又怎样重新锁好。父亲的说明是格里高尔被关在屋里以来听到的第一件令人高兴的事。他原以为，商店破产时没有给父亲留下任何一点东西，至少父亲没有向他说过与此相反的话，而格里高尔自然也没有问过父亲。格里高尔当时一心想的是，他要竭尽全力，让一家人尽快忘记使大家陷入绝境的破产灾难。于是他开始拼命工作，几乎一夜之间从一个小伙计当上了旅行推销员。旅行推销员的赚钱机会当然完全不同于小伙计，他的工作业绩立刻以佣金的形式变成现金，拿回家往桌子上一放，让全家人又惊又喜。那是一段美好的时光，后来再也没有降临过，至少再也没有那样令人兴奋、让人激动不已过，尽管格里高尔后来挣的钱不少，有能力承担而且也确实承担了整个家庭的开销。家里人也好，格里高尔也好，大家都习以为常了，格里高尔很愿意把钱交给家里，家里人怀着感激收下，如此而已，他们之间再也没有产生特别暖融融的感情。只有妹妹还让格里高尔继续感到亲切，他有一个秘密的心愿，就是不管费用多高，哪怕用什么别的办法，他也要筹措到钱，第二年送妹妹到音乐学院上学，因为和格里高尔不同，妹妹非常喜欢音乐，小提琴拉得很出色。格里高尔在城里逗留期间，和妹妹谈话时经常提到音乐学院，然而那始终只是一个无法实现的梦想，这种不切合实际的话父母连听都不想听；但是格里高尔却拿定了主意，始终想着这件事，并且打算在圣诞节前夜隆重宣布他的决定。

他靠在门边倾听外面的谈话时，脑子里就转着这些在他目前的状况下毫无用处的想法。有时，他疲倦至极，什么也听不进去，脑袋无力地耷拉下来，磕到门上，就赶紧振作起来，抬起脑袋，因为只要由此引起一点点响动，让隔壁房间的人听见，他们就会闭上嘴巴，一个字不说了。父亲等了片刻后才说："不知他又在干什么啦。"显然他是朝门这边说的，随后他们才慢慢恢复中断了的谈话。

父亲常常多次重复他说的话，因为一方面，他自己已经很长时间没有管这些事情了，另一方面，母亲听一遍也不能把所有的事情搞明白，所以格里高尔完全听清楚了他们谈话的内容。他现在听说了，虽然家门不幸，但家里还有一笔以往的岁月留下的小小的财产，在这段时间里一直没有动用的利息使这笔财产略有增加。此外，格里高尔每月拿回家的钱——他自己只留下几块钱——也没有花光，已经积攒成一笔小小的资金。格里高尔在门后听着，不禁频频点头，他意想不到家里过日子如此谨慎节俭，感到十分喜悦。他原本可以用这些剩余的钱多还掉一些父亲欠经理的债的，要是那样，他本可以早些辞掉那个职位，不过现在看来，父亲这样安排无疑是好多了。

然而这笔钱根本不够一家人靠利息过日子；这笔钱也许能让全家生活一年，顶多两年，到那时就花光了。按理说，这笔钱是不能轻易动用的，只能留着应急；日常费用得去挣出来。可谁去挣呢？父亲虽然还身体健康，但终究已经是个老人，而且已经五年没有做事，不能过于劳累自己了；这五年是他忙忙碌碌却无所成就的一生中第一次得闲休假，他身体发胖了，动作也变得相当迟钝。年迈的母亲患有哮喘病，每隔一天就犯一次，不得不坐到敞开的窗户边的沙发上休息，难道还要她去挣钱养家吗？妹妹十七岁，还是个孩子，迄今为止过着无忧无虑的日子，穿得漂漂亮亮的，睡睡懒觉，帮着做点家务活，参加几次不那么奢华的娱乐活动，尤其是拉拉小提琴，难道要她去做事挣钱？每当谈起一定得有人出去挣钱时，格里高尔总是离开门，一头扑到门旁那张冰凉的沙发上，因为他既羞愧又伤心，浑身发热。

他常常整夜整夜地躺在那里，一刻也不睡，只是一连几个小时在沙发皮面上蹭来蹭去。或者他不惜花大力气，把一张沙发椅推到窗边，然后爬到窗台上，后背顶住椅子，身体靠在窗子上，看来他是在回忆从前临窗眺望给他的心旷神怡的解脱感觉。真的，那些离他远一点的东西，他现在看去一天比一天模糊了，对面的医院根本就看不见了，而过去他因为老看见它而诅咒过它。要不是他确切知道自己住在安静的、位于市区的夏洛蒂大街，他会以为在窗外看到的是一块荒芜的空旷地，一切都是灰蒙蒙的，分不清哪儿是天，哪儿是地。细心的妹妹只看见过两次椅子放在窗边，这以后她每次整理完房间，就把椅子丝毫不差地放回到窗边，甚至从此还让里层窗户开着。

要是格里高尔能和妹妹说话，感谢她为他所做的一切，他心里就会好受些；可他做不到，为此很痛苦。妹妹自然设法尽量消弭整个事件带来的难堪局面，这一点她自然越做越顺手，然而随着时间的推移，其中的隐秘格里高尔也看得越来越清楚。从她跨进他的房间，他就觉得可怕。以往，她进了屋总要关好门，不让其他人看见格里高尔屋里的情形，而现在，她进了屋，顾不上关好各扇房门，就径直奔向窗口，一把打开窗子，仿佛她憋得透不过气似的，尽管天气还很冷，也要在窗边停留片刻，深深地吸几口气。她每天进来两次，在房间里跑动，弄出声响，让格里高尔惊恐；在她进来的这段时间里，他躲在沙发底下瑟瑟发抖，心里却很清楚，其实妹妹只要做得到，是一定会关着窗户整理格里高尔的房间，不拿这些无谓的动作打扰他的。

格里高尔变形后大概过了一个月，妹妹本不该有什么特别的理由为他的外形感到吃惊了，一次她比以往来得稍稍早了一点，看见格里高尔还站在窗边，看着窗外，一动不动，站立的姿势令人害怕。倘若她因为格里高尔站在那里妨碍她进来马上开窗户就不进来，格里高尔不会感到意外，可是她不仅没有进来，而且还退了回去，并随手关上了门；陌生人会以为格里高尔是在打埋伏等她，想咬她呢。格里高尔自然立刻就躲到沙发底下，可是他一直等到中午，妹妹才再次来到他的房间，而且她看起来比以往烦躁不安多了。他因此意识到，他的样子还一直让她受不了，而且今后还会继续让她感到无法忍受，哪怕她只看见沙发下露出的他的身体的一小部分，恐怕也得费很大的劲控制自己，才不至于跑出他的房间。为了不让妹妹看见自己的身体，他有一天花了足足四个钟头，用自己的后背把一块床单背到沙发上，将它铺好，让它完全遮住自己的身体，妹妹即使弯下腰也一点都看不见他。如果她以为这块床单毫无必要，完全可以把它弄走，因为很清楚，格里高尔不可能为了找乐子而用床单把自己完全封闭起来，然而妹妹一点没有动床单，就让它铺在那里，而且格里高尔有一次小心地从床单下探出头来，想看看妹妹对他的新安排有什么反应时，似乎看到了她眼中一丝感激的目光。

在头十四天，父母没有勇气进来看他，不过他多次听他们夸他妹妹，十分赞赏她现在所做的事，而以前他们常常生她的气，因为在他们看来她是个没有什么用处的女孩子。现在可不同了，妹妹在格里高尔屋里打扫时，他们两个，父亲和母亲，常常在格里高尔屋子门外等着，她一出来，就要她仔细地给他们讲，格里高尔屋里什么样子，他吃了些什么，这一次他有什么样的举止，她是否注意到出现了什么好转的迹象。母亲很想早一点进屋看望格里高尔，但是父亲和妹妹起先举出一些合情合理的理由，劝她不要进去，格里高尔全神贯注地听了他们讲的理由，认为这些理由很有道理。后来母亲非要进来时，他们不得不使出全身的力气拉住她。母亲大声喊道："让我进去看格里高尔，他是我不幸的儿子啊！难道你们就不明白我一定得去看他吗？"这时格里高尔想，母亲要是能进来，也许真是一件好事，当然不是每天来，而是一星期来那么一次；不管什么事，她终究比妹妹懂得多得多，妹妹尽管勇气可嘉，毕竟还只是个孩子，说到底也许只是年少轻率才挑起这副沉重的担子吧。

格里高尔想见到母亲的愿望很快就实现了。单单为了父母，格里高尔白天就已经不想在窗户边待着，而在那几平方米的地板上，他又无法痛快地多爬；至于一动不动地躺着，他夜里就躺够了，吃饭也早已兴味索然，于是为了消磨时间，他养成了在墙上和天花板上爬来爬去的习惯。他特别喜欢挂在天花板上；这么挂着和躺在地板上完全不同，他可以更畅快地呼吸，身体会轻微地晃动；在这种几乎令他感到高兴的放松状态里，也会发生这样的事：他会连自己都感到意外地松开附着在天花板上的腿，让自己的身体掉到地板上。当然，他现在能比以前更好地控制自己的身体，所以即使这么重重地掉下来也不会受伤。妹妹马上发现了他新的消遣活动，因为他爬行时在一些地方留下了黏液的痕迹；于是妹妹想到要挪走碍事的柜子和书桌，让格里高尔有更多的空间爬行。可是她一个人做不了这件事，又不敢请父亲帮忙；小保姆肯定不会帮她的忙，因为这个十六岁的女孩子在先前的那个厨娘被辞退后虽然勇敢地挺了过来，却请求给她特殊的照顾，允许她始终关着厨房的门，只有特意叫她时才开门。所以妹妹没有办法，只好等父亲有一次不在家时请母亲帮忙。母亲赶紧过来，高兴得喊出了声，可一到格里高尔房门前就戛然无声了。自然妹妹先进来，看看房间里是否一切正常；然后她才让母亲进来。格里高尔赶紧把床单往下拽了拽，弄出更多的皱褶，让它看起来真的像只是随意扔在沙发上似的。这次，格里高尔也没有探出头来偷看；他放弃了这次就看见母亲的念头，母亲终于到他屋里来了，他已经很高兴了。"尽管进来，我们看不见他。"妹妹说，显然她拉着母亲的手。现在，格里高尔听见这两个弱女子怎样把沉重的旧柜子从老地方挪开，妹妹怎样不顾母亲担心她劳累过度，劝告她不要猛干的话，总是抢重的那一头抬。她们干了很久。大约一刻钟后，母亲说，最好还是把柜子放在老地方，第一，柜子太沉了，父亲回来之前她们搬不走，放在房间的中央会挡住格里高尔的每条路；第二，谁也拿不准，搬走家具是否称格里高尔的心。母亲觉得情况可能正相反；她看见房间空荡荡的，心里憋得慌；为什么格里高尔就不会有这种感觉呢，他可是早就习惯了这些家具，在空荡荡的房间里会觉得孤单的。"这样做是不是就……"母亲最后轻轻地说，可以说是耳语，仿佛她不想让格里高尔——她不知道他待的确切位置——听见哪怕是她说话的声音似的，因为她坚信他听不懂她们说的话，"我们搬走家具，是不是就向他表明，好像我们放弃了他能康复的任何希望，让他自生自灭呢？我觉得，我们最好还是保持房间的原状，这样，格里高尔一旦重新回到我们中间，就会发现一切都和从前一样，就会更容易忘掉经历的这段时光。"

格里高尔听了母亲这番话，明白了一件事：两个月来他没有直接和人交谈，加上一家人过着单调的日子，这种状况肯定把他搞糊涂了，否则他无法解释他为什么会真的渴望搬空自己的房间。难道他真的想把这间温暖的、布置着祖传家具的舒适房间变成一个洞穴，他在里面可以随意地向各个方向爬行，同时却迅速地、完全地忘记他以往的人生？他现在真的快要忘记过去的一切了，是久违了的母亲的声音唤醒了他。什么东西也不要搬走，一切都要保持原样；家具会对他的状况起到良好作用，这一点是他现在不可缺少的；如果家具妨碍他毫无意义地四处爬行，也不会给他带来损失，相反是一件大好事。

可是妹妹却不这么看：她已经养成这样一个习惯，在谈论格里高尔的事情时，在父母面前摆出特别在行的样子，这自然不是毫无道理；她现在听见母亲提出这样一个建议，觉得有足够的理由，不仅坚持要把她首先想到的柜子和书桌搬走，而且坚持要把所有家具都搬走，只留下不可缺少的沙发。她坚持这样做，当然不仅仅出于她小孩子的倔脾气和最近意想不到的、好不容易获得的自信，而且她确确实实通过观察发现，格里高尔需要很多空间用于爬行，而这些家具——就她所见——他从不使用。不过，也许她这个年龄的女孩子特有的好胜心和表现欲也起了一定作用，这种欲望一有机会就要得到满足，现在格蕾特受它的诱惑，想使格里高尔的情况变得更加令人恐惧，这样她就可以为他做更多的事情。因为倘若格里高尔待在一间只有四堵空墙的房间里，那么除了格蕾特，恐怕再没有人敢进去了。

所以她一点也不为母亲的劝说所动，坚持自己的决定，而母亲在这间房间里心神不宁，似乎也拿不准该怎么办，不一会儿就不再说话，尽力帮格蕾特往外搬柜子。好吧，格里高尔不得已时可以没有柜子，可书桌无论如何得留下。当母女俩喘着粗气，刚把柜子搬出房间，格里高尔就从沙发下探出头来，看看他可以如何小心谨慎地、尽可能周到妥帖地加以干预。可不幸的是母亲先回来，格蕾特还在隔壁房间里，伸开两臂抱着柜子来回晃动，柜子自然纹丝不动。而母亲还没有习惯格里高尔的模样，让她看见准会把她吓出病来，所以格里高尔吓得赶紧往后退，一直退到沙发的另一头，可这么一来，前面的床单轻微地晃动了起来。这就足够引起母亲的注意了。她停住脚步，站了一会儿，然后向格蕾特走回去。

尽管格里高尔心里一再对自己说，其实并没有发生什么不寻常的事，她们只是在挪动几件家具而已，但他很快就不得不承认，两个女人的来回走动，她们的轻声喊叫，家具在地板上蹭动发出的声响，这一切在他听来就像一阵巨大的、从四面八方向他逼来的喧嚣，他把头和腿紧紧地缩成一团，身体紧贴着地面，不由得对自己说，他无法忍受下去了。她们要搬空他的房间，拿走他喜欢的所有东西；放着钢丝锯和其他工具的柜子已经搬出了房间，现在她们正在松动桌腿已经紧紧地卡进地板的书桌，他早在当商学院学生，当市立中学学生，甚至还是国民小学学生的时候就在这张书桌上写作业了——这下他真的没有时间去审察这两个女人的良好意图了，况且他也忘了她们两人的存在，因为她们干得精疲力竭，既不说话也不喊叫了，格里高尔只听见她们沉重的脚步声。

于是他从沙发底下钻了出来——这时两个女人在隔壁房间，靠在书桌上喘气，稍作休息——换了四次爬行的方向，确实不知道自己该先救什么，这时他看见在已经腾空的墙上挂着的、全身都是毛皮衣服的女士的画像，显得很醒目，他赶忙爬上去，把身体紧贴在画像的玻璃上，玻璃粘在他身上，让他发热的肚子很舒服。现在格里高尔完全遮住了画像，他想至少这幅画肯定没有人会拿走了。他把头转向通往客厅的门，以便观察母亲和妹妹回来时会有什么反应。

她们没有歇多久就回来了；格蕾特用胳膊搂着母亲，几乎支撑了她全身的重量。"我们现在拿什么？"她对母亲说，同时环视四周。这时她的目光和墙上格里高尔的目光相遇。恐怕只是因为母亲在场，她才保持了镇静；为了不让母亲四处张望，她赶紧朝母亲低下头，来不及仔细考虑就声音发抖地说："来，我们还是回到客厅里待一会儿吧。"格里高尔很清楚格蕾特的意图，她是想把母亲带到安全的地方，然后把他从墙上赶下来。好，她尽管来试试好了！他紧紧趴在画像上，宁可往下跳到格蕾特的脸上，也不让画像被拿走。

可是格蕾特的话反而让母亲感到不安，她走到一边，瞥见了印着花卉图案的壁纸上那个巨大的棕色的东西，还没有意识到她看见的就是格里高尔，就用沙哑的声音喊道："啊，天哪，啊，天哪！"说完，她就伸开两臂，仿佛放弃一切似的，倒到沙发上，再也不动弹了。"格里高尔，你！"妹妹举起拳头，眼睛瞪着他说。这是格里高尔变形后她直接跟他说的第一句话。她跑到隔壁房间里，去拿一种香精，想用它让母亲苏醒过来；格里高尔也想去帮忙——救这幅画还有时间——可是他紧紧地粘在玻璃上，不得不使出全身力气才从画像上下来。然后他也跑进隔壁房间，好像他还能像从前那样给妹妹出个什么主意似的，可到了那里，他只能无所事事地站在她身后；妹妹拿起各种各样的瓶子找着，转过身看见他，大吃一惊，一个瓶子掉到地上，摔得粉碎；一块碎片划破了格里高尔的脸，某种刺鼻的药水溅了他一脸。格蕾特没有久留，尽她所能地拿起许多药瓶，朝母亲那里跑去，用脚砰的一声关上房门。这下格里高尔被关在门外，和母亲分开了，母亲由于他的过错也许快要死了。倘若他不想把妹妹从母亲身边赶走，他就不能开门；他只能等，别的什么事也做不了。他受自责和忧虑的双重煎熬，就开始爬行，爬到墙壁上，爬到家具上，爬到天花板上，哪儿都爬，最后他绝望了，整个房间好像绕着他旋转起来，于是他从天花板上掉了下来，落在桌子中央。

　　格里高尔就这么躺了一会儿，全身软软的没有一点力气，四周静悄悄的没有声息，也许这是个好兆头。这时门铃响了。保姆自然把自己反锁在厨房里，所以只能由格蕾特去开门。是父亲回来了。"发生了什么事？"这是他的第一句话；格蕾特的表情向他泄露了一切。她用低沉的声音说："母亲晕过去了，不过现在已经好多了。格里高尔跑出来了。"显然她是把脸紧紧贴着父亲的胸脯说的。"我早料到了，"父亲说，"我跟你们说了多少次，你们女人就是不肯听。"格里高尔清楚，父亲把格蕾特过于简短的通报往坏的方面做了理解，认定格里高尔干了什么暴力的事。因此格里高尔必须设法平息父亲的怒气，因为他既没有时间也不可能向父亲解释。于是他赶紧退回到自己房间的门口，缩起身体靠到门上，好让父亲从门厅进来就能一眼看见，他非常愿意马上回他的房间，他们没有必要去赶他，只要把门打开，他就会立刻进屋，消失不见。

　　然而父亲没有这种心情，丝毫察觉不到格里高尔细腻的感情。"啊！"他一进门就喊了一声，听那语气，好像他既生气又高兴。格里高尔把头从门上缩回来，抬起来对着父亲。他确实没有想到，父亲会是这个样子；诚然，最近一段时间他忙着爬来爬去，觉得新鲜，竟忘了和从前一样去关注家里发生的事情，他本该有所准备，会遇到新的情况。但是话虽如此，站在他面前的还是父亲吗？以前，当格里高尔一大早走出家门出差时，他总是疲惫不堪地躺在被窝里；格里高尔晚上回家时，他总是穿着睡衣，坐在圈手椅里迎接他，几乎就站不起来，而只是抬一下手臂表示高兴；一年里难得有几个星期天，再加几个重要的节日，他才和家里人一起出去散步，这时他走在格里高尔和母亲之间，他们两人原本就已走得很慢，而父亲走得还要慢些；他裹着那件旧大衣，小心翼翼地拄着拐杖，慢慢向前移动脚步，每当他要说话，他就停住脚，让陪伴的人围到他身边。难道现在站在格里高尔面前的还是这同一个人吗？他现在挺直了身板，一件银行的勤杂工一类人穿的镶着金色纽扣的蓝制服紧绷在身上，高高的制服硬领托着他那又肥又大的双层下巴；浓密的眉毛下，一双黑眼睛炯炯有神，原先蓬乱的白发往后梳成溜光的分头。他的帽子上绣着由几个字母组成的金色图案，大约是某个银行的标记。他把帽子抛出一条长长的弧线，帽子飞过整个房间掉到沙发上；然后，他把那件长长的制服的下摆往后一甩，双手插进裤袋，绷着脸朝格里高尔走去。他大概自己也不知道要干什么；不过他把脚抬得很高，格里高尔看到他的靴子后掌大得出奇，很是吃惊。但是他没有停留在吃惊上，从他开始新生活的第一天起，他就知道，父亲认为对他只宜采取非常严厉的态度。于是他便在父亲前面走，父亲停下，他也停下，只要父亲一动，他就赶紧往前走。就这样，他们在房间里绕了好几圈，而没有发生什么大不了的事；由于两人都走得很慢，整件事甚至没有给人一追一逃的印象。格里高尔暂时还留在地板上，因为他害怕，倘若他逃到墙上或天花板上，父亲会把它看作一桩特别恶毒的行为。可就算这样，格里高尔也不得不对自己说，连这种奔跑他也坚持不下去了，因为父亲迈一步，他就得做无数次的动作。他已经感觉到有些气喘了，以前他的肺就不那么让人放心。当他跌跌撞撞地往前跑时，为了把全部力气都集中在逃跑上，他几乎闭着眼睛；他这么懵懵懂懂地跑着，就压根儿没有想过还有别的办法救自己，几乎忘了几面墙都是任他爬的，当然墙边摆放着雕花家具，上面布满了凹凸图案，有许多尖角棱边。这时，一样什么东西轻轻扔过来，从他身边飞过，滚落到他面前。这是一个苹果，马上第二个苹果又向他飞过来，格里高尔吓得站住了；继续往前跑没有用，因为父亲已经决定要轰炸他了。他拿了餐具柜上水果盘里的苹果，装满了他的几个衣兜，然后一个一个地向他扔过来，并不好好瞄准。这些小小的红苹果像带了电似的，在地上滚动，互相碰撞。一个轻轻扔出的苹果打到了格里高尔的后背上，当即从背上滚落下去，没有给他造成伤害。接着又飞来一个苹果，重重地击中他，嵌到了背里；格里高尔痛苦难耐，想往前爬，仿佛换个地方就能消除这突如其来的痛苦似的。然而他觉得像被钉住一样，迷迷糊糊地摊开细腿趴在地上，动弹不得。他最后一次睁开眼，看见他的房门突然打开，母亲快步跑出来，妹妹尖叫着跟在后面；母亲只穿着内衣，因为妹妹已经解开了她的外衣，好让她呼吸更加通畅，从昏迷中苏醒过来。格里高尔还看见，母亲接着就朝父亲跑过去，随着她的奔跑，解开扣子的外衣一件一件地滑落到地上，她磕磕绊绊地跨过衣服冲向父亲，一把抱住他，紧紧地和他抱在一起，双手放在父亲的后脑勺上，请求他饶格里高尔一命——可这时，格里高尔视力减退，看不见了。

三

　　格里高尔受了重伤，吃了一个多月的苦头，那个苹果一直留在他的身上，成了一个看得见的纪念品，因为没有人敢从他身上拿走它。看来，这次重伤甚至让父亲也想起来，现在格里高尔虽然外形既让人可怜又让人恶心，但终究还是家庭的一个成员，家里人不能把他当作敌人，在他面前一家人特别需要做的是压下厌恶的感情，容忍再容忍。

　　格里高尔由于受了伤，身体的灵活性恐怕永远丧失了，他暂时只能像残疾的老人那样慢慢爬行，从房间的一头爬到另一头需要好几分钟。爬到墙上、天花板上，那是想都甭想了。可是，虽然他的状况恶化了，他却得到了在他看来是足够的补偿：傍晚时分，他此前仔细观察了一两个钟头的客厅的门打开了，这样，他可以躺在他黑黑的房间里，客厅里亮着灯，那里的人看不见他，而他却可以——和从前完全不同——看见全家人坐在桌旁，听他们谈话，这多半是得到他们大家首肯的。

当然，客厅里不再有以前那种轻松活泼的谈话了；从前，当格里高尔出差住在旅店的小房间里，疲惫不堪地钻进潮湿的被窝时，他就带着几分渴念想起这样的谈话。现在，客厅里常常是静悄悄的。父亲吃过晚饭，很快就在扶手椅里睡着了；母亲和妹妹互相提醒要安静；母亲向前欠身凑到灯前，为一家服装店缝制做工细密的内衣；已经找了一份售货员工作的妹妹晚上在学习速记和法语，以后也许能找到一份更好的工作。有时父亲醒过来，好像压根儿不知道他已经睡了一觉似的对母亲说："你今天又要做多久啊！"说完马上睡着了，母亲和妹妹则又困又乏地互相笑了笑。

父亲很固执，在家里也拒绝脱掉银行杂役的制服。他总是整整齐齐地穿着制服躺在座位上打瞌睡，仿佛在这里也随时准备应差，等着上司吩咐似的；而他的睡衣则派不上用场，老挂在衣钩上。因此，尽管有母亲和妹妹的精心照料，但那件原本就不新的制服很快就穿脏了；格里高尔常常整夜整夜地看着这件到处都是污渍的、金色纽扣却始终擦得锃亮的衣服，老头子就穿着它睡觉，虽然很不舒服，但很安静。

时钟一敲十点，母亲就轻声唤醒父亲，试图说服他上床，因为在这里终究睡不安稳，而父亲六点钟就得去上班，非常需要睡个安稳觉。但是他当了杂役后就来了倔脾气，每次都硬要在桌旁多待一会儿，尽管他总按时入睡，所以母亲总要费九牛二虎之力才能说服他从沙发上换到床上去。不管母亲和妹妹怎样一次又一次地劝他催他，他还是不紧不慢地摇着头，闭着眼睛，就算磨上一刻钟，也不站起来。母亲一边说好话，一边拽他的袖子，妹妹则放下手里的功课，过来帮母亲，可是这一切都没有用。父亲死沉死沉地仰躺在沙发里。直到两个女人把手伸到他的胳肢窝下面架住他，他才睁开眼睛，交替看着母亲和妹妹，每次都说这么一句话："这就是生活。这就是我晚年的平静生活。"他在两个女人的搀扶下非常吃力地站起身，仿佛他自己的身体就是他的沉重负担似的；他让母亲和妹妹一直扶到门口，然后挥手让她们松开，独自一个人继续往前走，而母亲连忙扔下针线，妹妹也赶忙放下笔，追上去好继续帮他。

全家人都劳累过度、疲惫不堪，除了为格里高尔做些必要的事情，谁还有时间再多管他呢？家里的开支一减再减，小保姆到底还是给辞了；请了一个身材高大、满头白发的瘦老妈子早晚各来一次做钟点工，干那些最粗重的活儿；其他家务活儿都是母亲做完针线活儿后自己做。连以前母亲和妹妹参加娱乐活动和节日庆祝活动时美滋滋地佩戴的各色首饰也卖掉了，这是晚上大家谈论卖出的价钱时格里高尔听到的。可是，他们诉苦诉得最多的是，就目前的经济状况而言，这套住房太大了，可他们不能离开，因为他们无法想象，搬家时怎样搬运格里高尔。但是格里高尔恐怕看得很清楚，妨碍他们迁居的不仅仅是考虑到他，因为只要用一个合适的木箱，开几个气孔，就很容易把他运走；更重要的因素是，他们完全绝望了，同时又想到他们遭受如此巨大的不幸的打击，在整个亲戚和朋友圈子里谁也没有受过这样的打击啊。这个世界要求穷人做的，他们都在尽力地做，父亲给那些银行小职员拿早点，母亲为陌生人做内衣耗干了自己的血汗，妹妹按顾客的命令在柜台后跑来跑去，他们哪里还有力气做更多别的事啊！每当母亲和妹妹把父亲安顿到床上，重新回到客厅里，放下手里的活儿，脸贴着脸紧紧挨着坐在一起时；每当母亲指着格里高尔的房间，说"格蕾特，还是把门关上吧"；每当格里高尔又独自处在黑暗中，母亲和妹妹在客厅里涕泪交流或欲哭无泪地凝视着桌子时，格里高尔总觉得背上的伤口重新疼痛起来。

一天又一天，一夜又一夜，格里高尔几乎都是无眠地度过。有的时候他会想，下一次开门时，他又像从前那样，把全家的事务全部揽到自己手里；他的脑海里又出现了久违了的经理和协理，公司伙计和学徒，那个脑子迟钝的工友，两三个其他商号的朋友，外省一家旅店的一个女服务员，这是一段甜美而短暂的回忆，还有一家帽店的女收款员，他曾经正儿八经地向她求过爱，但是他的求爱拖得太慢——所有这些人都和陌生人或已经忘却的人混杂在一起出现，但他们全都可望不可即，根本不来帮他和他的家人，所以他们消失时他很高兴。但接着他又没有一点心情去为家里人操心了，一股怒火涌上他的心头，他为家里人照料自己如此恶劣而生气，尽管想不起他特别想吃什么，还是在心里算计着，他怎样到食物储藏室里去，即使不饿也要拿些本该归他的东西。现在，妹妹再也不考虑怎样才能让格里高尔吃得特别高兴，而是早上和中午到店里上班前，匆匆忙忙地用脚往格里高尔屋里推进一点什么吃的东西，到晚上，不管那些食物只是尝了一两口还是连碰都没有碰——大多数情况是后者，她就挥动扫帚，把食物扫了出去。打扫房间她总是安排在晚上，而且总是草草了事，快得不能再快了。墙上留下一道又一道脏痕，地上这儿一团尘土，那儿一堆垃圾的，肮脏不堪。在最初一段时间，格里高尔在妹妹进来时总是走到这类特别脏的角落，以此向妹妹表示某种指责。可是，哪怕他在那里待上几个星期，妹妹也不会加以改进；她和他一样看见这些脏东西，可她已经打定主意不管它们了。相反，她现在带着一种过去没有过的敏感，时时留神由她来打扫格里高尔的房间，她的敏感已经影响了全家人。有一回，母亲对格里高尔的房间进行了一次大扫除，用了几桶水又冲又刷才打扫干净——屋里湿漉漉的，自然也让格里高尔很不高兴，他摊开身子，又气又恼地躺在沙发上，一动不动——然而母亲却受到了惩罚，因为妹妹晚上一回到家，发现格里高尔的房间发生了变化，就委屈万分地跑到客厅里，不顾母亲举起双手央求，抽抽泣泣地哭起来。父亲当然被她的哭声惊醒，从圈手椅里站起身，他和母亲先是惊讶而又无可奈何地看着她，然后他们也忍不住眼睛湿了。父亲朝右边责备母亲，说她不该把清扫格里高尔房间的事交给妹妹，又向左朝妹妹吼叫，不许她以后再去打扫格里高尔的房间；母亲则试图把激动不已的父亲拉到卧室里去；妹妹哭得浑身发抖，两只小拳头捶打着桌子；格里高尔发现竟没有人想起关上房门，免得他看见他们又吵又闹的场景，一股无名火冲上心头，气得尖声叫起来。

妹妹已经厌烦了格里高尔的事。不过，即使她下班后已经疲惫不堪，不愿像从前那样去照料格里高尔，那也用不着母亲代她，格里高尔也不会没人管。因为现在有了老妈子。这是个老寡妇，在漫长的一生中饱经风霜，吃尽苦头，凭着身强力壮挺了过来，所以对格里高尔并不厌恶。有一回她并非出于好奇，而是偶然打开了格里高尔的房门，格里高尔大吃一惊，尽管没有人追，却东躲西藏地跑起来，她看见他这个样子，就在胸前交叉着双手站住了。从这以后，她每天都要稍稍打开格里高尔的房门，向里看一眼，早晚两次。开始时她冲他说一两句话，比如"老屎壳郎，过来"，或"你们瞧这屎壳郎"，叫他走近她，大概以为这是自己向他表示友好的话。格里高尔对这些话不做任何反应，一动不动地待在原地，仿佛房门根本没有开似的。格里高尔多希望他们嘱咐老妈子每天打扫他的房间，而不是让她随自己的性子打扰他啊！一天早晨下着大雨，急骤的雨点击打着玻璃窗，也许是春天到来的信号吧，老妈子又拿那些话来烦格里高尔，他恼火万分，好像要进攻似的转身向她爬去，自然他的动作缓慢而又迟钝。老妈子非但不害怕，反而抄起门边的一把椅子，张着大嘴；她的意图很清楚，只要她手里的椅子不砸到格里高尔的后背上，她是不会闭上嘴巴的。她看到格里高尔又转过身去，这才问了一句："不再往前了？"然后她平静地把椅子放回到墙角里。

现在，格里高尔几乎什么也不吃了。只有当他偶然从为他准备好的食物旁边经过时，他才玩儿似的往嘴里送进一口，含上几个小时，然后大多又把它吐掉。起先他想，让他没有胃口吃饭的原因是，他对房间的状况感到忧伤，可是恰恰对房间的这些变化他很快就不在乎了。家里人已经养成习惯，把别的地方放不下的东西都搬到他的房间里，而这样的东西多得很，因为住宅里的一间房子租给了三个房客。有一次，格里高尔透过门缝看见，三个房客都留着大胡子；这是三个不苟言笑的先生，非常讲究整洁，不仅他们的房间要整洁，而且——既然他们租住在这里——要求整个住宅，尤其是厨房，都要井然有序、一尘不染。他们容不得没有用的杂物，尤其是肮脏的东西。而且他们的大部分生活器具都是自己带来的。这么一来，好多东西就变得多余了；这些物件卖不了几个钱，可又不想扔掉，于是就都塞进了格里高尔的房间，连厨房里的煤灰箱和垃圾箱也都搬了进来。只要是眼下用不着的东西，总是急急忙忙做事的老妈子便一股脑儿都往格里高尔的房间里扔；幸好格里高尔只看见往里扔的东西和那只拿着它的手。老妈子也许想等有什么机会时再把这些东西拿走，或者一下子把它们统统扔出去，可实际上，它们只要第一次扔在什么地方，就一直待在那里，除非格里高尔在这些破烂中爬行，碰了它们，让它们挪动了地方。他起先是因为没有地方爬动，不得不在这些破烂中见缝插针地穿行，后来则是带着越来越大的兴趣爬，觉得很好玩，虽然他这样爬行后精疲力竭，又伤心得要死，再一次接连几个小时躺着一动不动。

这几位房客有时也在家里公用的客厅里用晚餐，所以有时晚上客厅的门是关着的，不过格里高尔不在意客厅的门是否开着，有几个晚上门开着他也没有利用，反而躺在房间最昏暗的角落里，家里人也没有察觉。有一回，老妈子把通往客厅的门开了一条缝，那三位房客晚上回来，打开电灯时，那扇门依然开着。他们在桌子的上首，即以前父亲、母亲和格里高尔吃饭的地方坐下，展开餐巾，拿起刀叉。母亲立马端着一碗肉，从厨房门口走出来，后面紧跟着妹妹，端着满满一盆土豆。肉和土豆都冒着热气。房客们弯下腰，把头凑到放在他们面前的食物上，好像要在用餐前先仔细检查一番似的，坐在中间的那位看样子被其他两位看作权威，果真在碗里切下一块肉，以便确定肉是否够熟够烂，要不要退回厨房。他很满意，在一旁紧张地看着的母亲和妹妹这才一颗心落地，露出了笑容。

家里人在厨房吃饭。不过父亲进厨房前先要到客厅，手里拿着帽子，向各位略一鞠躬，绕着桌子转一圈。房客们全都站起来，嘴里嘟哝了句什么。别人走了，只留下他们自己时，他们就几乎一言不发地吃着饭。格里高尔觉得奇怪的是，透过饭桌上的种种声响，他总能听出牙齿的咀嚼声，仿佛这是在向格里高尔表明，吃饭是需要牙齿的，没有牙，嘴巴哪怕再漂亮也白搭。"我的胃口好着呢，"格里高尔满腹忧虑地想道，"可不想吃这些东西。看这些房客吃得多香啊，而我要饿死了！"

正是在这个晚上——格里高尔记不得在整个这段时间听见

过小提琴声——从厨房里传来小提琴声。房客们已经吃完饭，坐在中间的那位拿出了一份报纸，给另外两位每人一张，然后他们靠在椅背上一边抽烟，一边看报。当小提琴声响起时，他们被琴声吸引，站起身，踮着脚走到门厅的门口，互相紧挨着停住了脚步。厨房里的人肯定听见了他们的脚步声，因为父亲喊了一句："诸位也许不喜欢这琴声？要是那样，可以马上停下不拉。""相反，"中间那位先生说，"小姐是不是到我们这里来，到客厅里拉不是更宽敞、更舒适吗？""哦，好的。"父亲大声应道，好像拉琴的是他。房客们回到客厅里等着。不一会儿，父亲拿着乐谱架，母亲拿着乐谱，妹妹拿着小提琴，进了客厅。妹妹不慌不忙地做着演奏的准备工作；父母以前从未出租过房间，所以对房客过分地客气，不敢坐到自己的椅子上去，而是靠在门上，右手插在紧扣着的制服的两颗纽扣之间；一位房客给母亲推过一把椅子，放在一个角落里，母亲没有再挪动椅子，就在那个角落里坐下了。

妹妹开始演奏，父亲和母亲从各自所待的地方注视着妹妹双手的动作。格里高尔为琴声吸引，壮着胆子往外爬了几步，脑袋已经伸到客厅里了。他几乎没有感到奇怪，他最近很少为别人着想；从前他总是为别人着想，并因此感到自豪。正是现在，他比以往任何时候都更应藏起来，因为他的房间里到处都是灰尘，稍稍一动就尘土飞扬，所以他也满身是灰；他的背上和两腰全粘着绒线、毛发和残羹剩饭，他就带着这些污物东爬西爬；他对这一切已经毫不在意，再也不像以前那样，一天好几次后背着地，在地毯上来回地蹭，擦去污物。现在，他虽然处于这种状况，却毫无愧意，大胆地在客厅一尘不染的地板上向前爬了几步。

　　不过在场的人倒是谁也没有注意他。他的家人完全沉浸在演奏中；房客们则双手插在裤兜里，先是走到妹妹的乐谱架前，近得都能看清乐谱了，而这样势必会干扰妹妹演奏，所以他们低着头轻轻交谈着，退回到窗边，然后就待在那儿，父亲忧心忡忡地观察着他们的神态。他们给人的印象其实很清楚了，他们原以为能听到一场美妙动听的小提琴演奏，结果却大失所望，对妹妹的演奏已经厌倦了，只是出于礼貌才让她继续拉着，骚扰他们的平静。看他们一个个从鼻孔和嘴巴向空中喷吐雪茄烟烟雾的神态，就可以知道他们已经非常烦躁不安了。其实妹妹演奏得十分精彩。她的脸侧向一边，她那专注而忧伤的目光跟随着一行行乐谱移动。格里高尔又向前爬了几步，把头紧紧贴在地板上，希望能与她的目光相遇。音乐如此打动他的心，他是动物吗？他仿佛觉得，眼前出现了一条通向他渴望得到的、不知名的食物的路径。他决定挺进到妹妹跟前，去拽她的衣裙，从而让她知道，她可以带着小提琴到他的房间里来，因为这里没有人像他那样愿意对她的演奏做出回应。他不想再让她离开他的房间，至少只要他活着就不让她离开；他的可怕形象会第一次对他有用；他要同时守卫房间的各个房门，向入侵者吼叫；至于妹妹嘛，他不要她勉强留在他这里，而是自愿这样做；他希望她挨着他坐在沙发上，侧身向他垂下头，然后他要向她说出心里话，告诉她他早就打算送她去音乐学院学习，要是没有这场飞来横祸，他在去年圣诞节——

圣诞节已经过了吧？——就会不顾任何反对意见，当着全家人宣布这个计划了。妹妹听了后会热泪盈眶，格里高尔则抬起身，够到她的肩膀上，吻她的脖子；自打她去商店上班以来，她就一直不系丝巾或领子，而是敞着脖子。

"萨姆沙先生！"中间那位房客朝父亲喊了一声，用手指指着慢慢爬近的格里高尔，不说一句话。小提琴声戛然停止，中间那位房客摇了摇头，朝他的两个朋友微微一笑，然后又转向格里高尔。父亲似乎觉得首先要做的不是赶走格里高尔，而是安抚房客；其实他们根本没有发火，格里高尔似乎比小提琴演奏更让他们感兴趣。父亲赶紧向他们跑过去，张开双臂，把他们推回到他们的房间，同时用身体挡住格里高尔，不让他们看见他。现在他们真的有点生气了，只是别的人不知道，他们恼火是因为父亲的态度，还是因为他们现在才发现，有格里高尔这样一个邻居和他们住在一起。他们要求父亲做出解释，并举起手臂，不安地捋着胡子，慢慢地退回到他们的房间。妹妹在突然终止演奏时曾一度不知所措，垂着手拿着琴和弓，眼睛继续看着乐谱，仿佛她还在演奏似的；现在她缓过了神，突然振作起来，把琴往坐在椅子上、因呼吸困难而喘着粗气的母亲怀里一放，赶紧跑进隔壁房客们住的房间，房客们在父亲催促下正快步向他们的房间走呢。格里高尔看见，床上的褥子和被子随着妹妹双手的熟练动作扬起落下，很快就被铺得整整齐齐。房客们还没有走到门边，妹妹就整理好了床铺，悄悄走了出来。父亲又犯了牛脾气，忘了他在房客们面前应有的尊敬。他催了又催，房客们终于不耐烦了，到了门里，那位原来坐在中间的先生重重地跺了一脚，让父亲停住了脚步。"我郑重宣布，"他抬起手说，也向母亲和妹妹扫了一眼，"考虑到这所住宅和这个家庭里令人厌恶的状况，"说到这里他朝地上啐了一口，"我立刻解除房间的租约。已经住的这几天的房租，我当然也一个子儿不付，相反，我还要考虑是否提出很容易说明理由的要求，您等着瞧吧。"他停下不说了，眼睛盯着前方，仿佛期待着发生什么事似的。果然，他的两个朋友也开了口："我们也马上退房。"话音刚落，他就抓住门把手，砰的一声关上了门。

父亲用两只手摸索着，踉踉跄跄地走向他的圈手椅，一屁股坐了下去；看样子他好像要舒展身子，像往常那样打会儿盹，可是他那颗像是失去支撑的脑袋上下晃动得厉害，这表明他根本没有睡。在整个这段时间里，格里高尔一直静静地躺在他被房客们发觉的地方。他对自己的计划落空感到失望，也许还有长期挨饿造成的虚弱，使他无力爬动。他相当清楚地预感到，过一会儿大家就会把怒火发泄到他身上，于是心惊肉跳地等待着。母亲手指发抖，小提琴从她的怀里掉到地上，发出一阵震响，可是连这震响也没有让格里高尔受到惊吓，动弹一下身子。

"亲爱的父母，"妹妹用手敲了一下桌子说道，"这样下去可不行。这件事你们也许不明白，我可看透了。在这只怪物面前我都不想说我哥哥的名字，所以我只说：我们一定得设法摆脱它。我们已经仁至义尽，尽我们的可能照顾它、容忍它，我想，谁也不能对我们有丝毫的指责。"

"她说得非常对。"父亲自言自语道。母亲还一直呼吸困难，气喘吁吁的，这时用手捂着嘴闷声闷气地干咳起来，眼中露出迷乱的神色。

妹妹赶紧奔向母亲，扶着她的前额。父亲听了妹妹的话，似乎产生了某些明确的想法，他在椅子上坐直了身子，在房客们用完晚餐后还没有撤下桌子的盘子间摆弄着他的那顶杂役帽子，不时地看一眼静静躺着的格里高尔。

"我们必须设法摆脱它，"妹妹现在只是对着父亲说，因为母亲连着咳嗽，什么也听不见，"它终究会要了你们俩的命的，我看见这个结局正在向我们逼近。如果一个人不得不这么拼命地干重活，像我们大家这样，那么在家里就不能再受这没完没了的折磨。我也受不了啦。"说完，她放声大哭起来，泪水掉到母亲的脸上，她为母亲擦去泪水，动作机械而呆板。

"孩子，"父亲用同情和非常理解的口吻说，"可是我们该怎么办呢？"

妹妹只是耸耸肩，表示她一筹莫展，刚才她心中还十分有数，现在一哭，心里乱糟糟的没了辙。

"要是他能听懂我们的话……"父亲带着询问的口气说道；妹妹一边哭一边使劲挥手，表示这是完全不可能的。

"要是他能听懂我们的话，"父亲又说了一遍，闭上眼睛，表示他接受妹妹认为这是不可能的看法，"也许就可以和他达成一个协议。可是这………"

"必须把它弄走，"妹妹喊道，"这是唯一的办法，父亲。你只要抛开这是格里高尔的念头就行。我们一直以为它是格里高尔，这是我们真正的不幸。可它怎么会是格里高尔呢？如果它是格重高尔，那他早就明白了，人和这样一个怪物不能一起生活，早就自动跑掉了。那么一来，我们没有了哥哥，但我们可以继续生活下去，会想念他、缅怀他。而现在，这个怪物老跟着害我们，赶走房客，显然想占据整座住宅，让我们露宿街头。你瞧，父亲，"她突然大喊起来，"他又来了！"妹妹惊恐万分——格里高尔不明白为什么——甚至从母亲身边走开，她一把推开母亲坐的椅子，仿佛她宁可牺牲母亲，也不愿留在格里高尔身边似的，快步跑到父亲身后。受妹妹这个举动的刺激，父亲也情绪激动起来，他站起身，像保护妹妹似的稍稍抬起双臂，挡在她前面。

然而格里高尔压根儿没有想要吓唬什么人，更不想吓唬妹妹。他只不过开始转身，想回到他的房间里去，而由于他的身体状况，他在做这些艰难的转身动作时不得不借助脑袋帮忙，多次抬起脑袋再向地板撞去，所以他的动作显得异常，招人注意。听到妹妹的喊声，他停止了转动，环视四周。人们似乎看出了他的良好意图；惊恐只持续了一会儿。大家都默默地、忧伤地看着他。母亲躺在椅子上，两腿并拢在一起向前伸着，因为疲惫不堪而几乎紧闭双眼；父亲和妹妹挨着坐在那里，妹妹用手搂着父亲的脖子。

"现在我也许可以接着转身了。"格里高尔一边想，一边又开始转起身来。他累得气喘吁吁，不得不停下来歇几次。再说也没有人催他，一切都由他自己定夺。当他完成了转身动作，马上就径直向房间爬去。从这里到他房间的距离竟如此之远，他感到惊讶，而且一点不明白，他身体这么虚弱，刚才怎么会几乎不知不觉地走完这段同样距离的路。他一心想着快爬回去，所以根本没有注意，家里人一点没有打扰他，既没有说话，也没有喊叫。直到他到达门口，他才扭转头，只是没有完全扭过来，因为他觉得脖子僵硬了，不过他总算看到，除了妹妹站起身，他身后的情况没有什么变化。他最后瞥了母亲一眼，她已经完全睡着了。

他一进屋，他的门立刻就被关上，闩上门闩，上了锁。身后这突如其来的响声让格里高尔大吃一惊，吓得他腿发软。急着来关门锁门的是妹妹。她其实早已站直身子等着，格里高尔一进屋，她就三步并成两步，轻盈敏捷地跳过来，格里高尔根本没有听到她的脚步声；等到她在锁孔里转动钥匙时，她朝父母喊了一声："这下总算好了！"

"现在怎么办？"格里高尔一边想，一边在黑暗中环视四周。他很快发现，他现在根本动弹不得。他对此并不感到惊讶，倒是他到现在为止确确实实能用他的细腿活动，让他觉得有点不可思议。此外他感到相当舒适。虽然他全身疼痛，但是他觉得疼痛在逐渐减轻，最后会完全消失。后背上那只嵌进肉里的烂苹果，苹果四周蒙上一层灰尘的发炎的部位，他几乎已经感觉不到。他充满爱心，深情地回忆他的家人。他必须从家里消失，这个看法在他心里比妹妹还坚定。他就这样一直处于平静的、朦胧的沉思状态中，直到凌晨三点钟楼上的钟敲响。窗外天刚刚发亮时他还清醒，还看到了朦胧的晨曦。然后，他的脑袋就不由自主地完全耷拉下来，从鼻孔里微微呼出最后一口气。

一大早，老妈子来了。她浑身是力气，再加上时间又急，每次都是乒乒乓乓地摔门，闹得全家人再也甭想睡觉，虽然家里人多次求她别这样。这天她来后，照样到格里高尔屋里看他一会儿。她起先没有发现什么异样，以为格里高尔是故意躺着一动不动，假装受了委屈；她相信他什么事都懂。因为她手里正巧拿着一把长扫帚，就站在门口用扫帚去胳肢格里高尔。可格里高尔没有反应，她不免火了，就使劲往格里高尔身上捅，结果把他推出了他原来待的地方，他也毫无反抗，这时她才觉得不对头，警觉起来。她很快就搞清了事情的真相，不由得睁大了眼睛，大声叫起来，但她没有在屋里待多久，而是一把推开卧室的门，冲着黑乎乎的房间大声喊道："你们快来看，它死了；它躺在那里，一点气没有了！"

萨姆沙夫妇正挺直了身子，坐在双人床上，听了老妈子这句话吓了一大跳，慢慢地才回过神来，明白了她说的是怎么回事儿。于是他们急忙各自从自己这一边下床，萨姆沙先生把被子往肩上一披，萨姆沙太太则只穿着睡衣；他们赶紧走出卧室，进了格里高尔的房间。这时，客厅的门也开了，自从住进了房客，格蕾特就睡在这里。格蕾特已经完全穿好衣服，仿佛她压根儿没有睡过觉似的，她的脸很苍白，似乎也证明了这一点。"死了？"萨姆沙太太用询问的目光看着老妈子，问道，虽然她可以自己去看个究竟，而且无须审察就能够看清楚。"我看是的。"老妈子一边说，一边用扫帚把格里高尔的尸体往旁边推了一大段，以此证明她的话没错。萨姆沙太太做了个手势，好像要去拉住扫帚不让推，但又没有这样做。"好了，"萨姆沙先生说，"现在我们可以感谢上帝了。"他在胸前画了一个十字，三个女人跟着他画了十字。格蕾特的眼睛一直盯着格里高尔的尸体，现在说道："你们看，他多瘦呀。可也是，他多长时间没吃东西啊。就算吃进去，也都吐了出来。"真的，格里高尔的身体又干又瘦，平平地贴在地上，这一点他们这时才看清楚，因为现在他的身体不再让他的细腿抬着，而且也没有别的什么东西转移他们的视线。

"来，格蕾特，到我们房间里来一下。"萨姆沙太太露出一丝忧伤的笑意对格蕾特说，格蕾特又回头看了一眼尸体，跟着父母来到他们的卧室。老妈子关了门，把窗户完全打开。尽管天还很早，但清新的空气里已经透出一丝暖意，毕竟已经是三月底了嘛。

这时，家里的三位房客从他们的房间里走出来，发现没有为他们准备早餐，很是惊讶；一家人把他们忘了。"早餐在哪里？"他们中间的那个头儿一脸不高兴地问老妈子。老妈子赶紧把手指放到嘴上，一声不响地向三个房客示意，叫他们到格里高尔的房间里来。他们真的进了房间，围着格里高尔的尸体站成一圈，一个个都把双手插在有点穿旧的衣服口袋里。

这时卧室的门打开，萨姆沙先生穿着他那件制服走出来，一只胳臂挽着妻子，一只胳臂挽着女儿。三个人都有点哭红了眼睛；格蕾特时不时地把她的脸贴到父亲的胳臂上。

"你们马上离开我的房子！"萨姆沙先生说着用手指着房门，

双臂依然挽着妻子和女儿。"您这话是什么意思？"中间那房客吃惊地问，脸上露出甜蜜的笑容。其他两位双手背在身后，不停地搓着，仿佛怀着愉快的心情期待着一场结局必定对他们有利的大吵闹。"我刚才说的就是我的意思。"萨姆沙先生答道，然后带着他的两个女人，一字排开向那位房客走去。这位房客先是静静地站着，低头看着地上，仿佛他头脑里的桩桩事情正在重新排列组合。"好，那我们走。"然后他抬起头，看着萨姆沙先生说，好像他突然变得低声下气，要求别人批准他这个决定似的。萨姆沙先生只是睁大眼睛，多次朝他点了点头。接着，那位先生真的马上大步走进门厅；他的那两个朋友两只手一动不动地垂着，已经倾听了好一会儿，这时也连蹦带跳地跟着他走过去，好像害怕萨姆沙先生会抢在他们前头走进门厅，切断他们与他们的首领的联系似的。在门厅里，他们三个人从衣钩上拿下帽子，从手杖架上取过手杖，默默地躬了一下身，离开了住宅。萨姆沙先生带着妻子女儿走到外面的过道里，因为他们对房客有一种证明是完全没有道理的怀疑。他们靠在栏杆上，看着三位先生虽然很慢却一直顺着长长的楼梯往下走，在每一层的楼梯间的某个拐角处，他们会消失不见，过一会儿又出现；他们越往下走，萨姆沙一家人对他们的兴趣就越小。当一个肉店伙计头上顶着一筐货，神态自若地向他们走上来，然后经过他们身边，继续向楼上攀登时，萨姆沙先生就带着两个女人离开栏杆，如释重负地回到家里。

他们决定今天休息，拿出一些时间出去散步；他们劳累了这么久，该休息一下了，而且也绝对需要休息。他们在桌子旁坐下，写了三封请假信，萨姆沙先生写给经理室，萨姆沙太太写给订户，格蕾特写给店主。他们写信时，老妈子进来说，她要走了，因为早晨的活儿她做完了。三个写信人起先只是点点头，谁也没有抬头看她，可是老妈子却一直不走，他们才生气地抬起头来。"怎么了？"萨姆沙先生问道。老妈子微笑着站在门口，好像她有一件大喜事要向他们报告，可是只有别人穷根究底盘问她时，她才会说似的。她帽子上那根小小的、几乎直立的鸵鸟羽毛向四周轻轻摇晃着；她在他们家干活儿期间，萨姆沙先生见了她帽子上的这根羽毛就生气。"您究竟还有什么事？"老妈子最敬重的萨姆沙太太问道。"是这么回事儿，"老妈子很和善地说，笑得无法马上接着说下去，"隔壁房间的那个家伙该怎么弄走，你们不用操心了。事情都办妥了。"萨姆沙太太和格蕾特又伏到桌子上，仿佛想继续写信似的；萨姆沙先生注意到，老妈子正要开口，详详细细地讲述事情的细节，就伸出一只手果断地加以阻止。老妈子见不许她说，显然觉得受了委屈，就想起她正急着要走，于是没好气地大声说道："各位再见。"然后她怒冲冲地转过身，离开了房子，把门摔得山响。

"晚上就辞退她。"萨姆沙先生说，可不管是妻子还是女儿，谁也没有理他，因为老妈子似乎又扰乱了她们刚刚得到的平静。她们站起身，走到窗边，互相搂着待在那里。萨姆沙先生转过椅子，静静地朝她们看了好一会儿。然后他喊道："你们过来一下。不要再去想那些往事了。你们倒是稍许管管我吧。"两个女人马上听从他的话，快步走到他跟前，亲切地抚摩他，然后快速写完她们的信。

　　接着他们三个人一起离开家，乘坐电车到郊外去，他们好几个月没有这样做了。电车里就他们几个乘客，车厢里洒满温暖的阳光。他们舒舒服服地靠在座位上，谈论着未来的前景；经他们仔细分析，他们的前景可以说一点不坏，因为他们三个人都有一份不错的差事，尤其是以后会很有前途，到现在为止，他们还从来没有仔细询问过彼此的工作。当前，改善生活状况的最大举措自然莫过于换一套房子；他们想要一套比现在住的、还是格里高尔挑的房子小一点、便宜一点，但是位置要好一点、更加实用的房子。他们这么闲谈着，萨姆沙先生和太太看着越来越活泼快乐的女儿，几乎同时发现，他们的女儿最近一段时间虽然遭受了许多磨难，脸颊有些苍白无光，却出落成一个体态丰满的俊姑娘了。夫妇俩安静了下来，几乎下意识地交换了一下会意的目光，心想，现在也该为她找一个如意郎君了。到达目的地时，女儿第一个站起来，舒展她富有青春魅力的身体，他们觉得他们新的梦想和良好的意愿仿佛得到了某种确认。

在流刑营 [1]

"这是一台独特的机器。"军官用有点赞赏的目光看着这台他十分熟悉的机器，对考察旅行者说。看样子，旅行者只是出于礼貌，才接受了司令官的邀请，来观看处决士兵；这个士兵因为不服从命令和侮辱上司而被判死刑。就算是流刑营里的人，对这次处决的兴趣也不大。至少下面这个情况可以说明这一点：在这满地沙砾、被光秃秃的山坡包围的又小又深的山谷里，除了军官和旅行者，在场的就只有那个死刑犯和一个士兵。死刑犯神情迟钝，大嘴巴，蓬头垢面；那个士兵拿着一根粗铁链，粗铁链的末端连着好多根较细的铁链，缚住罪犯的手腕、脚踝和脖子，而且这些较细的铁链之间也用链条连着。死刑犯看样子非常卑微顺从，完全可以让他在山坡上满地乱跑，行刑时只要吹个口哨，他就会自己跑过来。

旅行者对行刑装置没有多大兴趣，漠然地在犯人后面踱来

---

1 此篇写于 1914 年 8 月，1919 年以单行本出版。

踱去；军官则在做最后的准备工作，一会儿钻到深深地埋在地里的行刑装置底部，一会儿又爬上梯子，检查上面的部件。这些事原本该由机械工干，可是军官却亲自动手，不管他是特别赞赏这台机器也好，还是有别的什么原因，不能将这项工作交给他人也好，总之他非常投入。"现在一切就绪了！"他终于喊道，从梯子上爬下来。他疲惫不堪，张着嘴喘着粗气，把两条精致的女用手绢塞进制服领子里。"在热带，这种制服太厚太闷了吧。"旅行者说，没有像军官希望的那样，问问行刑装置是怎么回事儿。"那还用说，"军官答道，在准备好的一桶水里洗他那双粘满油污的手，"可是这套衣服意味着家乡；我们不想失去家乡。——您现在还是看看这台机器吧。"他又加了这么一句，用一块毛巾擦干双手，指了指机器，"您看，这台机器先要用手操作一会儿，但从现在起它就自动运行了。"旅行者点点头，听军官讲下去。军官为了发生意外事件时有个交代，把话说在前头："当然在整个过程会出现故障；我自然希望今天一切很顺利，但我们也不得不做好出点事的准备。机器要连续运行十二个小时呢。不过即使发生故障，也只是一些小毛病，马上就能修好。"

"您不想坐下吗？"军官从一堆藤椅中搜出一把给旅行者，问道。后者无法拒绝，坐了下来。他现在坐在一个土坑边上，往坑里看了一眼。土坑不太深。坑的一边用挖出来的土堆成了一堵墙，另一边就是这台行刑装置。军官说："我不知道司令官是否向您介绍过这台机器。"旅行者做了个模棱两可的手势；这正是军官求之不得的，他可以亲自介绍机器了。他抓住一个曲柄，把身子靠到上面，就说开了："这台机器是我们的前任司令官的发明。从最早的试验到最后完成，我参与了所有工作。当然，这项发明完全归功于他一个人。您听说过我们的前任司令官吗？没有？那我告诉您，整个流刑营的创立都是他的杰作，我这样说一点也不过分。我们作为他的朋友，在他去世时就知道，流刑营的设施已经完美无缺，他的继任者哪怕有千百个新的计划，至少在若干年内是不可能改变流刑营的一丝一毫的。我们的预言应验了；新来的司令官看到了这一点。您不认识前任司令官，真遗憾。不过——"军官停顿了一会儿，"我扯远了，您看，他发明的机器就在我们面前。您看，机器由三部分组成。过了这么多年，每个部分都有了一个可以说是通俗的名称。底下的部分叫'床'，上面的叫'绘图器'，中间的悬挂部分叫'耙子'。""耙子？"旅行者问。他刚才没有十分专注地听军官讲话，因为阳光热辣辣地照在毫无阴影的山谷里，让人很难集中思想。所以，军官一身戎装，佩着肩章和饰带，如此热心地介绍他的机器，边用一把螺丝刀，拧拧这儿、紧紧那儿地忙着，就更让他惊叹了。那个士兵的心态看起来倒是和旅行者差不多。他把拴着犯人的铁链绕在两只手腕上，一只手扶着枪，把身体重量靠到枪上，脑袋耷拉着，什么事也不关心。对士兵的态度，旅行者不感到惊讶，因为军官讲的是法语，士兵和犯人都不懂法语。更加令人注意的倒是犯人，他尽管不懂法语，却仔细听着，竭力想搞清楚军官说的话。军官指向哪里，他困倦的目光就紧紧地跟到哪里；当旅行者提了一个问题、打断军官时，犯人也和军官一样，目光转向了旅行者。

"是的，叫'耙子'，"军官说，"这个名字很贴切。那些针就像耙齿，整体上也和普通耙子一样操作，即使它只用于一个地方，也更富艺术性。这一点您很快就会弄明白。看这儿，犯人被放到这床上。——我要先给您描述一下机器，然后再给您演示操作程序。这样您就会更好地了解整个过程。'绘图器'里有一个齿轮已经严重磨损；机器一开动，它就发出吱吱的尖厉响声，那时，我们就几乎无法说话。可惜这里很难搞到机器备件。——好，现在听我说，这里是我刚才说的床。床上铺着一层棉花，这层棉花的作用您一会儿就会知道。犯人趴在这层棉花上，当然是脱光衣服；这些皮带紧紧地把他绑住，这里是绑手的，这里是绑脚的，这里是绑脖子的。这边床头上有一小块毡布头，我刚才说过，犯人先脸朝下被按到这里，毡布可以前后移动，让它正好塞进犯人的嘴里。目的一是不让他喊叫，二是防止他咬破舌头。当然犯人一定得咬住毡布，否则他的脖子就会被皮带勒断。""这是棉花？"旅行者问道，身体向前倾了倾。"没有错，是棉花，"军官微笑着说，"您自己摸摸看。"他抓住旅行者的手，往床上伸过去。"这是一种特制的棉花，所以样子不像棉花；我待会儿还会讲它的用途。"旅行者让他说动了一点了，对这台机器表现出了一点兴趣；他将手放到眼睛上方，挡住阳光，朝机器的上部看去。这是一个庞然大物。床和绘图器大小一样，样子像两个深色的箱子。绘图器安装在床上方两米高的地方，四角有四根黄铜棍与下面的床相连，黄铜棍在阳光下发出耀眼的光。两个箱子之间，耙子悬在一根钢条上。

对旅行者先前的冷漠态度，军官几乎毫无察觉，可对前者现在表现出的兴趣他却很敏感；因此他中断了讲解，让旅行者有时间好好观察。犯人也学起旅行者的动作，可是他无法把手放到眼睛上方，只好眯起毫无遮拦的眼睛，向高处望去。

"那就是说，人是躺着的。"旅行者说，身体靠到椅背上，把一条腿放到另一条腿上。

"是的，"军官答道，把帽子稍稍往后推了推，用手摸了摸发烫的脸颊，"您听好了！床也好，绘图器也好，它们都各自安有电池；床的电池供床自己用，绘图器的电池用来运行耙子。犯人一捆好，床就开始运行。它同时横向和纵向颤动起来，速度很快。您多半在医院里看到过类似的机器；只是我们这张床的动作是非常精确地计算好的；床的动作要和耙子的动作完全协调。真正执行判决的任务则落在耙子上。"

"那么到底是什么判决呢？"旅行者问道。"您连这个也不知道？"军官很是吃惊，咬了咬嘴唇，接着说道，"如果我的解释条理不清，请您多多原谅。因为以前都是司令官本人解释；而新司令官却自己解除了这项光荣任务；可他没有对这样一位高贵的客人——"旅行者摇摇手，表示谢绝给予他这种荣耀，但军官却坚持这样称呼他，"对这样一位贵客不事先说明我们的判决仪式，又是一项革新。"他真想咒骂一句，但还是控制住了自己，没有骂出来，而只是说："没有人告诉我这一点，所以这不是我的错。再说，对我们的各色判决加以说明，我是最胜任的，因为我身上带着"——他拍拍胸前的衣兜——"前任司令官亲自绘制的相关图纸。"

"司令官亲自绘制的图纸?"旅行者问道,"难道他身兼数职?他是军人、法官、设计师、化学家、绘图师?"

"正是。"军官点了点头说,露出凝重而沉思的眼神。然后他用审视的目光检查自己的手,觉得手不够干净,不能去拿那些图纸;于是他走向水桶,又洗了一次手,这才从口袋里掏出一个小皮夹子,对旅行者说:"我们的判决并不严厉。只是用耙子在犯人的身上写上他违反的戒条。比如这个犯人,"——军官指了指眼前这个犯人——"他的身上要写上:尊敬你的上司!"

旅行者匆匆看了一眼那个犯人。军官指他的时候,他低着头,似乎要调动每根听觉神经,去听明白点什么。可是,他紧闭的嘴唇微微翕动着,显然他什么也听不懂。旅行者很想问各种各样的问题,可当着犯人的面,只问了一个问题:"他知道判了他什么罪吗?""不知道。"军官说,正想马上接着讲解下去,旅行者却打断了他。"他不知道判了他什么?""不知道。"军官又说了一遍,停顿了片刻,仿佛要求旅行者说明他为什么会提这样的问题。然后军官说:"向他宣布判决没有意义,他会在自己身上看到对他的判决是什么。"旅行者想停止发问了,这时,他感到犯人的目光对准了他;犯人仿佛在问旅行者,他是否能认同军官对事情所做的描述。于是,本来已经往后靠在椅背上的旅行者又倾身向前,提出下一个问题:"可是,他被判了刑,这一点他总该知道吧?""这也不知道。"军官朝旅行者微微一笑,答道,好像他等着旅行者还提出其他一些奇怪的问题似的。"不知道，"旅行者说，摸了摸自己的前额，"那么说，他到现在也还不知道，他的辩护是怎么进行的？""他没有机会辩护。"军官说，眼睛看着旁边，仿佛他是在跟自己说话，不想拿这些他认为不言而喻的事情，让旅行者感到羞愧。"可他肯定有过为自己辩护的机会吧。"旅行者说，从椅子上站起来。

这时军官发现，他可能会为了解释这台机器而耽误很长时间；于是他走向旅行者，一只手挽起他的手臂，另一只手指着犯人——这时犯人看到大家的注意力显然都集中在他身上，就笔直地站在那里，士兵也拉紧了一点铁链——解释道："事情是这样的。我在这个流刑营里被任命为法官，尽管我年纪很轻。因为我一直协助前任司令官处理所有的刑事案件，对这台机器也最了解。我判决时遵循的原则是：罪责总是无可怀疑的。别的法庭不可能遵循这个原则，因为它们由多名法官组成，上面还有更高一级的法庭。这里情况就不同了，至少在前任司令官时期。新任司令官已经让我感到，他想干预我的法庭，可是我到现在为止成功地抵制了他，以后我还会继续做到这一点。——您曾希望我解释一下这个案子；这个案子其实很简单，和所有案子一样。今天早上，一位上尉告发了这个士兵，士兵是派给他当勤务兵的，睡在他的门外，睡过了头耽误了勤务。原来这个士兵的责任是，每个钟头整点打钟时，他要起来在上尉的门口敬礼。这件事当然不难，却是必要的，因为不管从守卫还是服务两方面讲，他都必须保持清醒。上尉说，昨天夜里他要看看勤务兵是否履行职责。钟打两点时，上尉打开房门，发现他蜷缩成一团躺在那里睡觉。上尉当即拿来鞭子，朝他的脸抽打。勤务兵非但不站起来求饶，反而抱住主子的两条腿，一边摇晃他，一边嚷道：'扔掉鞭子，否则我咬你！'——案情就是这样。一个小时前上尉来我处报告了此事，我记下了他的陈述，马上做出了判决，接着就让人铐了这个勤务兵。这一切都很简单。要是我先传讯他，事情就会乱套，变得很复杂。他会撒谎，要是我批驳了他的谎言，他会想出新的谎言，如此循环反复，就会没完没了。而现在呢，我抓住了他，再也不会放了他。——一切都说清楚了吧？不过时间过得真快，行刑马上就要开始了，而我还没有把机器讲完。"他硬是让旅行者坐到椅子上，再次走到机器前解释起来，"您看，耙子与人体形状相对应；这个耙子用于上身，这两个耙子用于两条腿。这把小雕刻刀用于头部。您明白了吗？"他亲切地向旅行者俯下身来，准备来一番非常详尽的解释。

　　旅行者皱起眉头，仔细观看耙子。军官关于司法程序的说明没有让他感到满意。不过他心里清楚，这是一座流刑营，在这里采取特别措施是必要的，人们不得不完全采取军人的方式处理一切事情。但除此之外，他对新任司令官还抱着一点希望，这位司令官显然打算——诚然是逐步地、缓慢地——采用榆木脑袋的军官不能理解的新程序。旅行者这么想着，就问道："司令官会来看行刑吗？"军官经这么冷不丁一问，不禁有些尴尬，顿时变了脸色，答道："这可说不好。正因如此，我们必须加快速度。很遗憾，我甚至不得不压缩我的说明。但是明天，机器又擦洗得干干净净时——它的唯一缺点是行刑时被弄得很脏——我可以补讲，做进一步的说明。好了，现在我只挑最重要的讲。——等犯人在床上躺好，床开始震动时，耙子就下降到身体上。耙子会自动调节，使耙尖刚好碰到身体；距离调节好后，这根钢索就马上绷紧，变成一根钢棍。这时好戏就开场了。不了解内情的人从外表上是看不到各种刑罚之间的区别的。耙子的运行好像都一样。耙子一边振动，一边把耙尖的针刺进随着床抖动的犯人身体。为了让每个人都能检查行刑的情况，耙子是用玻璃做的。在技术上，把耙针固定在玻璃上曾带来不少困难，但经过多次试验，终于克服了困难，安装成功了。我们当时真是不遗余力。现在，谁都能透过玻璃，看见耙针是怎样在身体上刺字的了。您是否再走近一点，仔细看看这些耙针？"

旅行者慢慢站起身，走过去，向耙子弯下腰。"您看，"军官说，"针分两种，有许多种不同排列。每根长针旁边有一根短针。长针写字，短针喷水，以冲掉流出的血，始终保持字迹清晰。血水引到这里的小沟里，最后流到这条主沟里，主沟的排水管通到排水沟里。"军官用手指比画着，指出血水的流向。他为了尽可能比画得形象生动，在排水管的出口处用双手做了个接血水的样子，旅行者则抬起头，用手向后摸索着，想退回到他的椅子上。这时，他惊讶地发现，犯人也跟他一样，跟随军官的讲解，从近处仔细观看耙子的结构。他也朝玻璃俯下身，身上的铁链把昏昏欲睡的士兵也向前拽了一点。旅行者和军官看到，他怎样带着迟疑不定的神色，搜寻着这两位先生刚才观察过的东西，可是由于没有听到讲解，所以始终没有能探出个究竟来。他一会儿在这里弯下腰，一会儿在那儿俯下身，目光一次又一次地扫过玻璃。旅行者想把他赶回去，因为他现在做的事情可能是要受惩罚的。可是军官用一只手紧紧抓住旅行者挡住了他，另一只手从土堆上捡起一个土块，朝士兵扔去。士兵一惊，猛地抬起眼睛，看见犯人敢于做这种事，赶紧放下枪，脚跟死死地抵住地面，用力把犯人往回拉，一下把犯人拽倒了，犯人在地上打滚，身上的链条发出叮当的响声。"把他拉起来！"军官吼道，因为他发现旅行者的注意力在很大程度上被犯人吸引了。旅行者甚至抬起头，不再留意耙子，而只想搞清楚犯人怎么了。"好好整整他！"军官又嚷了一遍。他绕过机器，在士兵的帮助下，连拽带拉地把犯人拖了起来，其间犯人滑倒了好多次。

军官又走回到旅行者身边时，旅行者说："这下我全清楚了。"军官抓住他的手臂，指着高处说："还有最重要的一点没有给您讲呢。您看上面那个绘图器，里面有一套齿轮传动装置，由它决定耙子的运动，传动装置是按照图纸，即按判决调节的。我用的还是前任司令官的图纸。瞧，就在这儿，"说着，他从皮夹里抽出几张纸来，"可是很抱歉，我不能把图纸交到您手里，这是我最珍贵的东西。请您坐下，我在这儿拿着让您看，上面的一切您会看得清清楚楚。"他先展示第一张图纸。旅行者本想说几句恭维的话，可是他只看到迷宫似的、互相交错的线条，线条密密麻麻的一片，布满整张纸，要想找出线条间的空白处，可得费点功夫才行。军官说："您读读。""我看不清。"旅行者答道。

"这不是很清楚吗？"军官说。"很艺术，"旅行者回避直接回答，"可我辨认不出是什么字。""是啊，"军官笑着说，把图纸又放进皮夹里，"这不是给学生临摹用的书法。要好好辨认很长时间才行。您肯定也会辨认出来的。当然，这不是普通的文字，它不许一下子把人杀死，行刑过程平均要延续十二个钟头；转折点安排在第六个钟头。文字部分周围要配上许多装饰；真正的文字只占身体上腰带宽的一条；身体的其余部分是留着搞装饰的。您现在知道耙子和整个机器的价值了吧？——您瞧好！"说到这里，他跳上梯子，转动起一个轮子，冲底下喊道："注意，您靠边一点站！"整个机器随着运转起来。要是轮子不发出吱吱声，那情景可以说美妙极了。军官好像没有料想到这个轮子会这么吵人似的，朝它挥舞拳头，加以威胁，然后向旅行者摊开双臂，表示抱歉，便从梯子上下来，从下面观察机器的运转。机器还有一点不对头，这种毛病只有他才能发现；他又爬上梯子，两只手在绘图器里面摆弄了一阵，然后就顺着一根铜杆滑了下来，而没有爬梯子，是为了快些下来；到了下面，他扯起嗓子，朝旅行者的耳朵大声喊，让他在噪声的干扰下也能听清："您明白整个过程了吧？耙子开始写字；等它在犯人的背上写完判词的第一部分，棉花层就开始转动，慢慢地把身体翻转过来，让没有刺过字的一面对准耙子。现在，身体被刺伤的一面朝下贴在棉花上，棉花经过特别处理，马上就让伤口止血，为下一次把字刺得更深做好准备。再次翻转身体时，耙子边缘的这些尖齿会把棉花从伤口上揭下来，扔到坑里，耙子就又开始工作。它就这样写十二个钟头，越写越深。前六个钟头，犯人活得差不多和平常一样，只是得忍受疼痛。两个钟头后，他嘴里的那块毡布就拿走了，因为他已经没有一丝力气喊叫了。这里床头上有一个电热盆，里面装着热腾腾的稀饭，犯人只要想吃，就可以用舌头舔着吃。没有一个犯人放过这个机会。我没有见过这种人，而我见过的人可多了。到第六个钟头时，犯人才失去食欲。这时我通常在这里蹲下，从下往上观察他们的表现。犯人很少咽下最后一口饭，他只把饭含在嘴里，来回转动，然后吐到坑里。这时我赶紧弯腰避开，否则会喷到我脸上。到了第六个钟头，犯人变得多么安静啊！哪怕是最笨的犯人，这时也开了窍。这一点先从眼睛周围开始，从这里再向外扩大。看到这个情景，人们会受到感染，也想躺到耙子下面去呢。其实并没有发生什么别的事，犯人只是开始解读判词，他撮起嘴巴，仿佛在仔细倾听。您已经看到，用眼睛是很难辨认这些文字的；而我们的犯人是用伤口来解读的。当然这要付出艰苦的劳动，他要花六个钟头才能完成。然后，耙子就把他整个人铲起，朝那个坑扔去，他的身体啪的一声掉到血水和棉花上。至此行刑结束，我和士兵，我们两个人就把他埋了。"

旅行者仔细听了军官的讲解，两手插在上衣口袋里，观看机器如何运行。犯人也看着机器，但一点也看不懂。他微微弯下腰，眼睛注视着来回晃动的针，这时，士兵按照军官发出的信号，用刀在后面割破了犯人的衬衣和裤子，衣裤就从犯人身上掉了下来；犯人想去拽住往下掉的衣服，以便遮住裸露的身体，但士兵把他举了起来，抖掉了最后几块残破的碎布片。军官关掉机器，周围一下子就静了下来，犯人被放到耙子下面。他的铁链被松开，改用皮带绑在床上；起初，犯人几乎觉得松快了许多。接着，耙子往下降低了一点，因为这次的犯人是个瘦子。当针尖碰到他的身体时，他的皮肤一阵抽搐；士兵在绑他的右手时，他不知道左手该往哪儿伸就瞎伸出来，结果正好伸向旅行者所站的方向。军官一刻不离地从一旁盯着旅行者，仿佛要在他脸上看出行刑会给他留下什么印象，至少，军官已经粗略地给他讲解过行刑的整个过程。

绑手腕的皮带断了，也许是士兵拉得太用力的缘故。得让军官帮忙，士兵把断的皮带给他看。军官也真的向士兵走过去，脸却朝着旅行者说："这台机器部件太多，指不定哪个地方断了裂了；不过我们对它的总体评价不应因此而受影响。再说，皮带断了，马上就能弄到代用品，我将使用链条，不过，这样一换，右臂上震动的柔和性自然降低。"在他绑链条时，他还继续说着，"现在，维护机器的费用大大削减了。前任司令官任职时，我有一笔维修专款，可以自由支配。当时这里还有一间库房，存放着各种各样的零配件。我承认，我那时使用零配件几乎有些浪费；我说的是以前，不是如新司令官所说的现在，对他来说，一切都可以拿来做借口，以便推翻旧的制度和设施。现在，他亲自掌管机器的财务，要是我派人去要新皮带，他就要求我拿断带子作为凭证，而新带子十天后才来，并且质量不好，派不上什么用场。而我在这十天里没有皮带怎么操作机器，就谁也不管了。"

旅行者心里琢磨着，对别人的事情大加干预总是有危险的。

他既不是流刑营营里的人，又不是该营所在国家的公民。倘若他要谴责甚至破坏这次判决的执行，人们会对他说：你是外国人，你闭嘴。对此，他无言以对，他只能说，他无意干预这桩案子，他来此旅行的目的是看看这里的情况，而绝不是改变这里的司法状况。但是，这里的情况确实让人很想去管一管。审判缺乏公正，刑罚惨无人道，这两者都是毋庸置疑的。没有人会想到旅行者抱有某种私利，因为他与犯人素昧平生，犯人既非他的同胞，也不是能轻易招致别人同情的人。旅行者本人持有上级机关的介绍信，在这里受到了热情接待，也许，他受邀参观这次行刑一事甚至表明，人家要求他对这个案件发表他的看法。他刚才清清楚楚地听到了，司令官不赞成现在的司法程序和处决方式，对这个军官采取敌视态度，鉴于此，要他发表看法的可能性就更大了。

这时，旅行者听见军官怒吼了一声。军官刚才费了很大的劲，要把一块毡布塞进犯人的嘴里，犯人感到一阵恶心，双眼紧闭，哇的一声吐了起来。军官急忙扶起他的头，想把它转向土坑；但是已经太晚了，他吐出的脏东西喷到了机器上，顺着机器流了下来。“这全都是司令官的错！”军官喊道，没头没脑地摇晃着前面的黄铜杆，“这下可好，机器脏得像个猪圈。”他双手发抖，指着吐出来的东西，让旅行者看，“我曾给司令官讲了好几个钟头，让他明白，行刑前一天不能再给犯人饭吃。可是奉行新的温和政策的司令官却不这么看。在犯人被带下去以前，他的那些女眷尽往他的嘴里塞各种甜食，满得到了喉咙口。这小子一辈子吃的是臭鱼，现在却不得不吃甜食！当然啰，换换口味恐怕也是可以的，我没有异议，但为什么不弄一块新的毡布呢？我三个月以前就提出这个要求了。这块毡布已经有一百多人临死前咬过，怎能不让人恶心呢？"

犯人低下头，看样子很平静，士兵忙着用犯人的衬衣擦机器。军官朝旅行者走过去，后者预感到会发生什么事，向后退了一步，但军官抓住他的手，把他拉到一边。"我要跟您说两句心里话，"他说，"行吗？""当然可以。"旅行者说，垂下眼睛，准备听他讲。

"您现在有机会欣赏的审判程序和处决方式，在我们这个流刑营里已经没有人公开支持了。我是这种旧体制的唯一代表，同时也是老司令官遗产的唯一代表。至于进一步发展这种体制，我已经没有奢望了，只想尽我所能，维持先前的一切。老司令官在世时，流刑营里全是他的支持者；我部分地具备老司令官的说服力，但是他的权力我一点没有；因此，支持者一个个全溜了，其实支持者还不少，但没有人公开承认。在今天这样一个行刑的日子，倘若您到茶馆去，听茶客们聊天，您也许只会听到模棱两可的话。他们都是老一套的支持者，但是在现在这位司令官的手下，在新观点占主导地位的情况下，他们对我毫无用处。现在我要问您，这样一件毕生杰作，"他一边说，一边指着机器，"难道因为有这么一个司令官和影响他的女人们，就该毁灭吗？我们能允许这种事发生吗？即使是一个外地人，只到我们岛上逗留短短几天，就可以容许这种事吗？现在，时间已经不容耽搁，他们正紧锣密鼓，要剥夺我的审判权呢；司令官办公室里已经开过多次会议，没有让我参加；在我看来，连您今天的来访也典型地说明了全部事态；他们没有胆量，所以先把您打发到这里来。——以前处决犯人的情景，跟今天相比真是不可同日而语！早在行刑前一天，整个山谷就挤满了人；所有的人都只是来看热闹的；行刑当天一清早，司令官就带着女眷来了；军号声响彻整个营地上空，唤醒所有的人；我向司令官报告，一切准备就绪；到场人士——达官显贵一个不缺——围着机器一一就座；这堆藤椅就是那时留下的可怜的遗迹。机器擦得油光锃亮，几乎每次行刑我都准备了新的备用件。一直到那边山岗上全是观众，一个个都踮着脚；在全场几百双眼睛的注视下，司令官亲自把犯人放到耙子下面。今天一个普通士兵做的事，当时是我这个审判长的工作，我为此感到荣幸。这时行刑开始了！机器的运行毫无差错，听不到一点异常的声音。有的人甚至不再看行刑，而是闭着眼睛躺在沙地上；大家知道，现在正义得到了伸张。在一片寂静中，大家只听见犯人的呻吟声，因为他嘴里塞着毡布，声音有些发闷。今天，机器已经不能让受刑人发出很大的呻吟声，而毡布倒会让他窒息。从前，写字的针能同时渗出蜇人的酸液，这东西现在不用了。这样终于等到了第六个钟头！大家都想到跟前看，但我们无法满足所有人的请求。司令官是个明事理的人，下令先照顾孩子；由于我的身份，我每次都在跟前；我常常蹲在这儿，左右两手各抱一个很小的孩子。我们是怀着何种心情，看见那张备受折磨的脸上露出幸福之光啊，终于得到伸张但瞬即消逝的正义的光芒是如何温暖着我们的心啊！我的伙计，那是多么美好的时光啊！"军官显然忘记了站在面前的是谁；他拥抱旅行者，把自己的头靠到旅行者的肩膀上。旅行者感到尴尬别扭，不耐烦地躲开他的脑袋，朝远处看去。士兵已经把机器清理干净，从一个罐子里往饭盆里倒稀饭。犯人看来已经完全恢复过来了，刚看到士兵倒了稀饭，他就伸出舌头，开始舔起稀饭来。士兵一次又一次地把他推开，因为稀饭大概是为以后准备的，过一会儿才能吃，可是士兵自己却把脏兮兮的两只手伸进盆里，捧起稀饭，当着贪婪的犯人的面吃起来，这无论如何也太不像话了。

军官很快控制住了自己。他对旅行者说道："我不想打动您的心。我知道，今天要让人理解那过去的时代是不可能了。话说回来，机器还在运转，还在用。虽然它孤零零地竖立在这个山谷里，但它还在工作。而且，行刑结束时，尸体依然非常轻盈地被弹出去，掉进坑里，尽管现在不像从前那样，没有成百上千的人像苍蝇逐臭一般，拥挤在土坑四周。当时，我们不得不在土坑四周修起一道坚固的栏杆，栏杆早就拆除了。"

旅行者想避开军官的视线，转过脸，随便向四周观看。军官以为旅行者在看荒凉的山谷，于是抓住他的手，围着他来回转身，以便捕捉到他的目光。随后军官问道："您没有发现这是耻辱吗？"

但旅行者沉默不语。军官停歇了片刻，不去打扰他；他双手叉腰，两腿分开，静静地站在那里，眼睛看着地上。接着，他冲旅行者微微一笑，带着鼓励的口吻说："昨天司令官邀请您时，我就在您近旁。我听见了他邀请您的话。我了解司令官。我立刻明白，他邀请您要达到什么目的。尽管他大权在握，完全可以对付我，但他还是不敢；看来，他是想借助您这位德高望重的外国人的意见来对付我。他这样做是经过深思熟虑的；您来岛上才两天，不认识老司令官，也不了解他的整个思想，您的看法离不开欧洲理念的影响，也许您从根本上就反对死刑，尤其是反对这样的机器处决。此外，您亲眼看到了死刑是怎么执行的，没有公众的关注，显得很凄凉，行刑的机器又已经有些破损——这种种因素归结到一起（司令官就是这么想的），难道不会很容易就让您得出结论，认为我的审理是不正确的？倘若您认为不正确，您就不会把您的看法藏于心中（我这是站在司令官的立场上说），因为您肯定相信您那经过多次考验的信念。当然，您见过许多不同民族的许多奇风异俗，并且懂得尊重它们，因此，您多半不会像在您国内可能会做的那样，倾尽全力反对这一套审理程序和处决方式。其实，司令官并不需要您这么全力以赴。随便说一句赦免，漫不经心地说一句什么就足够了。这句话不必与您自己的信念相符，只要表面上迎合他的愿望就行。我敢肯定，他一定会巧妙地问您，套出他想要的话。他的女眷们会围着您坐成一圈，一个个竖起耳朵；您会说：'在我们那里，司法程序和这里的不同'，或者'在我们那里，被告人在判决前要接受审讯'，或者'在我们那里，要向被判刑的人宣布判决'，或者'在我们那里，除了死刑还有其他刑罚'，或者'在我们那里，刑讯拷打只有在中世纪才有过'。这些说法在您看来都是不言而喻的，而且也都对，但也是天真幼稚的，丝毫无损于我的审案。可是司令官会怎样对待呢？我似乎看见这个好心的司令官，马上把椅子推到一边，赶紧走到阳台上；我也看见他的女眷们怎样跟在他后面，蜂拥过来；我听见他的声音，女士们把他的声音称作雷霆之声，他准会这样说：'一位西方的伟大学者，其使命是考察各个国家的司法程序，他刚才说，我们沿用古老习俗的司法程序是一项不人道的制度。听了这样一位人士的上述看法以后，我自然不能再容忍这种制度了。所以，我命令，从今天起……'他会如此这般地大说一通。您会出来说话，说您没有说过他刚才引用的话，您没有说过我的审理程序是不人道的，相反，按照您的深刻见解，您认为该制度是最人道的，最尊重人的尊严的，您也欣赏这台机器——可惜已经太晚了；您根本到不了阳台上，那里已经挤满了女人；您想喊叫，引起人们的注意，但是一位太太用手捂住了您的嘴——就这样，我和老司令官的杰作就没戏了。"

旅行者不得不忍住笑；他起初认为非常艰巨的任务竟如此容易。他躲躲闪闪地说："您高估了我的影响；司令官看了我的介绍信，他知道，我在刑事审判方面不是专家。如果我发表意见，那也只是某个个人的看法，并不比其他任何一个普通人的意见更重要，比起司令官的意见，那就更是无足轻重了，我知道他在这座流刑营里拥有巨大的权力。如果他对审判程序的看法如您所说，那么我担心，这个制度就要寿终正寝了，司令官用不着我帮这个小忙。"

军官看清这一点了吗？没有，他还不明白。他使劲摇了摇头，回头扫了一眼犯人和士兵，两人吓了一跳，停止了吃饭；军官走近旅行者，不看他的脸，而是看着他上衣的某个地方，放低声音说："您不了解司令官；可以说，您对司令官没有——请原谅我这样措辞——恶意，对我们大家没有恶意，请相信我，您的影响评价多高也不为过。我听说就您一个人来参观行刑时，我高兴极了。司令官这样安排是针对我来的，但我要让它朝着有利于我的方向发展。您听了我的讲解，看了机器，现在又准备观看行刑，没有评头品足的窃窃私语干扰您，没有鄙夷的目光分散您的注意，而要是一大帮人来参观，就免不了会出现这种情形。您肯定已经有了自己的看法；倘若您还有某些小地方拿不准，那么您在观看行刑时就会加以修正解决。好，现在我向您提出我的请求：请帮助我反对司令官！"

旅行者没有让他继续讲下去。"我怎么能做到这一点呢？"他大声喊道，"这是完全不可能的。我对您既不会有用处，也不会有害处。"

"您能做到。"军官说。旅行者看到军官握起了拳头，不免有点担心。"您能做到，"军官重复了一遍，样子更加迫切，"我有一个计划，这计划必须成功。您以为您的影响起不了多大作用。可我心里明白，它有举足轻重的作用。不过我承认，您说得对，为了维护这个制度，什么事都有必要试一试，连可能没有多少用处的事也得尝试一下。好，我现在告诉您我的计划。为了实行这个计划，特别需要的是，您今天不要轻易在营地里谈您对这种司法制度的看法。如果没有人直截了当地问您，您决不要发表议论；倘若要您谈看法，您要简短、模棱两可；您要让人觉得，您难以就此事发表看法，您被问及此事很不高兴，倘若一定要您坦率直言，您就要发火骂人了。我并不要求您说谎，我绝无此意；您只需简短回答，比如'是的，我看过行刑了，'或者'是的，我听到了所有解释'。就说这类话，不用说别的。至于您为什么不高兴并且表现出来，有的是理由，只是与司令官所想的不同罢了。当然，他会完全误解您的意思，按他的主观想象去解释您的不快。我的计划就建立在这一点上。明天将在司令部举行一次所有高级行政官员参加的大型会议，由司令官主持。司令官当然善于把这样的会议开成表演大会。为此已经搭建了一个观众台，每次上面都坐满了观众。我不得不参加这类会议，而厌恶之情让我全身发抖。至于您嘛，他们肯定会请您参加这次会议；如果您今天照我的计划办，邀请就会变成强烈的请求。万一您由于某个无法解释的原因没有受到邀请，您一定要提出希望与会的要求；这么一提，您毫无疑问就会得到邀请。于是，您明天就会和那些太太一起坐在司令官的包厢里。司令官会时时朝上面看，以确定您在上面。各种各样无关紧要的、可笑的、专为观众安排的议题——大部分是港口工程，老是港口工程——讨论完以后，审判程序问题也会被提出讨论。如果这个问题司令官不提，或者不马上提，那就由我设法提出。我会从座位上站起来，报告今天行刑的情况。我的报告十分简短，只是通报一下。在这种会上报告行刑情况并不符合会议常规，然而我还是要做。司令官会像往常那样，对我亲切地微微一笑，向我表示感谢，这时他会无法控制自己，他要利用这个机会。'刚才，'他会说出这样一番话或类似的话，'有关人员报告了行刑情况。我只想补充一点，一位知名学者正好目睹了这次行刑的全过程，诸位知道，他的来访为我们的营地增辉，让我们感到荣幸。我们今天的大会也因他的光临而增添了分量。难道我们不应利用这个机会，向这位知名学者提个问题，请他谈谈他如何看待沿用老习俗制定的行刑方式和行刑前进行的审判吗？'司令官讲完后，自然是全场鼓掌，大家一致同意他的看法，掌声最响的是我。司令官向您躬身施礼，对您说道：'我以全体在场人员的名义向您提出这个问题。'这时，您就走到栏杆边。您要把手放到栏杆上，让大家看见，否则太太们会抓住您的手，抚弄您的手指。——现在您终于发言了。我不知道，我将如何挨过那几个难熬的钟头，等到这一时刻的到来。您在讲话时无须拘束，您要提高嗓门说出真相，要把上身探到栏杆外，大声吼叫，不错，要冲司令官大叫大嚷地说出您的意见，您的坚定不移的意见。也许您不愿这样做，这不符合您的性格，您在国内遇见类似的情况时也许不是这样，而是采取另一种态度，这无疑也是对的，这样做也完全管用，您根本不必站起来，而只是轻轻地说那么几句话，悄悄地说，让坐在您下面的官员听见就行，这就够了。行刑得不到公众的关注，齿轮嘎吱作响，皮带断裂，毡布让人恶心，这些您根本不用自己说，都由我来讲，您瞧着好了，我的发言即使不把他赶出大厅，也将迫使他认输，当众承认：老司令官，我向你屈服了。——这就是我的计划；您愿帮助我实现这个计划吗？您当然愿意，岂止愿意，您必须帮助我。"军官抓住旅行者的双臂，气喘吁吁地直盯着他的脸。最后几句话他是连喊带嚷说出来的，连士兵和犯人都提起了精神；尽管他们听不懂说的是什么，但他们还是停止了吃饭，一边咀嚼，一边注视着旅行者。

旅行者从一开始就知道，他该怎么回答；他一生见多识广，他的信念不可能在这里发生动摇；他毕竟是个诚实的人，什么也不怕。然而，他现在面对士兵和犯人，还是迟疑了片刻。但是最后他还是说了个"不"字，他只能这么说。军官连连眨眼，目光却一直盯着他。"您愿意听我解释一下吗？"旅行者问。军官默默地点点头。"我是这种审判程序的反对者，"旅行者说，"还在您向我诉说您的心里话以前——我当然在任何情况下都不会滥用您对我的信任——我就考虑过，我是否有权干预，我的干预是否有一线成功的希望。我当时就清楚，我为此事该先找谁：当然是找司令官。您的话让我对事情看得更清楚了，却没有增强我的决心，相反，您真诚的信念虽然不能搅乱我的心，却让我悲伤。"

军官依然不说话。他转向机器，抓住一根铜杆，然后稍稍扬起头，仰望上面的绘图器，仿佛在检查一切是否正常。士兵和犯人好像互相交了朋友；犯人向士兵暗示，要对方靠近他，虽然他全身绑着，这样做很困难；士兵向他弯下腰，犯人轻声对他说了点什么，士兵听了点点头。

旅行者朝军官跟过去，对他说："您还不知道，我要做什么。我要告诉司令官我对这里的审判程序的看法，但不是在会上，而是私下和他单独谈；我也不准备在这里长待，从而不可能有时间被拉去参加任何会议。我明天一早就离开这里，或者至少登上轮船。"

看样子军官没有听他讲话。"我们的审判程序没有让您信服。"他自言自语地说，微微一笑，那样子就像一个老人笑孩子的胡闹，微笑中包含着他真正的思考。

"那么说时候到了。"军官终于开了口，突然双眼炯炯有神地看着旅行者，这眼神里包含着某种要求，某种要他参与的呼吁。

"什么时候到了？"旅行者不安地问，可没有得到回答。

"你自由了。"军官用犯人的语言对犯人说。犯人先是不相信。"现在你自由了。"军官又说了一遍。犯人的脸第一次露出了生气。这是真的吗？会不会是军官心血来潮，说不定一会儿就变？是这位外来的旅行者说服他宽恕了自己？到底是怎么回事儿？他的脸似乎在这样问，但时间不长。管它是什么，只要能得到自由，他当然想真正恢复自由，这么想着，他开始在耙子许可的范围内晃动起自己的身体。

"你别给我把皮带弄断了，"军官嚷道，"别动！我们这就给你解开。"他向士兵打了个手势，要他和自己一起去解皮带。犯人自顾自地轻轻笑着，一句话不说，把脸时而扭向左边的军官，时而扭向右边的士兵，当然也没有忘记看看旅行者。

"把他拉出来。"军官向士兵下了命令。因为有耙子，往外拉时得小心，别伤了他的身体。犯人因急于出来，已经在背上刮破了几道口子。

从这时起，军官几乎就没有再去管他了。他走到旅行者跟前，再次拿出小皮夹，在里面翻找了一会儿，终于找到他要的那张图纸，拿给旅行者看。"您读读。"他说。"我读不了，"旅行者说，"我已经说过，我读不了这些图纸。""您仔细看看这张。"军官一边说，一边走到旅行者身旁，想和他一起读。可是这也没有用，旅行者还是不读，于是，他把小指高高地举到图纸上比画着，仿佛图纸是绝对不能碰似的，想用这种方式让旅行者更方便地阅读。旅行者也真的花功夫去读，至少是想以此给军官一点面子，让对方高兴，但他还是读不了。于是，军官一个字母一个字母地拼读上面写的字，然后连贯起来念一遍。"这上面写的是'要公正'，"他说道，"现在您总可以读了吧。"旅行者朝图纸深深地弯下腰，军官担心他碰到，赶紧把图纸挪开了一点；旅行者也不再说什么，但有一点很清楚，就是到现在他依然读不了。"上面写的是'要公正'。"军官重复了一遍。"可能吧，"旅行者说，"我相信上面写着这句话。""那好。"军官说，至少有些满意了，拿着图纸爬上梯子；他万分小心地把图纸放到绘图器里，显然在对传动装置进行全面调整；这是一件十分累人的活，因为有的齿轮非常小，所以有时他不得不把头完全伸进绘图器，对整个装置做细致的检查。

旅行者一直仰着头，注视着军官的工作，时间一长，脖子僵硬了，满天阳光刺得他眼睛发痛。士兵和犯人只是忙着他们自己的事。犯人的衬衣和裤子已经扔进了土坑里，士兵用刺刀把它们挑上来。衬衣肮脏无比，犯人在一个水桶里把它洗了洗。当他穿好衬衣和裤子时，他们两人都不禁大笑起来，因为衣裤的后面都已割破，一分为二了。犯人也许以为，自己有责任给士兵提供消遣，让他取乐，就穿着破衣服在他面前转圈，而士兵蹲在地上，乐得直拍腿。当然，他们考虑到有两位先生在场，毕竟有所节制，没有太放纵。

军官终于调整完毕，脸上挂着笑容，再次看了看整个装置，审视了一遍各个部件，然后砰的一声，把原先一直开着的绘图器的盖子盖上，爬下梯子，朝土坑瞥了一眼，再看看犯人，满意地发现他已经把衣服拿了上来；接着，他走到桶边洗手，手要伸进去时才发现水脏得让人恶心，不能洗，心中不免有些不快，最后把手插到沙里擦了一会儿——这种替代品擦不干净他的手，但他也只好将就了——站起身，解开上衣的扣子。这时，塞在领子里面的两块女用手绢首先掉到了他的手里。"这是你的手绢。"说着，他把手绢扔给了犯人。随后他向旅行者解释道："是女士们送的礼物。"

看得出来，他是在匆匆地脱制服上衣和其他衣服；尽管脱得很快，他对每件衣服却爱护有加，十分仔细，甚至特意用手指轻轻抚摩军服上的银绶带，抖了抖一条缨穗，把它理好。可是与这种细心态度完全不同的是，他每理好一件衣服，就厌恶地猛一甩手，把它扔到坑里。最后，他只剩下一把短剑和佩剑的皮带。他从鞘里拔出剑，猛地一击将它折断，然后把断剑、剑鞘和皮带归拢到一起，使劲朝坑里扔过去，在坑里响起它们互相撞击的当当声。

现在，他一丝不挂地站着。旅行者咬住嘴唇，一句话不说。他虽然知道军官会做什么，但不管对方做什么，他都无权阻止。

如果军官留恋的司法程序真的到了该废除的时候——也许这是旅行者干预的结果，他感到他有责任这样做——那么现在，军官的行为是完全正确的；旅行者要是处在他的位置，也会这么做。

士兵和犯人起先一点也不明白这是怎么回事儿，他们甚至没有朝这边看。手绢回到了自己手里，犯人很高兴，可是他没有高兴多久，士兵就出其不意地一把夺走了他的手绢，塞到了腰带里。犯人企图从他的腰带里抽出手绢，把它们抢回来，可士兵十分警惕。他们就这样互相闹着吵着。等到军官脱光了衣服，他们才注意到情况异常。尤其是犯人，他似乎预感到要发生什么大事，局面要大变了。先前发生在他身上的事，现在要发生在军官身上了。也许会发生非常事件。可能是这个外来的旅行者下达了这样的命令。可以说这是报复。他没有把苦吃到头，可最后却报了仇。他张大嘴巴，无声地笑着，这笑容一直留在他脸上，再也没有消失。

这时，军官则向机器走过去。在此之前，他已经表明他非常熟悉这台机器，但现在看他如此熟练地操纵机器，让机器乖乖地随他的操纵运转，人们还是不免大吃一惊。他的手刚刚挨近耙子，耙子就上下升降了几次，到了合适的高度停下，正好能接纳他的身体；他的手一抓住床沿，床就抖动起来；毡布朝着他的嘴巴伸过来，人们看到，军官本来很不情愿接这块毡布，但是他只迟疑了片刻，就顺从地张开嘴，让它塞进嘴巴。一切就绪，只有皮带还垂在床的两侧，然而它们显然是多余的，军官是无须捆绑的。这时犯人看见皮带还松垂着，他认为，要是不绑皮带，行刑就不完满，所以他使劲向士兵示意，然后两人跑过去捆绑军官。军官已经伸出一只脚，准备推动曲柄，开动绘图器；他看见士兵和犯人朝他走过来，就把脚收了回去，让他们把自己捆绑起来。他被捆好后，自然就够不着曲柄了；士兵也好，犯人也好，他们是找不到曲柄的，而旅行者已经打定主意，待着不动。其实这都没有必要；皮带刚绑好，机器就运转起来；床颤动着，针在皮肤上跳动，耙子一上一下地滑动。旅行者凝视了一会儿，然后想起，行刑时绘图器里的某个齿轮会发出嘎吱嘎吱的声响；可是四周一片寂静，一点点微弱的嗡嗡声都听不到。

机器无声地运转着，谁也没有注意。旅行者朝士兵和犯人看去。犯人比士兵更为活跃，机器上的一切都让他产生兴趣，他时而弯下腰看看，时而又伸直身子，不断伸出食指，给士兵指点什么。一切都让旅行者觉得很不自在。他决定留在这里，直到一切结束，但是看见他们两人那个样子，他可真受不了。"你们回家去吧。"他说。士兵也许很愿意这么做，但犯人却觉得这简直就是惩罚。他合掌央求旅行者，让他留下来，当旅行者摇摇头，不愿让步时，他甚至跪了下来。旅行者发现命令不管用，就想走过去赶他们走。这时他听见从上面的绘图器里传来一阵噪声。他抬头朝上看，或许哪个齿轮发生了故障？但是情形并不像他所想。绘图器的盖子慢慢抬起，然后啪的一声完全打开。一只齿轮的齿露了出来，逐渐升高，很快，整个齿轮露了出来，仿佛有一股巨大的力量在压迫绘图器似的，那只齿轮被挤得没有了自己的地方，整个转到了绘图器的边缘，掉了下来，在沙地上滚了一大截，倒在地上不动了。可是很快，上面又升起了第二只齿轮，而且一只跟一只，升起了许多大大小小、几乎无法区分的齿轮，它们都跟第一只一样，转到边缘掉了下来；每掉下一只，人们就想，这下绘图器无论如何该倒空了吧，不，接着又出现了一组新的、数目特别多的齿轮，它们一只跟一只升起，掉下，在沙里滚动，停下。犯人看着这番景象，早已把旅行者的命令忘得一干二净，那些齿轮让他高兴不已，完全把他迷住了，他总想抓住一只齿轮，而且要士兵帮他一起抓，可马上又惊恐地缩回手，因为又有一只齿轮跟着掉了下来，把他吓住了，至少是在开始向他滚过来时。

相反，旅行者却非常不安；机器显然正在碎裂，成为一堆废铁；它无声而平静的运转是一种假象；他觉得，他现在必须去照看一下军官了，因为他已无法自己照顾自己。齿轮一只只往下掉时，吸引了旅行者的全部注意力，以至忘了去监管一下机器的其他部分；而当最后一只齿轮掉出绘图器、他朝耙子弯下身时，却看到了一个更加糟糕的意想不到的新情况。耙子不是在写，而是在刺，床也没有翻转军官的身体，而是一边振动，一边把军官的身体冲着针往上抬起。旅行者想进行干预，可能的话，让整个机器停下来——这哪里是军官要做的刑讯拷打，这是地地道道的谋杀。他伸出手想去救军官。可这时耙子已向上抬起，叉着军官的身体转到一侧，而以往，这个动作要到第十二个钟头时才发生。军官全身上百个伤口在往外流血，并没有水掺和到血里，这次水管也失灵了，没有喷水。而且最后一道程序也失灵了：军官的身体没有脱开耙针，而是悬在土坑上面，流尽所有的血，就是不往下掉。耙子正要往回转，可是好像它自己也发现还没有卸掉负载物似的，就继续停在土坑上方。"快来帮忙！"旅行者朝士兵和犯人喊道，自己已经抓住了军官的脚。他想在这头压住脚，那两人在另一头抓住军官的头，这样慢慢地把他从耙针上卸下来。可是那两人迟迟疑疑地没有过来，犯人就那么转着圈子；旅行者只好向他们走过去，连拽带拉地把他们硬逼到军官的头边。这时，他极不情愿地看了一眼尸体的脸。面容和生前一样；看不出一丝得到解脱、得到幸福的痕迹；以前的受刑人在机器里得到的东西，军官没有得到；他嘴唇紧闭，眼睛大开，表情像活着一样，目光安详而自信，而那根大铁钉的尖头则穿透了他的前额。

当旅行者带着士兵和犯人走近营地的最前面几幢房子时，士兵指着其中的一幢说："这是茶馆。"

房子的底层有一个又深又矮、墙壁和天花板熏得黑黑的洞穴一样的房间。临街这面，房间完全是敞开的。虽然茶馆和流刑营里的其他房子——除了司令官宫殿般的房子外，所有的房子都很破败——没有多少区别，但它还是给旅行者留下具有历史意义、值得回忆的印象，让他感受到以往时代的威力。他朝房子走近了几步，在他的两个陪伴者跟随下穿过放在茶馆前街道上的空桌子，呼吸着从房子里飘出来的带有霉味的阴湿空气。"那老头子就葬在这里，"士兵说，"在墓地里给他一块地方的要求被神父拒绝了。人们犹豫了一段时间，不知该把他葬在哪里，最后决定把他埋在这里。这个情况军官肯定没有给您讲过，因为这件事当然是最让他感到羞耻了。他甚至好几次，想趁夜黑人静把老头子挖出来，但每次都让人给撵走了。""坟墓在哪儿？"旅行者问，他无法相信士兵的话。士兵和犯人两个人马上跑到旅行者前面，伸出手，指着坟墓所在的地方。他们把旅行者领到后墙边，那里的几张桌子旁坐着一些顾客。他们多半是码头工人，一个个身强力壮，留着乌黑发亮的短须。他们都没有穿外套，衬衣也是破破烂烂的，显然是些贫贱的穷苦百姓。旅行者走近时，有几个人站了起来，往后退到墙边，朝他看着。"是个外国人，"旅行者周围的人交头接耳地说，"他想看坟墓。"他们挪开一张桌子，桌子下面果然有一块墓碑。这是一块普通石头，矮矮的，上面放一张桌子毫无问题。碑上刻着一段碑文，字很小，旅行者不得不蹲下来才能看清。碑文如下："老司令官长眠于此。他的现在只能隐姓埋名的信徒为他挖了这个坟墓，立了这块墓碑。可以预言，若干年后司令官将复活，带领他的信徒从这幢房子出发，重新占领整个营地。请相信这一点，等待这一天的到来！"旅行者读完碑文，站起身，看见四周围着人，他们微笑着，仿佛他们和他一起读了碑文、觉得碑文很可笑似的，要求他同意他们的看法。旅行者装作没有注意到他们的要求，只是向他们分发了几枚硬币，等到他们把桌子推回到坟墓上，他就离开茶馆，向港口走去。

士兵和犯人在茶馆里碰到了熟人，让他们给缠住了。但是他们肯定很快就摆脱了，因为旅行者刚走到通向小船的长长的石阶的中间时，他们就赶上了他。他们大概想在最后的时刻，迫使旅行者把他们带走。当旅行者在下面跟一个船夫商谈把他渡到轮船去的价钱时，他们两人飞快地跑下石阶，谁也没有说话，因为他们不敢大声嚷嚷。但是当他们到了下面时，旅行者已经上了船，船夫正解缆绳，准备撑离岸边。他们还来得及跳上小船，但是旅行者从舱板上捡起一根打了结的粗缆绳，拿它威胁他们，以此阻挡了他们跳到船上。

新律师 [1]

我们有了一个新律师，就是那位布塞法鲁斯博士。他的外表很难让人想起他还是马其顿亚历山大国王坐骑的那段时光。不过，了解他的情况的人，还是能看出点什么。最近，我就曾在法院前的露天台阶上遇见一个非常单纯的法院差役，他是个赛马场的普通常客，我看见他在布塞法鲁斯律师迈着大步、嗒嗒嗒地一级一级登上大理石台阶时，很内行地向其投去钦佩的目光。

总的来说，法律界同意接纳布塞法鲁斯。他们洞察时世，看到布塞法鲁斯在当今社会制度下处境十分艰难，加上他在世界史上的重要意义，无论如何他都应该得到善待。如今——谁也无法否认——已经没有伟大的亚历山大。诚然，现在还有人懂得如何从事谋杀；有的人也不缺乏隔着宴席，用长矛刺中朋友的熟练技巧；还有不少人觉得马其顿地方太小了，不禁诅咒起国父腓

---

1 本篇写于 1917 年，同年发表于《马尔斯雅斯》杂志第 1 期。1919 年，本篇和本书中随后 12 篇及《给某科学院的报告》以《乡村医生》为题出版单行本。

力 [1]——然而终究没有人能率军前往印度。即使在大帝的时代，印度的大门就已经是可望不可即了，不过那时大门的方向是用国王之剑标明的。而现在，这些大门不知被移到了什么地方，它们更加遥远、更加高不可及了；没有人指明它们的方向；许多人佩带着宝剑，但只是拿它摆弄挥舞；而想盯着宝剑如何舞动的人则露出不知所措的神色。

因此，就像布塞法鲁斯已经做的那样，钻到法律书籍里也许真是目前最好的路。现在，布塞法鲁斯身体两侧再也不受骑士夹击，而是远离亚历山大征战的喧嚣，自由自在地翻阅着我们古老卷帙的书页。

---

1 指亚历山大大帝的父亲腓力二世，他于公元前 4 世纪中叶建成了统一的马其顿王国。

乡村医生 [1]

　　我当时处境非常尴尬：我正急着出诊，一个危重病人在十里外的村子里等我；两地之间的广大地区正狂风大作，大雪纷飞；我有一辆轻便马车，轮子很大，在我们的乡村道路上非常适用；我已经穿好皮大衣，手里拿着医疗用具包，站在院子里随时可以上路；然而没有马，缺马；由于在这冰天雪地的冬天使用过度，我自己的马头天晚上累死了；我的女佣正在村子里东奔西跑地借马；可是别指望借到，这一点我早就知道。雪越来越厚，路越来越难走，我就这样白白地站着。女佣回来了，空着手，晃着灯笼；这不明摆着，谁会在现在把他的马借给你，迎着这样的风雪奔波？我在院子里又来回走了一遍，想不出一点办法；我心烦意乱，心不在焉地朝多年没有用的猪圈的破门踢了一脚。门开了，一开一合地来回晃动着。一股像马一样的热气和味道冒了出来。里面，一盏昏暗的厩灯挂在一根绳上晃来晃去。在低矮的木

1　这是卡夫卡自己最喜爱的短篇作品之一，1918 年首次发表于《新创作》。

板圈栏里蹲着一个人，一双蓝眼睛，一副坦诚的面相。"要我套马吗？"他问道，手脚并用地爬了出来。我不知道说什么好，弯下腰，想看看猪圈里还有什么。女佣站在我旁边。她说："人常常不知道，自己家里有些什么东西。"我们两人都笑了。

"嘿，老兄老姐，快出来！"马夫吆喝了一声。随着这声吆喝，两匹膘肥体壮的大马像骆驼那样垂着头，腿紧贴着身体，靠着躯体转动的力量，一前一后从门里挤出来；它们的躯体把门洞挤得满满的。一出门，两匹马就马上站直了，高高地挺立着，浑身冒着热气。我对女佣说："去帮帮他。"听话的姑娘赶紧跑过去，把挽具递给马夫。可是她刚走到他身边，他就一把抱住她，把脸贴到她脸上。姑娘尖叫一声，逃到我身边；她脸上有两排红红的牙印。"你这个畜生！"我怒吼道，"你想挨鞭子？"可是我马上想到，他是个生人；我不知道他从哪儿来，别的人都拒绝我时，他却自愿来帮我。他好像知道我的想法似的，对我的威胁没有生气，而是一边忙着套马，一边向我转过身来。他对我说："上车吧。"真的，一切都准备好了。我发现，在我面前的真是一辆漂亮的马车，我从来没有坐过这样漂亮的车，于是我高高兴兴地上了车。"我可告诉你，车得我自己赶，你不认识路。"我说。"那是自然，"他说，"我不跟你去，我留在罗莎身边。""不！"罗莎喊道，她预感到厄运难逃，跑进屋里；我听见她闩上门链发出的叮当声，听见她锁门的声音；我看见她关掉门厅的灯，然后穿过一个个房间，一一关掉所有的灯，好让别人找不到她。"你得跟我一起去！"我对马夫说，"否则，哪怕再紧急，我也不走了。我不想为了坐这趟车，把这个女孩子交到你手里作为代价。""驾！"他吆喝了一声，拍了拍手，马就跑了起来，马车像木头被潮水冲走那样，被拉走了；刚走时，我还听见马夫一脚踢开我房子的门，门被踢破了，发出碎裂声，然后我就只感到一阵风驰电掣的呼啸声均匀地侵入我的所有感官。但这也只是一瞬间的事，因为我立马就到了，仿佛出了我家的门就是病人家的门；两匹马安安静静地站着；风雪已经停止；四周洒满月光；病人的父母从屋里迎出来，他的姐姐跟在后面；他们几乎把我从车里抬下来；他们七嘴八舌地说着，我一句也听不清楚；病人屋里的空气几乎无法呼吸；疏于清理的炉灶冒着烟；我要打开窗子，但我想先看看病人。男孩子很瘦，不发烧，不冷，也不热，眼睛无神，没有穿衬衫，盖着鸭绒被；他抬起身，搂住我的脖子，对着我的耳朵轻轻说道："大夫，让我死吧。"我向四周看了看；没有人听见他的话；他的父母向前弯着腰，默默地站着，等我的诊断；姐姐搬来一把椅子，放我的手提包。我打开包，寻找医疗器具；男孩子一次又一次地从床上摸摸索索地向我欠身，要我记住他的请求；我拿起一把小镊子，在烛光下检查了一下，又把它放了回去。"真是的。"我对神灵很不敬地想道，"在这种情况下神灵来帮忙，缺马就送马，因为时间紧迫还送了两匹，外加一个马夫，真是有点过分——"这时我才想起罗莎；我该怎么办，我怎样救她，离她十里路，拉车的两匹马又无法驾驭，我怎样才能把她从马夫身下拉出来呢？那两匹马现在已经松开了缰绳，窗户也开了，我不知道它们是怎样从外面顶开窗户的，每匹马分别把头伸进一扇窗户，注视着病人，那一家人怎么叫喊也没有用。"我这就回去。"我想，仿佛那两匹马要求我上路似的，可是，当病人的姐姐以为我热得发昏，替我脱去皮大衣时，我却任由她脱。老头子给我端了一杯朗姆酒，拍拍我的肩膀，他拿出珍贵的酒是要表明他真心待我。我摇摇头；要是我像老头那样狭隘，我会感到恶心；只是出于这个原因，我谢绝了他的酒。母亲站在床边，招手让我过去；我走了过去，把头贴到孩子的胸口上，他在我湿乎乎的胡子下瑟瑟发抖，与此同时，一匹马朝天花板嘶叫起来。我的想法得到了证实：这孩子是健康的，只是血液循环稍稍有点问题，因为母亲溺爱而喝多了咖啡，但他是健康的，最好使劲推他一把，让他下床。我不是社会改良家，所以就让他继续躺着。我受雇于区政府，兢兢业业地履行我的职责，几乎是超负荷地工作。我的工资不高，然而很慷慨大方，乐于帮助穷人。我还得照管罗莎，这么看男孩子的话也许不错，连我也想死了。你看，在这个漫长的冬天，我在这里都干些什么啊！我的马死了，村里没有一个人借给我他的马。我不得不从猪圈里把车拉出来；要不是偶然有两匹马，我只好用猪拉车了。这就是我的处境。我向那一家人点点头。他们不知道这些情况，即使知道，也不会相信。开药方容易，与人交流则很难。好了，我的出诊到此结束，他们又让我白跑了一趟，这种事我已经习惯了，整个区的人都在折磨我，他们老是晚上来按我的门铃；可是这一次我还得抛弃罗莎，这个牺牲太大了，罗莎是个漂亮的女孩子，几年来一直住在我家里，而我几乎没有注意她。我赶紧转动脑筋，琢磨用什么办法不让自己向这家人发火，他们哪怕十分愿意也无法把罗莎还给我。但是，当我关好手提包，示意要我的大衣，看到他们一家人站在一起，父亲闻着手里的那杯朗姆酒，母亲看来对我很失望——说真的，这些人期待什么呢？——含着泪咬着嘴唇，姐姐摇晃着一块沾满血迹的毛巾时，我还真有点那个，心想是否还是承认这孩子兴许真病了。我朝男孩走过去，他冲我笑笑，好像我给他端去非常强身滋补的汤似的——听，这时两匹马同时嘶叫起来；真是上天安排，多半要通过嘶叫声让检查变得容易些——这时我发现，孩子真的病了。他身体的右侧腰下有一个手掌大的伤口。伤口呈玫瑰红色，深浅不一，中间深处发暗，四周边上较浅，呈细细的颗粒状，伤口里积满了血，但分布并不均匀，像露天矿那样裸露着。这是远看的样子。要是近看，情况更加严重。看着烂成这样，谁能不唏嘘叹息？伤口里有许多像我的小手指那样粗那样长的蛆虫，虫本身是粉红色的，外面又沾了血污，正蠕动着白色的小头和小脚，从伤口深处往亮处爬呢。可怜的孩子，你没法救了。我找到了你巨大的伤口；你将毁于你身体右侧的这个伤口。一家人看见我为孩子忙乎着，很高兴；姐姐把这事告诉母亲，母亲告诉父亲，父亲告诉在月光下走进敞开的大门的几个客人，他们踮着脚，张开双臂，平衡着自己的身体。"你会救我吗？"孩子哽咽着轻轻问我，伤口里活的蛆虫把他搞得昏头昏脑。我这个地区的人就是这样。他们总要求医生做那些做不到的事情。他们已经失去旧的信仰；牧师待在家里，一件一件地撕碎自己的法衣；他们却要让医生用一双动手术的纤手治好百病。好吧，随你们的便：我可不是自己要来的；倘若你们为了神圣的目的拿我开刀，我也只好听之任之；我是个老年乡村医生，女佣也被夺走了，我还想要什么更好的结局呢！看，他们过来了，那一家人，村子里的长者，他们脱掉我的衣服；一支学校合唱队由老师带领，站在房子前面，用非常简单的曲调唱起下面这首歌：

> 脱掉他的衣服，他就会治病；
> 他要治不好病，就把他杀死！
> 他只是个医生，只是个医生。

唱完，他们就脱光了我的衣服；我用手指捋着胡子，侧过脑袋，静静地看着这些人。我镇定自若，比所有人都强，并保持着这种从容，但这没什么用，因为现在他们抓住我的头和脚，把我抬到床上。我被放在孩子伤口一侧，脸冲墙。接着他们走出房间；门被关上；歌声停止；云层遮住了月亮；四周的被褥让我感到温暖；两个马头影影绰绰地在洞开的窗口晃动。"你知道吗，"我听见有人在我耳边说，"我对你的信任微乎其微。你也不过是在什么地方被抛摔下来的，不是靠自己的脚到这儿来的。你非但不帮我，反而占去一块我的灵床。我恨不得挖出你的眼睛。""你说得对，"我说，"这是个耻辱。但我是医生。我该怎么办？相信我，我也不容易。""难道你说句对不起，我就满足了？唉，看来我也只能满足了。我一生下来，就有这个大伤口；这是我的全部陪嫁。""年轻的朋友，"我说，"你的错误是：你不了解全貌。而我呢，我去过远近所有病房，我告诉你，你的伤口并没有那么严重。是在腰眼上用斧子砍了两下造成的。许多人都让出他的身体一侧供人砍，却几乎听不到树林里的斧声，更不用说斧子离他们越来越近了。"真是这样吗？还是你趁我发烧骗我？""真是这样，我以区医生的名誉担保，你就带着我的担保去吧。"他信了我的话，安静下来了。现在该想想怎样救我自己了。两匹马还忠实地站在原来的地方。我很快把衣服、皮大衣和手提包拢成一大包；我不想穿衣服耽搁时间；如果两匹马像来时那样快，那就等于我可以从这张床上一下跳到我自己的床上。一匹马顺从地从窗口退回去；我把那包东西扔到车上；皮大衣扔得远了点，结果只靠一只袖子牢牢挂在车子的一个钩上。这就很好了。我飞身跳上马。缰绳松松地拖在地上，两匹马几乎没有套在一起，车子摇摇晃晃地跟在马后面，最后是皮大衣，在雪地里拖着。"驾！"我使劲吆喝，可是两匹马还是慢悠悠地走着；我们就像老头子那样，缓慢地穿过荒凉的雪地；我们身后久久地回响着孩子们唱的一首新的却是错误的歌：

　　病人们，你们高兴吧，
　　医生被放到了你们的床上！

　　这样走法我永远到不了家；我那原本很兴隆的诊所完了；一个后继者正在抢我的生意，可是没有用，因为他无法代替我；那个可恶的马夫在我家里胡作非为；罗莎是他的牺牲品；我不愿再

176

想下去了。我这个老头光着身子，驾着非尘世的马拉的尘世的车，到处流浪，忍受这不幸的时代严冬的煎熬。我的皮大衣挂在车后，我却够不着它，而那一帮手脚灵便的病人，连指头都不肯弯一下。受骗了，受骗了！只要有一次听信深夜骗人的呼救铃声——你就再也无法挽回。

在马戏场顶层楼座

　　如果在马戏场里，某个身体孱弱、患有肺病的女艺人骑着晃晃悠悠的瘦马，在永不知足的观众面前，被冷酷无情的老板挥着鞭子赶着，几个月不停地绕着马戏场奔跑转圈，她在马上嗖嗖地飞驰而过，时而向观众送去飞吻，时而扭动着腰肢，如果这场表演在乐队不停的吹奏声和通风机的隆隆声中，一直延续到越来越显现出来的灰暗的未来，伴随着一波未平一波又起的掌声，这鼓掌的手其实是些汽锤，那么，也许会有一个坐在楼座里的年轻观众急匆匆地从长长的楼梯上跑下来，穿过层层观众席，冲进表演场地，不顾一直随着节目演奏的乐队的鼓号声，大声喊道：停下！

　　可是实际情况却不是这样；穿着号衣、神气十足的拉幕员拉开帷幕，一个皮肤白里透红的漂亮女子从幕布间轻盈地飞身进入场地；马戏团团长全神贯注地搜寻着她的眼睛，牵着马向她迎上去；他小心翼翼地把她扶上灰斑白马，仿佛她是他钟爱的孙女，正准备去做一次危险的旅行；他举鞭的手迟疑不决，后来终于狠下心来，啪地打了一响鞭；他张着嘴，和马并排跑着；他锐利的目光注视着女骑手的一腾一跃；他几乎无法理解她如此娴熟的骑术；他用英语大声喊叫，试图提醒她，又怒气冲冲地提醒马弁千万不要疏忽大意，要拿好钻圈；在做连翻三个跟头的大空翻前，他高举双手，请乐队停止演奏；表演结束，他把小姑娘从颤抖的马背上抱下来，亲吻她的两颊，观众再热烈鼓掌表示敬意他都觉得不够；而她自己，由他扶着，高高地踮起脚，站在飘扬着灰尘的场地上，张开双臂，向后仰着头，想与全团人员一起分享她的幸福——因为情况是这样，所以那个坐在顶层楼座的观众把脸靠到栏杆上，好像沉浸在一场噩梦里那样，沉浸在终场进行曲中，不知不觉地哭了。

往事一页

看来，在我们祖国的国防工作中，有很多事情被忽视了。迄今为止，我们对国防漠不关心，只埋头于自己的工作；但是，前一段时间发生的事情让我们心生忧虑。

我在皇宫前的广场上开了一个鞋铺。那天清晨天刚蒙蒙亮，我就看见所有通向广场的胡同口都挤满了全副武装的人。但是这不是我们的士兵，他们分明是从北方来的游牧民族。我不解的是，他们一直推进到了首都，而首都离边界那么遥远。不管怎么说，他们已经到了这里；看样子，他们会一天比一天多。

他们按自己的习性在露天安营，他们讨厌住房。他们整天忙着磨剑，做箭头，练习骑术。他们把这个安静的、总是生怕弄脏而时刻保持清洁的广场变成了一个真正的马厩。有时，我们从店铺里跑出来，至少想把那些最脏最臭的垃圾清除掉，但是这种事后来越来越少了，因为我们的努力徒劳无益，况且还会给我们带来危险，让马踢伤或挨鞭打致伤。

至于和这些游牧民族谈话，那是不可能的。他们不懂我们的语言，又几乎没有自己的语言。他们像寒鸦那样互相交流。我们一再听到他们像寒鸦那样的聒噪声。同样，对我们的生活方式，我们的各种机构设施，他们既无法理解，又毫不在乎。因此，对任何肢体语言，他们都采取拒绝的态度。哪怕你说破了嘴，双手做手势脱了臼，他们还是搞不明白你的意思，而且永远不会明白。他们常常做鬼脸；然后他们翻白眼，吐白沫，但是他们这样做，既不想以此说点什么，也不想吓唬你，而只是本性使然。他们需要什么就拿什么。我们不能说他们动武。他们来拿时，你最好走开，任何东西都让他们拿。

从我的存货中，他们也拿了几双好鞋。可是，比起肉铺老板的损失，我就不用抱怨了。他的货一到，就被这些游牧民族一抢而空，吞进了肚子。连他们的马也吃肉；常常可以看到，骑兵躺在他的马旁，人马共吃同一块肉，各吃一头。肉铺老板胆小怕事，不敢停止供肉。我们理解他为什么这样做，于是凑钱帮他。要是这些游牧民族得不到肉，谁知道他们会想出什么招数来；就算他们天天得到肉，我们也不知道他们会做出什么事来。

前不久，肉铺老板想，他至少可以省点力，不屠宰了，于是一天早上牵来一头活公牛。这种事他不能再做了。那些游牧民族从四面八方向公牛扑过去，用牙齿一口一口咬下热乎乎的肉，疼得公牛发出撕心裂肺的吼叫声。我不忍听牛的惨叫声，躲到鞋铺的尽后头，蒙上我所有的衣服、被子、垫子，在地板上躺了大约一个小时。惨叫声停了很久以后，我才壮起胆子走出店铺；那些人精疲力竭，东倒西歪地躺在公牛残骸四周，就像酒鬼围着酒桶。

就在此刻，我似乎看见了皇帝本人站在皇宫的一扇窗户边；平时，他从不到这些靠外头的房间，而总是住在最里面的花园里；可是这一次——至少我觉得看见了——他却站在一扇窗户边，低着头看着宫外发生的事情。

"以后会怎样？"我们大家都这样问自己，"这种负担和折磨，我们还能忍受多久？皇家宫殿招来了这些游牧人，却没有能耐把他们赶走。宫门紧闭；以前总是穿着盛装、迈着雄壮的步伐进出宫门的卫队，如今都躲到了装着铁栅的窗户后面。拯救祖国的重任交给了我们这些工匠和商人；可是我们胜任不了这样的重担；我们也从来没有夸过口，说我们有这种能力。这是一个误会，我们将因此而毁灭。"

在法的门前 [1]

　　在法的门前站着一个门警。一个乡下人来到门警跟前，请求进入法的大门。但门警说，他现在不能让他进去。乡下人考虑了一下，问以后他是否能进去。"有可能，"门警说，"但现在不行。"因为法的大门和平时一样，是开着的，门警又走到一边，那人就弯下腰，想从门口往里看。门警看见他这样，笑着说："你这么想进去，那就甭管我的禁令，试试往里进。不过你可听好了：我很强壮有力。而我只是最低级的门警。每个大厅都站着门警，一个比一个强壮有力。到了第三个门警，连我都不敢看。"乡下人没有想过会有这么多难关；他想，法对每个人都应该随时敞开大门才是，但是，当他现在更加仔细地看了看穿着皮大衣的门警，看到对方的大鼻子又高又尖，鞑靼人式的黑胡子又长又稀，他决定还是等下去，获得许可时才进去。门警给他拿来一个小板凳，让他在门旁坐下。他在那里坐了一天又一天，一年

1　本篇是长篇小说《审判》中的重要一节，写于 1914 年秋，1916 年首次发表在《末日审判》上。

又一年。他一次又一次地想方设法，请门警允许他进去，把门警搞得疲惫不堪。门警不时地盘问他几句，询问他家乡的情况，还打听许多别的事，不过提的都是些公事公办式的问题，就像大老爷们提问一样，而末了，门警总是对他说，还不能让他进去。乡下人这次出门带了很多东西，不管这些东西多么贵重，他都用来贿赂门警了。门警来者不拒，把东西一一收下，但总是说："我收下东西，只是不想让你觉得你忽略了什么事。"乡下人在等待的漫长岁月中，几乎从不间断地观察门警。他忘了还有其他门警，觉得这第一个门警是他进入法的大门的唯一障碍。他诅咒这恰巧让他碰到的不幸命运，在头几年，他高声大骂，毫无顾忌，后来老了，就只能有气无力、嘟嘟哝哝地骂。他变得幼稚可笑，因为长年观察门警，发现对方皮领上有跳蚤，于是他甚至请求跳蚤帮忙，促使门警改变态度。后来，他的视力减退，他不知道，是他四周真的变暗了，还是只是他的眼睛造成了错觉。不过，他现在在黑暗中真切地看到，从法的大门里射出一道永不熄灭的光芒。他的日子不多了。临终前，他在脑子里把等待的漫长岁月里积累的所有经验，凝聚成一个迄今为止还没有向门警提过的问题。他的身体开始发僵，已经站不起来了，所以他示意门警靠近他。两个人在个头方面的差别发生了变化，乡下人显得更小了，于是门警不得不深深地弯下腰。"你现在还想知道什么？"门警问道，"你真是贪得无厌。""大家都在追求法，"乡下人说，"可是这么多年了，除了我，怎么就没有一个人要求进入法的大门？"门警看出，这个乡下人已经快到生命的尽头了，为了让这个听力越来越差的人听见，他大声吼道："除了你，没有人能从这里进去，因为这道门只是为你开的。我现在就去把它关上。"

豺狗和阿拉伯人

我们在一片绿洲宿营。旅伴们已经睡下。一个阿拉伯人，又高又白，从我身旁走过；他安顿好了骆驼，向睡觉的地方走去。

我仰天躺到草地上；我想睡觉；我睡不着；远处传来一只豺狗的哀嗥；我又坐了起来。刚才还那么遥远的东西，突然就到了跟前。我四周围了一群豺狗；一双双眼睛射出黯淡的金黄色光，一闪一闪；好像被一条鞭子抽打似的，它们很有节奏地、敏捷地摆动着瘦削的身躯。

一只豺狗从后面过来，挤过同伴，钻到我的胳臂下，紧贴着我，仿佛它需要我的体温暖它的身子，然后钻出来，转到我面前，几乎是面对面地对我说："我是这一带最年长的豺狗。我还能在这儿欢迎你，很高兴。我差不多已经放弃了这个希望，因为我们等你等得太久了；我的母亲等过你，我母亲的母亲，我祖上历代母亲，直至所有豺狗的始祖，都等过你。你要相信我的话！"

"这让我感到惊奇，"我说，忘了点燃那堆已经准备好、用其浓烟驱赶豺狗的柴火，"听了你这番话，我很惊讶。我只是偶然从遥远的北方来到这里，做一次短暂的旅行。诸位豺狗，你们到底要干什么？"

好像我这几句也许过于亲切的赞许话让豺狗们增加了勇力，它们一个个向我靠近，缩小了包围圈；它们全都急促地喘着气，不时发出嗥叫。

"我们知道，"最年长的豺狗说，"你从北方来，正是这一点让我们抱有希望。那里的人有理智，而在这里，在南方的这些阿拉伯人中找不到理智。你知道，矜持傲慢不可能发出理智的火花。他们屠杀动物，吃它们的肉，连腐尸都不放过。"

"别这么高声说话，"我说，"阿拉伯人就在附近睡觉。"

"你真是外地人，"老豺狗说，"否则你就会知道，在世界历史上还从来没有一只豺狗怕过阿拉伯人。难道我们该怕他们吗？我们被赶到这种人中间，难道不已经是个大不幸了吗？"

"也许是的，也许是的，"我说，"但与我毫不相干的事，我不妄加评论；看来这是一场古老的争端；原因可能在于血统；恐怕只能靠流血结束争端。"

"你非常聪明。"老豺狗说。豺狗们一个个呼吸得更加急促了，胸部起伏得很厉害，虽然它们一动不动地站着；从它们张开的嘴巴里喷出一股刺鼻的、有时咬紧牙关才能忍受的气味。"你非常聪明，你说的话符合我们古老的信条。所以，我们要抽干他们的血，结束这场争端。"

"噢！"我不禁叫了起来，"他们肯定会自卫；他们会用猎枪成群成群地打死你们。"

"你误解我们了，"他说，"我们采用人的方式，这种方式在遥远的北方也还没有消失。我们不会杀他们。尼罗河没有那么多水供我们洗澡。只要看到他们活的躯体，我们就跑开，跑到空气更加清新的地方，跑进荒漠，正因如此，荒漠才是我们的家。"

四周的所有豺狗——其间又有许多豺狗从远方跑过来，加入它们的行列——听到这里，纷纷低下头，伸到两条前腿之间，用爪子擦自己的脑袋，仿佛要掩盖某种厌恶的感情似的，这种厌恶是如此可怕，致使我恨不能纵身一跳，逃出他们的包围。

"你们到底要干什么？"我问道，想站起来；但是我站不起来；两条小豺狗在我身后咬住了我的外衣和衬衣；我只好继续坐着。"它们抓住了你的后衣襟，"老豺狗严肃地向我解释，"这是表示尊敬。""放开我！"我时而冲着老豺狗，时而冲着那两条小豺狗，高声喊道。"只要你有这个要求，"老豺狗说，"它们自然会放开你的。不过，这要持续一段时间，因为它们按照我们的习俗咬得很深，只能慢慢地松开牙齿。你现在还是好好听一听我们的请求吧。""你们的态度让我难以接受。"我说。"请不要因为我们笨拙而惩罚我们，"他说，第一次操起了天生悲苦的哭腔，以增加自己的感染力，"我们是些可怜的动物，只有一副牙齿；不管我们做什么事，好事也罢，坏事也好，我们唯有这副牙齿可用。""那你要什么呢？"我问，口气稍稍缓和了一点。

"先生，"他大声说道，所有的豺狗都跟着嗥叫起来；我仿佛听到远处响起一首悦耳的曲子，"先生，你应该终止这场使世界不和的争端。我们的先祖描述过那个会做这件事的人，看样子你就是。我们向阿拉伯人要的是和平；是可以呼吸的空气；是没有阿拉伯人干扰地眺望远处的地平线；是听不到被阿拉伯人刺杀的绵羊的哀鸣；是让所有牲畜平静地死去；是让我们安安静静地喝干它们的血，吃光它们的肉，只留下骨头。干净，除了干净，我们不要别的。"——这时，所有豺狗都呜呜咽咽哭起来——"你有高尚的心灵、健康的内脏，怎么能忍受世界上有这种事？他们的白衣是脏的；他们的黑衣是脏的；他们的胡子让人害怕；看见他们的眼角就让我们禁不住要吐；他们抬起胳膊，就像腋窝下打开了地狱。所以，噢，先生，所以，噢，尊敬的先生，你有一双万能的手，请用你万能的双手拿起这把剪子，剪断他们的喉咙！"说到这里，他猛地摆动了一下头，一只豺狗就走了过来，嘴里叼着一把锈迹斑斑的裁缝小剪。

"看，终于拿来了剪刀，这下该收场了！"我们商队的阿拉伯向导高声喊道，他已顶着风，轻手轻脚地来到了我们身旁，挥舞着他又粗又长的鞭子。

豺狗们赶紧四散逃跑，但在不远的地方又停了下来，紧紧地挨在一起，蹲在地上，一动不动，那样子就像一道狭窄的、忽闪着点点鬼火的栅栏屏障。

"这一下，先生，这场戏你也看了，也听了。"阿拉伯人说着，开心地哈哈笑起来，不过，他开怀的程度没有超出他的部族克制的本性所许可的界限。"这么说，你知道这些畜生要干什么啰？"我问。"当然，先生，"他说，"这可是人人皆知的事；只要有阿拉伯人，这把剪刀就会跟踪他们穿越沙漠，直至世界末日。

豺狗们会把它奉送给每个欧洲人，去从事那项伟大的事业；在它们看来，每个欧洲人都是受命担此大任的人。这些畜生抱有愚蠢的希望；它们是傻瓜，真正的傻瓜。所以我们喜欢它们；它们是我们的狗，比你们的狗更漂亮。你看，夜里死了一峰骆驼，我让人把它拖到这儿来了。"

四个人抬着沉重的骆驼尸体走过来，把它扔到我们面前。尸体一落地，豺狗们就发出叫声。它们仿佛被绳子牵着，扛不住诱惑，一个个肚子蹭着地面，爬爬停停地向我们蹿过来。它们忘记了阿拉伯人，忘记了仇恨，眼前发出怪味的尸体抹去了一切界限，使它们沉醉入迷。很快就有一只豺狗扑到了骆驼的脖子上，一口咬断了动脉。它身体的每一条肌肉都像一台一定要扑灭凶猛的大火而又无法扑灭它、快速运转的小水泵，在各自所在的地方抽动着、颤抖着。一刹那，所有豺狗都爬上尸体，从事同样的营生，那样子就像一座小山。

这时，向导抡起那根无情的鞭子，劈头盖脸地向豺狗抽去。它们半醉半晕地抬起头，看见阿拉伯人站在它们面前；这时嘴巴挨了鞭子，一阵疼痛；它们一跃而起，向后退了一段距离。但是骆驼的血已经流了一大摊，冒着热气，尸体在好几个地方撕开了大口子。豺狗们禁不住美餐的诱惑；它们又跑到了尸体跟前；向导又一次举起鞭子；我抓住了他的胳膊。

"先生，你做得对，"他说，"我们还是让它们从事它们的职业吧；而且也到了动身的时候了。你已经看见了它们。是些神奇的动物，对不对？可它们多么恨我们啊！"

下矿考察

今天，最高层的工程师下到了我们下面的矿井里。经理部下达了一项什么任务，要铺设新的坑道，于是工程师们下来进行初步测量。这些人这么年轻，就已经多么地各不相同啊！他们每个人都得到了自由的发展，年纪轻轻的就显示出了不受约束的独特的个性。

第一个工程师黑头发，很活跃，两只眼睛骨碌碌的，哪儿都看。

第二个拿着一个笔记本，一边走一边记，环视四周，比较，记录。

第三个双手插在上衣口袋里，使上身衣服绷得紧紧的；他挺着胸脯走路，庄严稳重；他不断地咬自己的嘴唇，只有这一点才显示出他焦躁不安、无法抑制的青春活力。

第四个向第三个做着解释，而第三个并没有要求他这样做；这人比第三个矮小，像引诱他的魔鬼那样跟在他身旁，总把食指伸向空中，似乎在喋喋不休地向他讲述这里可能见到的一切。

第五个，恐怕是级别最高的，容不得别人跟在身旁；他一会儿走到前头，一会儿落在后头；其他人都按他的步伐调整自己的速度；他脸色发白，身体虚弱；他肩负重任，累得两眼深陷；他常常在思考问题时把手指放到前额上。

第六个和第七个走路时微微前倾，脑袋挨着脑袋，胳膊挽着胳膊，一边走一边亲切地交谈；要不是明摆着这是在我们的煤矿，在我们干活的最深的坑道里，人们会以为这两个瘦骨嶙峋、不留胡子的大鼻子先生是年轻的牧师呢。两人中，一个常常暗自发笑，发出像猫一样的呼噜声，另一个主宰着谈话，也微笑着，并且用那只空着的手打着节拍。这两位先生对自己的地位必定很有把握，他们尽管年纪轻轻，但肯定已经为我们的矿山立下了汗马功劳，所以他们才能在进行这样重要的考察活动时，在上司的眼皮底下，如此明显地只忙他们自己的或者至少是与眼下的任务无关的事情。还是说他们虽然又说又笑、心不在焉，却把所有必须注意的事都一一看在了眼里？难道这可能吗？对这样的先生，真不敢下一个明确的断语。

另一方面则可以肯定地说，那第八个比他们两个，甚至比其他所有先生都要投入得多。任何东西他都要摸一摸，都要从口袋里掏出一把小锤子，敲一敲听一听，然后又把锤子放回口袋里。有时，他顾不得考究的衣服，跪到肮脏的地上敲击地面，然后又一边走一边敲击两边的墙和头上的顶板。有一回，他直挺挺地躺下，就那么静静地躺在那里；我们以为出什么事了；可不一会儿，他那瘦削的身体忽然微微一动，随之一跃而起。原来，他只不过又做了一次探测而已。我们相信我们是了解矿山和里面的矿石的，但是这位工程师不停地用这样的方式到底在探测什么，我们弄不明白。

第九个推着一辆儿童车，里面放着各种测量仪器。这都是些非常贵重的仪器，放在又厚又软的棉花层里。这辆车本该由勤杂工推，因为信不过而没有交给他；于是只好由一个工程师来推，人们看到，他很愿意做这件事。他大概是年纪最轻的一位，也许还不了解所有这些仪器，但是他的目光却一直盯在仪器上，因此，有几次险些把车撞到墙上。

但是车旁还有另一个工程师跟着，防止车子撞到墙上。这个工程师显然非常熟悉这些仪器，看来是仪器真正的保管人。他不时地不等车停下就拿出仪器的某个部件，细细地察看，拧开，然后又拧上，一会儿摇，一会儿敲，把它放到耳边仔细倾听；最后——这时推车人多半会停下车——他小心翼翼地把那个在远处几乎看不见的小部件放回车里。这个工程师有那么一点要管人的欲望，但只是以这些仪器的名义。在车前十步，他的手指无声地一指，我们就得走到一旁避让，哪怕没有地方躲避也得让开。

走在这两位先生后面的是那个无所事事的勤杂工。先生们早已放下傲慢的架子，这对这些知识渊博的人是不言而喻的事，勤杂工似乎反倒积了一身傲气。他一只手放在背后，一只手在前面抚摩着号衣的镀金纽扣或精细的布料，频频地向左右点头，好像我们曾向他招呼致意，他在回礼似的，或者他以为我们曾向他招呼致意，他高高在上无法核实似的。我们当然不会问候他，可是人们看见他那副得意的样子，几乎真的会以为当个经理部的勤杂工是件了不起的事情。等他走过，我们自然笑了一阵，然而，哪怕一声巨雷也不会让他转过身来，所以他依然是那么不可理解，继续受到我们的尊敬。

今天不会干多少活儿了；中断的时间太长；这么多人下矿考察使大家失去了工作的兴致。大家心里痒痒的，都想看着这些先生怎样走进黑暗的坑道，消失不见。况且我们这一班快到下班时间了；我们看不到先生们返回了。

邻村

　　我祖父常说："生命无比短暂。现在，生命在我的记忆中浓缩，以至我几乎不理解，一个年轻人怎么会决定骑上马，到邻村去，而不害怕——完全不考虑不幸的偶然事件——一个寻常的、幸福地流逝的生命的全部时间也远远不够这样一次骑马出行。"

一道圣旨

据传，皇帝在弥留之际，向你这个独处外地的可怜的臣仆、从沐浴着阳光的皇宫逃到天涯海角的草民下了一道圣旨。他让使者跪在床前，悄悄地向使者下了口谕；这道圣旨对他来说太重要了，所以他让使者在他耳旁复述一遍。他点了点头，表示所述无误。当着送终的满朝重臣，皇帝打发走了使者——其时，所有碍事的墙都已拆除，帝国的文武大臣围成一圈，站在那又高又宽、摇晃不稳的玉墀上。使者立即启程；他是一个健壮有力、不知疲倦的人；他时而伸出左臂，时而伸出右臂，从人群中开出一条路；遇到抵挡，他就指指胸前的太阳标志；他轻而易举地向前行进，没有人比得上他。可是人口众多，殿堂没有尽头。如果面前是辽阔的田野，他会快步如飞，你很快就会听见他的拳头重击房门的声音。可是情况不是这样，他是多么徒劳无益地在耗费他的力气啊；他到现在还在艰难地穿越内宫的各个殿堂；他永远无法穿越整个宫殿；即使他通过了宫殿，他也没有成功；他还得奋斗，走下台阶；下了台阶，也无济于事；还有一个又一个的庭院需要穿过；过了这些庭院，还有第二座宫阙；又是层层阶梯，重重庭院；然后又是一座宫殿；如此一重又一重，几千年也走不完；即使他最终冲出了最外层的大门——但这是永远不可能发生的事——他也还没有走出都城呢，这是世界的中心，城内沉积物堆积如山。没有人能通过这里，何况还带着一个死人的谕旨。——而你却在夜幕降临时坐在窗边，梦想着得到那道圣旨呢。

父亲的忧虑

　　有的人说"奥德拉德克"一词源于斯拉夫语，并试图据此说明该词的形成。另一些人则认为，该词源于德语，只是受了斯拉夫语的影响而已。然而，两种解释均无十分把握，让人有理由认为，两者都不对，尤其因为没有一种解释能让我们找到某个词义。

　　当然，倘若真的没有一个叫奥德拉德克的生物，就不会有人从事这样的研究了。它的外形像一个扁平的星状线轴，看起来也的确绷着线似的；不过，它身上绷着的可能只是些撕断的、互相结起来的旧线，但也可能是互相缠在一起的、不同种类不同色彩的线块。但是，它不只是一个线轴，从星的中央伸出一根横向小木棒，还有另一根木棍与它垂直相交。一边借助于这后一根木棍，另一边借助于星的众多触角中的一个，整个物件就像有两条腿似的，能直立起来。

　　看这样子，人们不禁会以为，这个物件以前曾有过某种很实用的形状，只是现在完全破碎了。然而情况看来并非如此；至少没有这样的迹象；哪儿也看不到足以说明这种情况的征兆或裂缝；虽然整个物件看起来毫无意义，它却是自成一体的。除此之外就说不出它的更多情况了，因为奥德拉德克非常灵活，人们抓不住它。

它交替着待在阁楼、楼梯间、过道和门厅里。有时，它几个月不见踪影；这时，它也许迁居到了别的房子里；但它必定回到我们的房子里来。有时我们出门，看见它正靠在下面的楼梯上，我们就想和它攀谈两句。当然，我们不向它提难回答的问题，而是把它看成小孩——它个子小，诱使我们这样待它。"你到底叫什么名字？"我们问它。"奥德拉德克。"它说。"你住哪儿？""居所不定。"它笑着说。它的笑声像没有肺的人发出的一样，听起来像落叶发出的沙沙声。谈话大多就这样结束。而且，连这样的回答也不是每次都能得到；它常常像一块木头那样久久不语，它看起来也真像木头。

我徒劳地自问，它以后会怎样。它会死吗？一切走向死亡的东西，此前都曾有过某种目的、某种活动，它们因为从事这种活动而耗竭生命；这一点不适用于奥德拉德克。这么说，它以后还会拖着线团，从楼梯上滚下来，在我的孩子和孩子的孩子的脚前停下？显然，它不会害谁；但是，想到它会比我活得长，我几乎感到痛苦。

十一个儿子

我有十一个儿子。

第一个儿子相貌难看，但严肃、聪明；然而我对他的评价却并不很高，尽管我像疼爱所有其他孩子一样疼爱他。我觉得他的思想过于简单。他既不左顾右盼，也不思前虑后；他只是在他狭小的思想范围内东跑西逛，其实还不如说在原地打转。

第二个儿子是个俊男子，身材修长匀称；看他击剑时的姿势，那是美的享受。他也聪明，而且阅历丰富；他见多识广，因此，连家乡的自然对他也似乎比对留在家里的人亲切。然而，可以肯定地说，他的这个长处不仅仅甚至主要不应归功于他的游历，而应归因于这个孩子具有别人无法仿效的本领，这一点，每个模仿他的人——比如模仿他连翻几个筋斗、掌握得非常娴熟的跳板跳水——都承认。走到跳板的尽头只要有勇气和兴趣就够了，可是到了那里，模仿者却不跳了，突然坐下，抱歉地举起双手。——尽管如此（有这样一个孩子，我本该非常高兴），我和他的关系却并非毫无阴影。他的左眼比右眼略小一点，眨巴得厉害；当然这只是一个小小的瑕疵，甚至使他的脸反而显得更加毫无顾忌，况且，面对他难以接近的孤芳自赏的气质，谁也不会去注意和挑剔那只眨巴的小眼睛。但我这个做父亲的自然不会视而不见。当然，让我心痛不安的不是这个生理缺陷，而是某种多少与他的天性相符的精神上的轻度失衡，某种在他的血液里流淌的毒素，某种不能使他身上只有我才能看出的天赋达到极致的无能。不过，从另一方面看，正是这一点又使他成为我真正的儿子，因为他的这个缺陷是我们全家的毛病，只是在这个儿子身上更加明显罢了。

第三个儿子也很俊，但他的美不是我喜欢的那种美。那是歌唱家的美，弧形的嘴，梦幻般的眼睛，需要帷幕在后面衬托才能打动观众的脑袋，胸脯高高隆起，一双手时而快速扬起又更快速地放下，两条腿支撑不住身体而忸怩摆动。此外，他的声音不圆润饱满，虽能迷惑一时，让行家侧耳倾听，但很快就消失了。——虽然一般说来，他身上的一切都诱使我炫耀这个儿子，但我最好还是把他藏在台后；他自己也不想抛头露面，但并不是因为他认识到自己的缺点，而是出于单纯无知。而且，他对我们的时代感到很生疏；仿佛他虽然属于我们这个家，却同时又属于另一个对于他来说已经永远失去的家庭似的，他常常无精打采，没有什么东西能提起他的兴致。

我的第四个儿子恐怕是所有儿子中最好相处的。他是他那个时代的真正的孩子，和大家一起生活在共同的土地上，每个人都能理解他，都愿意向他点头致意。也许因为他得到大家的普遍赞赏，他的性格增添了一点轻浮的东西，他的举动变得有些无拘无束，做判断时有些漫不经心。他的某些名言人们常常愿意加以引用，但只是某些而已，因为从总体上看，他患了过于轻浮的毛病。他就像这样一个人：他令人钦佩地从高空跳下，像燕子般轻盈地穿过天空，然后却悲惨地坠落到荒凉的尘埃中，化为乌有。我看到这个孩子时，心里就涌现这样的念头，让我扫兴。

第五个儿子心地善良，非常可爱；不能兑现的事他从不允诺；他是如此地不显眼，以至别人在他跟前也感觉不到他的存在；然而他赢得了一定的声望。倘若有人问我怎么会这样，我几乎无言作答。也许最容易经得住这个世界狂风暴雨的正是单纯，而他是单纯的。也许他太单纯了，对每个人都很和蔼可亲。我承认，有人在我面前称赞他时，我总有些不自在。因为，称赞像我儿子这样一个显然值得称赞的人，那是把称赞看得过于容易了。

我的第六个儿子看来——至少给人的第一印象——是所有儿子中最深沉的。一个垂头丧气的人，又是一个婆婆妈妈的饶舌鬼。所以他不好对付。当他处于劣势时，他会悲痛欲绝；一旦他占了上风，他就夸夸其谈，以此保持他的优势。然而我不否认他具有某种可以忘记周围一切的激情；他常常在大白天梦幻般地陷入沉思。他没有病，可以说非常健康。然而有时，尤其在黄昏天色朦胧之时，他却步履蹒跚，但他不需要别人搀扶，也从不跌倒。这种现象恐怕与他的身体发育情况有关，和他的年龄相比，他的身材太高了。这让他的外貌从整体上看不漂亮，虽然某些部位，如手和脚，长得非常漂亮。此外，他的前额也不好看，无论是皮肤还是骨骼构造，都有那么一点干瘪萎缩。

第七个儿子也许比所有其他儿子都更称我的心。这个世界不懂得赞赏他，不理解他那种特殊的机智。我不高估他；我知道，他是微不足道的；倘若这个世界除了不懂得赞赏他没有别的错，它依然是完美无瑕的。但是在家里，我却不想失去这个儿子。他既带来不安宁，也带来对传统的崇敬，他把两者，至少这是我的感觉，结合成一个不可辩驳的整体。不过，他几乎不知道拿这个整体做点什么；他不会推动未来的车轮；但是，他的这种天赋非常令人鼓舞，让人充满希望；我希望他子孙满堂，代代相传。可惜这个愿望看来难以实现。他心满意足地四处游荡，不花一点心思在姑娘身上，却始终不因此而丧失快乐的心情。他这种与周围世界的看法完全不同的自满自足情绪，虽然得到我的理解，但同时又是违背我的心愿的。

我的第八个儿子是个让我担忧的孩子，只是我不知道为什么。他像个陌生人一样看着我，可我还是觉得我这颗慈父的心紧紧地牵挂着他。时间弥合了很多；以前，只要我想起他，我就不寒而栗。他走他自己的路，断绝了和我的一切联系；他有颗榆木脑袋，身材矮小但壮实，只是两条腿小时候很虚弱，但现在多半强壮了不少，不管到哪里，他都应付得了。我好多次想把他叫回来，问问他的情况到底怎么样，他为什么对父亲这样紧闭心扉，到底有什么打算，可是他已经到了这个地步，已经过了这么长时间，现在恐怕也只好顺其自然了。我听说，我儿子中就他一个蓄了络腮胡子；当然，他个子矮小，留大胡子好看不了。

我的第九个儿子风度翩翩，目光炯炯，很讨女人欢心。有时，连我这样一个明明知道只要有一块海绵就足以抹去他的超凡光彩的人，也会被他的甜蜜目光所迷醉。然而，这个孩子的特别之处是，他根本不想引诱人；只要一辈子能躺在长沙发上，凝望天花板，他就满足了，而要是合上眼皮静静地养神，那就更好。在他处于这种他特别喜爱的状态时，他便喜欢说话，而且谈得不坏；简明扼要，形象生动；但话题不广，范围狭小；一旦他超出这个范围——由于他视野狭小，这又不可避免——他的言论就空洞无物。要是存在这样的希望，可以让他那昏昏欲睡的目光注意到别人的手势的话，人们准会示意，叫他住嘴。

我的第十个儿子被认为是个不诚实的人。他的这个缺点，我既不想完全加以否定，也不想完全加以肯定。可以肯定的是，谁要是看见他穿着扣得严严实实的大礼服、戴着虽旧却精心地刷得干干净净的黑色礼帽、满脸严肃、下巴前突、眼睛上眼睑高高隆起、两个指头不时地伸向嘴巴、带着一副远远超出他年龄的庄重神态走过来，都会想：这是一个无比虚伪的人。可是，还是请诸位听听他的讲话吧！清晰明智；深思熟虑；态度冷淡，不可接近；以尖刻生动的语言搅乱别人的问题；愉快地和世界整体保持惊人而理所当然的一致，这种一致必然要让人挺直脖子、昂起头颅。许多自以为聪明，因此而——正如他们自己所说——讨厌他的外表的人，被他的话深深吸引。但是也有另一类人，他们并不在意他的外表，却觉得他的话虚伪。我作为父亲，在这里不想就谁对谁错妄加决断，但我必须承认，不管怎样，后一种评论者比前者更值得重视。

　　我的第十一个儿子身体单薄娇嫩，恐怕是我儿子中最柔弱的一个；但他的软弱是一种假象；因为有时他会变得坚定有力，但是即便这时，在某种程度上，软弱依然是他根本的特性。然而这不是让人感到羞愧的软弱，而是某种只在我们地球上才觉得是软弱的东西。例如，准备起飞时的状态和动作不也是一种软弱吗？因为这时表现出的是摇摆不定、犹豫不决、扑打翅膀。我儿子身上就有这类东西。这样的性格当然不会让父亲感到高兴，因为它显然最终会破坏家庭。有时他看着我，仿佛想对我说："我会带你一起去的，父亲。"这时我就想："你也许是最后一个我信任的人。"他的目光好像又在说："那就让我至少做这最后一个人吧。"

　　这就是我的十一个儿子。

兄弟谋杀

已经证实，谋杀过程如下：

晚上九点钟左右，在那个风清月朗的夜晚，凶手施马尔待在受害者威瑟从他办公室所在的胡同拐到他所住的胡同必经的街角。

夜晚寒风刺骨。然而施马尔却只穿着一件薄薄的蓝色制服，上衣还敞着扣子。他不感到冷；他也不断地活动身体。他的凶器既像刺刀，又像厨房用刀，他一直毫不遮掩地握在手里。他对着月光察看刀子，刀刃闪闪发光；施马尔还嫌不够，朝路面的铺路石一刀砍下去，火星四溅；他也许后悔不该砍；为了弥补这个损失，他抬起一条腿，弯下腰，像拉琴弓似的在靴底上来回擦他的刀子，一面听着刀子擦靴子发出的声音，同时又侧耳倾听着将要发生命运攸关的大事的胡同里的动静。

住在附近三楼靠养老金生活的帕拉斯在窗口看着这一切，他为什么听之任之？好好探究一下人性吧！他腰圆膀粗，穿着睡衣，衣领高高翻起，腰上束着衣带，一边摇头，一边往下看。

离此五幢楼远的地方，斜对着帕拉斯，威瑟太太睡衣外面套着一件狐皮大衣，正往外看，等着她丈夫回来——他今天迟迟不归，滞留的时间异常地长。

威瑟办公室的门铃终于响了，对于一个门铃来说，这声音太响了，它传遍全市，响彻夜空。勤奋的上夜班者威瑟——在这条胡同里还看不见他，只是门铃的响声告诉人们——在那里走出了房子；铺石路面上立刻响起他那不慌不忙的脚步声。

帕拉斯把身体远远地探到窗外，他什么也不能错过。威瑟太太听到铃声，一颗心落了地，砰的一声关上窗户。施马尔则跪了下来；因为此刻他没有其他弱点了，所以他只是把脸和双手紧贴到石头上；石头冰冷，施马尔则浑身是火。

恰恰在两条胡同相交的地方，威瑟停住了脚步，站在那里，只用手杖支到对面的胡同里。他这是一时兴起。深蓝色的夜空闪烁着点点金色星光，吸引了他。他毫无预感地眺望天空，毫无预感地拿起帽子，掠了一下头发；夜空毫无动静，没有迹象向他预示即将发生的事情；一切依然那么神秘莫测。在这种情况下，威瑟继续往前走本是合情合理的事，然而他却撞到了施马尔的刀口上。

"威瑟！"施马尔喊道，他踮起脚站着，伸出一只手臂，猛地往下刺去，"威瑟！尤丽娅白等你了！"他从左右两边朝威瑟的脖子各刺了一刀，第三刀深深地捅进了威瑟的肚子。噗的一声，响起类似水耗子被开膛时发出的声音。

"成功了，"施马尔说，把刀子——沾满鲜血的刀子现在是个累赘了——朝最近一幢房子的墙扔过去，"谋杀是何等的幸福！别人流血让人轻松愉快、心潮澎湃！威瑟，老夜猫子，朋友，啤酒店里的酒友，你的血正渗进街道灰黑色的泥土里。为什么你不是一个装满血的皮囊，只要我坐上去，你就化为乌有？世上不是一切都会实现，不是所有美梦都能成真，你沉重的残骸躺在这里，任别人怎么踢你，你也已毫无知觉。你提出的无言的问题还有什么用呢？"

帕拉斯站在大门洞开的房门口，肚子里像打翻了五味瓶，各种毒汁搅在一起翻腾。"施马尔！施马尔！我全都看到了，什么都没有逃过我的眼睛。"帕拉斯和施马尔互相打量。帕拉斯感到满足，施马尔则还没有到头呢。

威瑟太太夹在人群中匆匆跑过来，她受了惊吓，一下苍老了许多。她解开皮大衣，扑到威瑟身上，现在穿睡衣的妇人身躯属于威瑟，而周围的人群看到的是像坟墓上的草坪那样覆盖在这对夫妇身上的皮大衣。

施马尔强压住最后一次恶心，把嘴贴到迈着轻快的步伐把他押走的警察肩上。

一个梦 [1]

约瑟夫·K. 做了一个梦。

那是一个晴朗的日子，K. 想去散步。可是他刚走了两步，就到了公墓。墓地里有几条修得十分精巧、很不实用地弯来弯去的路，可是他走在这样的一条路上，就像在一条湍急的河流上漂流，身体摇摇晃晃地向前滑行，不能自主。他在远处就盯上了一座新堆起来的坟丘，想到那里停歇片刻。这座坟丘对他几乎具有一种诱惑，他恨不能一步就到那里。有时，他几乎看不见那座坟丘，它被好些旗子挡住了，这些旗子飘卷着，哗哗地互相拍打；他看不见旗手，但好像听见从那边传来一片欢呼声。

正当他还凝视着远方时，突然看见那同一座坟丘已经到了他身边，甚至就要到他身后了。他赶紧跳进草丛里。因为道路在他跳起的脚下继续飞速前滑，他打了个趔趄摔倒，正好跪在坟丘前。两个男子站在坟墓后面，一起高举着一块墓碑；K. 一出

---

1 这篇作品是长篇小说《审判》的大轮廓，约写于 1914 至 1915 年，1917 年初发表于由布拉格《自卫》杂志编辑部编的作品集《犹太人的布拉格》里。

现，他们就把墓碑夯进地里，墓碑就牢牢地竖立在那里。旋即从灌木丛里走出第三个男子，K. 立刻认出这是一位艺术家。他只穿着裤子和没有好好扣上纽扣的衬衣，头上戴着一顶天鹅绒便帽，手里拿着一支普通铅笔；他一边走近坟墓，一边用铅笔在空中比画着。

他拿着铅笔从墓碑上方开始写起；墓碑很高，他无须弯腰，但他不得不身体前探，因为坟头把他和墓碑隔开了，而他不愿去踩那座坟。于是他踮起脚，左手撑住碑面，右手写字。他技艺高超，用普通铅笔写出了金色大字；他写道："在此安息着……"每个字母都显得干净利落、优美潇洒，深深地刻进碑石，金黄色的色彩非常纯正。他写完这几个字后，回头看了看 K.；K. 充满渴望，等着看下面的碑文，所以几乎没有理睬写字的人，而只看着碑石。果然，那个人又准备往下写了，可是无法写下去，他遇到了什么障碍，放下笔，再次向 K. 转过身。这时，K. 也看着这位艺术家，觉察到他非常尴尬，但又说不出尴尬的原因。艺术家先前的那股生龙活虎的劲头一点没有了。K. 也因此而感到尴尬；他们不知所措地互相看了看；看来他们之间有一场可恨的、两人都无法消解的误会。而在这不恰当的时候，墓地小教堂的小钟也响了起来，但艺术家举起手挥了挥，钟声就停了。过了片刻，钟声重又响起；这次声音很轻，而且不等他人下令，自己就中止了；仿佛它只想测试一下自己的音色。K. 为艺术家的处境感到难过，他哭了起来，用手捂着脸呜咽了半天。艺术家等 K. 平静下来，决定接着写下去，因为他没有别的办法。他的第一小笔就让

K. 感到如释重负，可是艺术家却显然是克服了很大的内心阻力才写出这一笔的；字体也不再那么优美，尤为重要的是失去了金色的光泽，他的下笔那么苍白无力、把握不稳，写出的字母只是很大而已。那是字母 J[1]，刚写完这个字母，艺术家就怒气冲冲地对着坟丘猛地跺了一脚，四周扬起一片尘土。K. 终于明白艺术家要干什么了；可是，这时请他原谅已经来不及了；艺术家的十个指头挖进土里，几乎没有遇到什么阻力；一切似乎都是准备好的，只是为了装样子才堆起那层薄薄的坟头外壳；外壳下面现出一个洞壁陡峭的大洞，K. 感到一股轻轻的气流吹到后背上，掉进了洞里。可是，当他脑袋还完好无损地挺立在脖子上、被深不可测的洞穴接纳时，上面唰唰唰几下，他的名字就以巨大的花体字写到了墓碑上。

他看到这一情景欣喜无比，醒了过来。

1　J 是约瑟夫（Josef）的开头字母。

最初的痛苦 [1]

一位表演空中飞人的杂技演员——众所周知，在大杂技场高高的穹顶下表演的空中飞人是人能掌握的所有技艺中最难的特技之一——只要在同一个杂技场里表演，起初是出于对完美的追求，后来则是出于不容劝说的习惯，不分白天黑夜地待在高空秋千上。他的全部生活必需品可以说少得可怜，是由几个勤杂工交替着送给他的，他们在下面轮流值班，用一个特地设计的容器把上面所需的一切东西拉上去，再拉下来。这种生活方式并没有给周围的人带来特别的麻烦；只是在表演其他节目时，由于他停在上面而又无处藏身，多少有些干扰，因为尽管他在这样的时候大多保持安静，但有时观众中免不了有人会被他吸引，向他投去一瞥。但是经理们都原谅他，因为他是一个非常杰出的、不可替代的艺术家。当然，人们也看到，他不是出于什么恶意这么生活，他只有这样坚持不懈地练习才能保持他的身体状态，保持他完美

---

1 本篇约写于 1921 年秋末至 1922 年初。1924 年与《小女人》《饥饿艺术家》《约瑟芬，女歌手或老鼠的民族》由作者收入《饥饿艺术家》一书。

的高超技艺。

从另一角度说，在上面生活倒也有益健康，在比较暖和的季节，穹顶四周的侧窗全部打开，明媚充足的阳光射进昏暗的场地，从窗户吹进清新的空气，这时在上面生活甚至是美妙的。当然，他与人的交往受到了很大的限制，只是偶尔有那么一个体操演员顺着绳梯爬上去，然后两人一起坐在秋千上，一左一右靠在秋千的吊索上聊天，或者建筑工人修理屋顶时，通过一扇敞开的窗子和他交谈几句，或者消防队员来检查最高一层的楼座的应急照明设备时，朝他大声说几句充满敬意但很难听清楚的话。除此之外，他四周非常安静；偶尔有哪个职员比如在下午走错了路，进了空无一人的剧场，会若有所思地抬头仰视那几乎不会引起人们注视的高空，在那高处，这位空中飞人演员正在练功或者休息，全然不知有人在观察他。

倘若没有不可避免的、让他非常讨厌的旅行，从一个地方前往另一个地方，这位表演空中飞人的杂技演员本可以不受干扰地过他安生的日子。诚然，舞台经理想方设法，尽量缩短那些不必要的、让他感到痛苦的时间，比如在城里从一个地方到另一个地方，就采用赛车，并且尽可能安排在夜间或清晨的几个小时，从而使赛车能以最快的速度疾驰，穿过空无一人的街道，但对充满渴望的空中飞人演员来说，这速度还是太慢；如果乘火车，他们就包下整个车厢，这样，这位空中飞人演员就可以在上面的行李架上度过整个行程，这与他原先的生活方式相比可说是小巫见大巫，但终究是一种补偿；在下一个演出场地，早在他到达之前就已经在剧场里为他准备好了高空秋千，而且所有通向剧场的门都已洞开，所有的通道都已一一清理——然而，当空中飞人演员进了剧场，一脚踩上绳梯，一眨眼就爬到了高空，吊在他的秋千上时，这才是经理一生中最美好的瞬间。

虽然经理已经成功地组织了多次旅行，但每一次新的旅行都让他感到难受，因为这些旅行，抛开别的不说，至少给这位空中飞人演员的神经带来不利的影响。

就这样，他们又一次一起旅行，空中飞人演员躺在行李架上，进入了梦乡，经理在对面的角落里坐着看书，这时空中飞人演员轻轻地冲经理说起话来。经理马上洗耳恭听。空中飞人演员咬着嘴唇说，他从现在起必须有两个高空秋千用于表演，两个相对的秋千，而不再是一个。经理当即表示同意。但空中飞人演员却又说了一遍，他从今以后再也不在一个秋千上表演，不管发生什么情况都不表演，仿佛要以此表明，经理同意也好，反对也罢，都毫无意义。想到在一个秋千上表演的事也许还会发生，他似乎就惊恐不已。经理犹豫了一会儿，一边打量他，然后再次声明完全同意他的要求，说两个秋千比一个好，新的设施会带来好处，会使节目更加丰富多彩。听到这里，空中飞人演员突然哭起来。经理大吃一惊，呼地一下站起来，忙问是怎么回事儿，却没有得到回答，于是登上凳子，抚摩他，把他的脸贴到自己的脸上，结果脸上沾满了他的泪水。经理提了许多问题，说了许多好话，空中飞人演员这才抽抽咽咽地说："手里只有这一根吊杆——我怎么能活呀！"这下经理安慰起他来就容易多了：经理答应，到下一站就马上给下一个演出地发电报，让他们准备第二个高空秋千；他责备自己，怎么能这么长时间让空中飞人演员只用一个秋千表演，并且感谢和赞扬对方让他注意到了这个错误。就这样，经理终于让空中飞人演员平静了下来，又回到了他的角落里。可是，经理自己却平静不下来，他非常忧虑地从书本上面偷偷地观察空中飞人演员。一旦这类想法开始折磨他，以后还会停止吗？这些想法难道不会越来越厉害吗？它们难道不会毁了他？空中飞人演员停止了哭泣，显然是安详地睡着了，而经理确信自己看到了，他那光滑的前额上出现了最初几条皱纹。

小女人

这是一个身材矮小的女人；她生来就很苗条，但还是把腰束得很紧；我看她总是穿同一条裙子，衣料的颜色黄里透灰，像木头的本色，衣服上缀了一些颜色一样的流苏或纽扣状的饰物；她总不戴帽子，淡黄色的头发没有光泽，但很蓬松，梳得平平整整的。她虽然束腰，却很灵活；她过分显示她的灵活性，喜欢双手叉腰，常常突然向两边转动上身。至于她的手给我的印象，我只能这么说，我还从来没有看见过别人的手像她这样五指的区别极为分明；然而，她的手从解剖学的角度看，其实并没有特别之处，那是一双完全正常的手。

这个小女人对我很不满意，总能挑出什么毛病指责我，我总让她受委屈，处处让她生气；倘若人能把生命分成许许多多细小的部分，对每个细小的部分能分别进行评价，那么我的生命的每个细小的部分肯定都会给她带来烦恼；我常常思考，我为什么让她如此生气；也许我身上的一切都与她的美感、她的正义感、她的习惯、她的传统、她的希望相悖，天下是有这样互相矛盾的人，可是她为什么会因此而感到痛苦呢？我们两人之间根本不存在什么关系，迫使她因我而痛苦。她只需定下心来，把我视为完全不相干的陌生人，何况我对她本来就是陌生人，我一点也不会反对她这样一个决定，相反我会非常欢迎；她只需决定忘记我的存在，我从来没有把我的存在强加于她，也不会强加于她——她只要这样做，一切痛苦分明就会过去。我这样考虑的时候，完全撇开了我自己，也撇开了下面这一点，即她的态度当然也让我觉得难受，我撇开这些是因为我认识到，和她的痛苦相比，我的不愉快根本算不了什么。不过我非常清楚，那不是充满爱意的痛苦；她压根儿不想真正地帮助我、改造我，因为她指责我的那些东西并不影响我的进步。而我的进步她同样也不关心，她只关心她自己的利益，即为我给她造成的痛苦复仇，阻止我将来可能给她带来痛苦。有一次我曾试图让她明白，最好怎样去结束这持续不断的怨恼，可是我的劝告反而使她大发雷霆，以后我再也不会试图劝她了。

如果你愿意，也可以说，我也负有一定的责任，因为不管这个小女人对我是多么陌生，我们之间的唯一关系是我给她带来的怨恼，更确切地说是她自己从我身上感受到的怨恼，然而，看到她显然肉体上也深受这种怨恼之苦，我终究不能无动于衷。不时地有消息传进我的耳朵，而最近则更多，说她又一次在早晨脸色苍白，满面倦容，头痛难熬，几乎无法工作；她的亲属为她担忧，他们反复劝她找出这种状况的原因，但至今没有找到。只有我知道原因，就是那旧的而又总是新的恼怒。当然我不分担她的亲属的忧虑；她既坚强又有韧性；谁能够如此生气，多半也能够克服生气带来的后果；我甚至怀疑，她只是假装受苦的样子，至少是部分假装，其目的是把世人的怀疑引到我身上。坦率地说，我怎样以我的存在折磨她，她是引以为豪的；如果因为我而向其他人呼吁，她会感到这是对她的侮辱；她跟我打交道，那是出于反感，出于一种永不停歇的、永远驱使她的反感；这件不光彩的事还要拿到公众面前去讨论，是她不耻于做的。可是完全不谈这件让她持续地感到压力的事，她也受不了。所以，她要凭自己女性的精明寻找一条中间道路；她要不言不语地、通过隐秘的痛苦的外部信号把事情诉诸公众的法庭。也许她甚至希望，一旦公众的目光对准了我，就会产生一股针对我的普遍而公开的怒火，这股怒火会以其强大的力量更猛烈、更迅速地置我于死地，而她那相对单薄的个人怒火是不可能如此迅猛地做到这一点的；然后，她就会后退，轻松地舒一口气，再也不理我。倘若这些真的是她的希望，她就错了。公众不会接受她希望他们承担的角色；公众在我身上永远不会找到那么多可以指责我的东西，哪怕他们对我进行极其仔细的观察。我不是像她所想的那样没有用的人；我不想自吹自夸，尤其在与这件事相关的情况下；即使我不是特别有用，我也肯定不会让人觉得特别无用；只是在她看来，在她那双几乎闪着白光的眼睛看来，我是个没有用的人，她不可能说服任何别的人相信这一点。那么，就此而言，我是否可以完全放心了呢？不，完全不；因为如果真的让公众知道，是我的态度使她病倒了——何况已经有几个密探，即那些勤奋无比的消息传递者，差不多就要看穿这件事，或者至少装出已经看穿的样子——那么，满世界的人就会向我拥来，问我究竟为什么要这样不可救药，去折磨这个可怜的小女人，我是否打算把她逼死为止，我什么时候才能重获理智，具有人的单纯的同情心，从而停止对她的折磨——如果世人这么问我，要做出回答恐怕是很难的。难道我该承认，我不怎么相信那些病症？难道我该以此让别人产生这样一种不好的印象，以为我是为了摆脱干系而怪罪别人，并且以这种很不体面的方式？难道我能公开地说，即使我相信她真的病了，我也没有一丁点同情心，因为我根本不认识这个女人，我们之间的关系只是她单方面制造的，只从她那方面说才存在？我不想说，如果我这么说，别人会不相信我；我宁可说，相信与不相信，两者都谈不上；他们根本没有达到可以谈论相信或不相信的程度；他们只会把我就一个体弱多病的女子所做的回答记录下来，而这对我是不怎么有利的。我无论做出这样的回答，还是做出任何其他回答，世人的无能总会顽固地与我作对，他们在这种情况下总要怀疑我和她有某种暧昧关系，虽然明摆着不存在这样的关系；退一步说，即使存在这种关系，也是来自我这方面，因为这个小女人的判断很有说服力，她推理起来不知疲倦，若非我正是因为她的这些优点不断受到惩罚，我倒真是会钦佩她、赞赏她的。而在她身上，无论如何也找不出丝毫对我友好的迹象；在这一点上她是坦率的、真诚的；我最后的希望就在这里；即使让人相信她跟我有这样的关系符合她的作战计划，她也不会改变本性，做出这种事来。可是在这方面非常麻木迟钝的公众却会坚持他们的看法，始终反对我。

　　所以我没有别的办法，只能在世人干预以前，及时地改变自己的做法，当然不是说去消除这个小女人的恼怒——这是不可想象的——而是说去缓解一点她的火气。我的确多次问过自己，我目前的状况是否真的让我如此满意，致使我根本不想改变它，是否有可能在自己身上做些改变，哪怕不是因为我深信有必要这样做，而只是为了平息这个女人的火气。我真的这么试过，而且很努力，很周到，这样做甚至符合我的性格，几乎让我开心；结果真的有了一些变化，还很明显，我用不着做什么让她注意到这些变化，对这类事情她会比我更早地注意到，她已经从我的表情上觉察到了我的意图；但是老天并没有赐给我成功。而且怎么可能呢？我现在看清楚了，她对我的不满是根本的不满；没有什么东西能消除她的这种不满，甚至把我除了也无济于事；比如说她听到我自杀的消息，准会怒不可遏。所以我无法想象，她，这个感觉敏锐的女人，怎么会不能跟我一样看清这一点，既看清她的努力是毫无希望的，也看清我是无辜的、无能的，任凭我怎样愿意也不能满足她的要求。她肯定是看到这一点的，但她是个天生好斗的人，在斗争热情高涨时把它抛到了脑后，而我不幸的本性——这是我无法选择的，因为它是与生俱来的——在于，我总要贴着耳朵，轻声地给失去自控的人一个劝告。这样，我们当然永远无法互相沟通。所以，每天清晨我心情愉快地走出家门，都会看见那张因为我而气鼓鼓的脸，闷闷不乐地噘起的嘴，审视前就知道结果的、审视的目光，这目光扫视到我身上，哪怕匆匆一瞥，就能把一切尽收眼底，还有那刻在少女般的面颊上的苦笑，呼天抢地般的仰视，又在腰间以使自己走得更稳的双手，最后看见她因愤怒而脸色发白，浑身发抖。

我趁这个机会承认，最近我压根儿头一次只是顺便地向一位朋友稍稍提了一下这件事，完全是轻描淡写地说了几句，而且跟实际情况相比，我还把事情的意义稍稍降低了几分，尽管它对我来说原本就微不足道。奇怪的是，这位朋友却并没有扭过头去，反而主动给这件事增加了几许分量——他一直全神贯注，执意要谈这件事。不过更奇怪的是，尽管如此，他却在关键性的一点上低估了这件事情，因为他郑重地建议我短暂外出旅行。这个建议真是再愚蠢不过了；虽然事情很简单，只要走近它，谁都能看穿，然而事情又没有简单到只要我离开，一切就解决，或者至少最重要的部分就会恢复正常。相反，我特别要注意的是不要外出；如果我该遵从某个计划，那么也应该是这样一个计划：把事情保持在迄今为止的、狭小的、还不会把外界牵涉进来的范围内，也就是静静地留在我现在待的地方，不允许因这件事而引起引人注目的大变化，包括不和任何人谈论此事，这样做并非因为这是一桩危险的秘密，而是因为这是一件纯属个人的、作为私事毕竟容易忍受的小事，以后也应该依然是件小事。在这一点上，朋友的话倒也并非没有好处，虽然没有教给我新东西，却坚定了我的基本看法。

我进一步仔细思索发现，事情随着时间的流逝似乎发生的变化不是事情本身的变化，而只是我对事情的看法有了发展。一方面，我的看法变得更冷静、更具男子气、更接近核心；而另一方面，受那些持续不断的震惊的难以克服的影响——不管这类震惊是多么轻微——我产生了某种神经质。

我自认为看清了这样一点：做出某种抉择的时刻有时似乎近在眼前，但它恐怕还远没有到来，所以我对待这件事情的态度更冷静了；人很容易高估抉择到来的速度，总以为会很快，尤其在年轻的时候。每当我那小小的女法官因为看见我而全身发软，身子一歪倒到椅子上，一只手扶着椅背，另一只手摆弄着自己的紧身胸衣，愤怒和绝望的泪水从她的面颊上滚落下来时，我就想，做出决定的时刻到了，我马上就会被叫到她面前，进行说明。但是什么事也没有发生，既没有抉择，也无须辩白，女人们容易感到不适，世人没有时间注意所有的事件。那么，在所有这些年月里到底发生了什么呢？除了这样的事一再重复，有时强烈些，有时缓和些，其总数很大以外，什么事也没有发生。还有的就是，人们在附近闲逛，一旦遇到机会就喜欢插一手；但是他们没有遇到这样的机会，到目前为止，他们只能依靠自己的嗅觉，这嗅觉虽然足以让其主人忙上好一阵子，但在其他事情上却派不上用场。不过世道就是这样，总有这么一些游手好闲的二流子、好事鬼，他们总是想出一些特滑的招儿挨近你，尤其喜欢用亲缘关系套近乎，他们总在那里留神每一件事，总在那里东闻西嗅，可到头来他们依然站在那里，没有什么结果。全部区别在于，我逐渐认出了他们，可以区分开他们每个人的面孔；以前我曾以为，他们会从四面八方聚拢到一起，事情的规模越来越大，从而迫使人们做出抉择；今天我知道了，这一切历来如此，和决定的来临没有多少关系或根本没有关系。而决定本身，我为什么要用一个这么大的字眼称呼它呢？倘若有一天——当然不是明天或后天，也许永远不会有这一天——公众倒是过问起这件正如我一再所说的那样与他们无关的事来，我虽然不会毫无损失地摆脱干系，但恐怕可以考虑以下这样一些情况：我对公众来说并非无名之辈，我一直光明正大地生活在他们中间，信任他们，也赢得他们的信任，因此，这个后来才出现的受苦的小女人，充其量只能在我的声誉证书上抹上一个难看的小纹饰，公众早就给我颁布了这样一张证书，宣布我是他们中值得尊敬的一员——顺便提一句，也许早有别的人而不是我，看出她是个令人讨厌的人，一脚把她踩在靴底，神不知鬼不觉地为公众除了她。这就是事情的现状，我不必感到不安。

随着年龄的增长，我还是感到有些不安，但是这与这件事情本身的意义无关；不断地使某人生气，到底让我无法长期忍受，尽管我看得清清楚楚，她的生气是毫无道理的；我不安起来，我开始——可以说只是肉体上——暗暗等待着种种决定的到来，虽然从理智上，我并不相信它们会到来。不过，这在某种程度上只是一种老年现象；青年人把一切装扮得很美；青年人精力充沛，不会去详察种种不美的细节；一个男孩子也许投射过恶意的目光，他没有为此生气，这目光根本就没有被察觉，连他自己都没有察觉。可是到了老年，他已所剩无几，每件残余物都是需要的，因为残余物不会更新，件件受到仔细观察，一个正迈向老年的人的窥视的目光是不折不扣窥视的恶意目光，看出这种目光并不困难。但这也并不意味着事情在真正变坏。

　　不管我从哪个角度看，事情始终都会是这样，而我也将一直这么看：即使我需要用手不经意地去掩盖这件小事，我仍会不受世人的干扰，长久地、平静地继续过我迄今为止的生活，而毫不理会这个女人怒气冲冲的取闹。

约瑟芬，女歌手或老鼠的民族 [1]

　　我们的歌唱家名叫约瑟芬。谁没有听过她唱歌，谁就不知道歌曲的魅力。没有人不被她的歌声所吸引，考虑到我们这一代人总体上来说不喜欢音乐，这一点就更了不起了。宁静是我们最喜爱的音乐；我们的生活是艰难的，即使我们设法抛开日常生活的一切忧虑，我们也无法抬升自己，去欣赏音乐之类远离我们日常生活的东西。不过，我们并不十分痛惜这一点；我们甚至还没有到可以痛惜的程度；我们把某种实用的、自然非常迫切地需要的狡猾看作我们最大的优点，每每遇到不顺心的事，常常狡猾地微微一笑聊以自慰，即使有一天心中产生了对音乐带来的幸福的渴求——这种情况当然没有发生——我们也照样如此。只有约瑟芬例外；她是独一无二的；她一去世，音乐就会从我们的生活中消失，而且谁知道这种情况会延续多长时间呢。

　　这种音乐到底是怎么回事儿，我已经思考过多次。要知道，

1　这是卡夫卡最后一篇作品，写于 1924 年 3 月，即他去世前的三个月，最初发表于同年 4 月 20 日的《布拉格日报·复活节增刊》上。

我们是毫无音乐天赋的；那么，我们理解约瑟芬的音乐，或者说至少自以为理解她的音乐——因为约瑟芬否认我们的理解能力——又是怎么回事儿呢？最简单的答案是，她的歌声实在太美了，就连感官极其迟钝的人也无法抗拒其魅力，但是这个答案不能令人满意。如果情况确实如此，那么，我们在听到这歌声时，首先并且始终该有这样一种感觉：她的音乐有某种非同凡响的东西，她的歌喉发出的是我们从未听过甚至没有能力听到的东西，是只有约瑟芬才能让我们听懂的音乐，别的人谁也做不到这一点。可是依我看，实际情况恰恰不是这样，我没有这种感觉，在其他人身上也没有发现类似的感觉。在老朋友当中，我们互相坦率地承认，约瑟芬的歌就其歌唱本身而言，并无特别的东西。

这是歌唱吗？我们尽管没有音乐天赋，但有歌唱传统；在古代，我们的民族就有歌唱；有些传说谈到了歌唱，某些歌曲甚至还保存了下来，今天自然没有人会唱这些歌了。所以，对于歌唱是什么，我们自有某种模糊的感觉，而约瑟芬的歌唱艺术其实并不符合这种感觉。那么它到底是不是歌唱？还是说那只是吹口哨？而吹口哨，我们大家自然都知道，这是我们民族固有的技艺，或者更确切地说，根本不是技艺，而是典型的生命的表现形式。我们大家都吹口哨，但我们吹口哨时，自然谁也没有想到把它冒充为艺术；我们吹口哨时，根本没有把它当回事儿，甚至压根儿没有察觉它，我们当中甚至有人根本不知道，吹口哨是我们的特点之一。假如约瑟芬真的不是唱，而只是吹口哨，也许甚至——至少我这样觉得——连吹口哨也是平平的，也许她的力气拿来吹一般的口哨都不够，而一个普通的挖土工人可以整天一边干活儿，一边毫不费劲地吹口哨，假如这一切都是真的，那么，虽然约瑟芬的艺术家身份受到了质疑，但她何以有如此巨大的影响，则是需要解开的一个谜。

但是，她发出的却还不只是口哨声。倘若我们走到离她远远的地方倾听，或者我们为了好好考察自己区别声音的能力，给自己提出这样的任务，即让约瑟芬混在其他歌手中一起唱，在众多歌声中辨出她的声音，这时，我们必然会听到不外乎是一种平常的、顶多由于柔和或柔弱而略显不同的口哨声。可是，一旦我们站在她面前，我们听到的就不仅仅是口哨声了；要了解她的艺术，不仅需要听她唱，而且还需要看她唱。即使她发出的只是我们平常吹出的口哨声，这里仍然有某种特殊之处，那就是我们为了做某件再平常不过的事，却装出非常郑重其事的样子。敲开一颗核桃确实不是什么艺术，所以没有人敢把观众召到一起，在他们面前砸核桃。倘若有人还是这么做了，而且实现了自己的意图，那么这就可能不只是简单的砸核桃了。或者说，这是砸核桃，但最后却表明，我们因为熟练地掌握这门艺术而忽视了它，是这个砸核桃的新手才让我们看到了这门艺术的本质，这时，倘若他砸起核桃来不如我们大多数人那么起劲熟练，效果甚至会更好。

也许约瑟芬的歌唱有类似的情况；我们在她身上赞赏的，是我们在自己身上根本不会赞赏的东西；此外，在后一点上，她和我们的看法完全一致。有一次我也在场，有人向她指出——这种事自然经常发生——民众普遍吹口哨，而且口气非常缓和，可约瑟芬却受不了啦。她当时傲慢地微微一笑，我还从来没看见过这样狂妄自大的笑容；从外表上看，她本是一个非常温柔的女子，即使在我们这样一个满是这类女子的民族里，她的温柔也是十分显眼的，可这时她简直就是粗野下流；不过，她非常敏感，可能立即觉察到自己失态了，赶紧镇静下来。总之，她否认她的艺术和吹口哨之间有任何联系。对于那些持相反看法的人，她只有蔑视，也许还记恨在心。这不是一般的虚荣心，因为这些反对她的人——我也有一半属于这一类人——对她的钦佩肯定一点也不亚于大众，但是约瑟芬不仅要大家赞赏她，而且还要完全按照她规定的方式赞赏她，对她来说，光是赞赏毫无意义。要是我们坐在她面前，我们就会理解她；要是远离她，就会反对她；只要在她面前，我们就会知道，她在这里吹的并不是口哨。

吹口哨是我们的一个习惯，我们不假思索就会吹起来，所以人们会以为，约瑟芬的听众里也会有人吹起口哨来；因为我们在欣赏她的艺术时会觉得很愉悦，而我们愉悦时就会吹口哨；但是，她的听众不吹口哨，四周鸦雀无声，仿佛我们沉浸在期盼已久的平静中，至少我们自己的口哨会妨碍我们得到这种平静，所以我们沉默不语。让我们陶醉的是她的歌唱呢，抑或是她的微弱的声音周围那庄严肃穆的宁静气氛呢？有一次发生过这么一回事：在约瑟芬唱歌时，一个傻乎乎的小姑娘也情不自禁地吹起口哨来。其实，这个小姑娘的口哨声与我们听到的约瑟芬的声音完全一样；在前面是尽管很熟练却始终胆怯的口哨声，而在这里，我们在听众中听到的是孩子忘情的口哨声；两者根本无法加以区别；可我们还是立刻发出一片嘘声和呼哨声，把捣乱的小姑娘给吓住了，虽然这样做压根儿没有必要，因为当约瑟芬马上怒不可遏，提高嗓音，吹起得胜曲，张开双臂，使劲地伸长了脖子时，那小姑娘自己肯定就会又羞又怕地无地自容。

再说，她一直都是这样，每件小事，每个偶然事件，每件不顺从她的事，前排座位的任何磕碰声，一点点磕牙声，照明方面的点滴失误，凡此种种，她都认为可以用来提高她演唱的效果；在她看来，她是面对聋子演唱；她的演唱总能激起观众的情绪，得到他们热烈的掌声，可她总是说，她早就学会了放弃，不指望得到观众真正的理解了。在她看来，种种干扰来得正好；一切有碍她的歌唱的纯洁性的外来干扰，一切稍作斗争甚至无须斗争、只须加以对比就能战胜的东西，都有助于唤醒大众，虽然不能教他们理解，却能教他们敬畏。

如果说小事都能这样帮她的忙，大事就更是如此了。我们的生活很不安定，每天都发生意外的事，都有令人害怕的事，给人们带来希望和恐惧，这一切，我们作为单个的人倘若没有同伴随时随刻、不管白天黑夜做我们的后盾，是不可能忍受的；但是即使有同伴的支持，也很难经受得住；有时，甚至一个人的负担分摊在一千人的肩上，他们依然浑身发抖。这时，约瑟芬认为她的时机到了。她早已站在那里，一副弱不禁风的样子，尤其是胸脯以下瑟瑟发抖，仿佛她把全身的力量都凝聚在歌唱上，仿佛她身上不直接为歌唱服务的任何生命力都被抽走，仿佛她被剥夺了一切，被人抛弃，一无所有了，只能依赖善良的神灵的保护，当她忘情地歌唱时，仿佛一阵微弱的冷风吹过就能把她杀死似的。可是，正是在看到这种情景时，我们这些所谓的敌人却常常对自己说："她连口哨都不会吹；她费了九牛二虎之力勉强吹出的是几声国人全会的口哨，哪里谈得上歌唱呢。"我们的印象就是这样，可是，正像已经提到过的那样，这是一个虽说不可避免，却是转瞬即逝的粗浅印象。很快，我们就融入了大众的感情里，他们摩肩接踵，屏声息气，满怀热望地谛听着。

为了把这些因为目标常常不很明确而到处乱闯、不断走动的听众聚集到自己周围，约瑟芬无须做别的什么事，她只要把小脑袋一扬，半张嘴巴，抬起眼睛，做出暗示她要开始的姿势就行了。只要她愿意，她随时随地都可以这样做，不一定非在一个老远就能让人看见的地方不可，某个隐蔽的、一时兴起选中的角落也可以用。她要唱歌的消息立刻就传播开来，很快，听众就像一列列游行队伍般蜂拥而来。不过，有时也会出现不顺利的情况，要知道，约瑟芬有个嗜好，喜欢在动荡不安的时候唱歌，这时，各种各样的忧虑和困境迫使我们选择许许多多不同的道路，大家再怎么愿意也不能如约瑟芬所希望的那样迅速地聚集到她四周，所以这一次，约瑟芬拿式拿架地站在那里，却没有足够的观众，这样的情况也许持续了一段时间吧——接着她自然大为恼火，双脚踩地，像泼妇那样破口大骂，甚至咬牙切齿。然而，即使她态度如此恶劣，也无损于她的声誉；大家并不设法降低她那些过分的要求，而是尽力迎合她；人们四处派人召集听众，且没有告诉她这样做；于是我们看到周围的路上布置了岗哨，他们向来人招手示意，要他们加快步伐；他们这样做了很长时间，直到聚集了相当数量的听众。

是什么促使民众为约瑟芬如此卖力呢？这个问题不比那个与此相关的、约瑟芬的歌唱是否算歌唱的问题更容易回答。假如可以断言民众是由于约瑟芬的歌唱而无条件地顺从她，那么第一个问题可以取消，与第二个问题完全合起来。然而情况并非如此，我们这个民族根本不知道何为无条件顺从；这个民族喜欢对一切事情都要点小聪明，当然是毫无恶意的小聪明，喜欢像儿童那样交头接耳，喜欢自然是无关紧要的、只需稍稍动动嘴唇的闲聊，这样一个民族无论如何不会无条件服从别人的，约瑟芬恐怕也感觉到了这一点，这正是她不遗余力、用她微弱的嗓音加以克服的东西。

当然，这种泛泛的评论要适可而止，不能走得太远，这个民族终究还是顺从约瑟芬的，只是并非无条件罢了。比如，它没有能力嘲笑约瑟芬。我们完全可以承认：约瑟芬身上有一些引人发笑的东西；就我们本身而言，笑常常就在我们嘴边；尽管我们的生活有种种伤痛苦恼，但在某种程度上可以说，微笑一直没有离开过我们；可是我们从来不嘲笑约瑟芬。有时我有这样的印象，关于与约瑟芬的关系，这个民族认为：她，这个脆弱的、需要呵护的、不管怎么说都是杰出的、按她的看法在歌唱方面出类拔萃的女人已经托付给了这个民族，它必须照料她。何以如此的原因谁也不清楚，只是事实看来如此。而凡是托付给我们的人或事，我们不会去嘲笑；倘若嘲笑，就是失职；倘若有的时候我们中最恶毒的人说"我们一看见约瑟芬就毫无笑意"，那么世上最恶毒的事莫过于此了。

于是，这个民族就像父亲照顾一个向他伸出小手的孩子那样——我们不知道，那是请求还是要求——照料约瑟芬。有人会以为，我们的民族不适宜于履行这类父亲的职责，可实际上，至少在约瑟芬身上，它非常出色地履行着这样的职责；在这方面，这个民族作为整体做到的，任何个人都做不到。当然，民族与个人两者力量悬殊，一个民族只要把保护对象拉到自己温暖的身边，他就得到足够的保护了。在约瑟芬面前，人们自然不敢谈论这样的事情。"你们的保护，我不屑一顾！"她说。"是，是，你不屑一顾。"我们想。再说，她这么对抗着说，并不是真要反驳，我们不妨说这完全是孩子气，是孩子的感谢，而父亲处事的方式是，不把这种事放在心上。

然而这里还有别的问题，更难用约瑟芬和民族的关系来解释。因为约瑟芬的看法正好相反，她认为是她在保护这个民族。据她说，是她的歌唱救了我们，让我们摆脱政治或经济方面的困境，这歌唱带来的好处可不小，即使不能排除不幸，也至少能给予我们承受这不幸的力量。她虽然没有清清楚楚地这么说出来，可也没有表达别的意思；她压根儿就很少说话，在那些喋喋不休的人中沉默不语，可是她的眼神透露出了她的意思，从她紧闭的嘴巴可以看出她的意思——在我们这里，只有少数人才能闭嘴不语，她能做到。每次听到坏消息——在有些日子，坏消息一个接一个，其中有假的，也有半真半假的——她立刻就一跃而起，伸长脖子，像暴风雨前的牧羊人那样，扫视围着她的人群，而平常，她总是倦怠地躺在床上。当然，孩子们也会用粗暴的口气，无所顾忌地提出类似的要求，但是约瑟芬的要求不像孩子们的要求那样毫无道理。当然，她并不救我们，也不给我们力量，所以充当这个民族的救星是件很容易的事；这个民族惯于吃苦，不知惜己，当机立断，恐怕也能安然面对死神，只是在表面上，在它长期生活的勇猛环境中显得有些胆怯罢了，其实它既有很强的繁殖力，又大胆勇猛；我要说，事后充当这个民族的救星是件容易的事，因为这个民族总以某种方式救了自己，哪怕要做出让历史学家看了目瞪口呆的巨大牺牲——一般说来，历史研究被我们完全忽视了。可事实是，我们恰恰在面对困境时比平常更专心倾听约瑟芬的声音。我们面临的威胁让我们变得更安静，更谦虚，更听从约瑟芬的无端指挥；我们喜欢聚集到一起，喜欢紧紧地挤在一起，在某个与折磨我们的大事完全无关的场合，尤其如此；这时，我们仿佛还要在战前匆匆地共饮一杯和平之酒——是的，我们必须抓紧，因为约瑟芬常常忘记这一点。与其说这是一场歌唱演出，不如说是一次群众集会，而且是一次除了前面的口哨声外鸦雀无声的集会；这个时刻太严肃了，谁也不想瞎聊一气，把它给搅了。

这样一种关系当然根本不可能让约瑟芬满意。尽管她由于自己的地位始终不是完全清楚而紧张不安、懊恼不快，但她还是被自己的自信蒙住眼睛，看不清某些事情，人们可以不费大力地让她忽视更多的事情；正是在这个意义上，即在普遍有用的意义上，一群诌媚者在不断地活动，不过只是顺带地、不受人注意地在群众集会的某个角落唱歌，但约瑟芬肯定是不会为此奉献她的歌曲的，尽管那些人的活动并非无谓之举。

其实，她也无须这样做，因为她的艺术并非不受重视。尽管我们从根本上说忙着完全不同的事，大家静默不语也压根儿不只是为了听她的歌唱，有些人甚至头也不抬，把脸贴着旁边人的裘皮大衣上，在台上竭力争取听众的约瑟芬似乎劳而无功，然而——不可否认——她的口哨声多多少少总有一些传到我们的耳朵里。所有的人沉默时响起的口哨声几乎像全民之音，传向个人；约瑟芬在艰难的抉择时刻发出的细微的口哨声，几乎就像在充满敌意、喧闹动荡的世界里，我们民族穷困潦倒的生存状况。约瑟芬坚定不移，这微不足道的声音，这毫无成就可言的声音坚持着，劈开了通向我们的道路，想起这一点让人舒服。倘若我们中间有一个真正的歌唱艺术家，那么在这样的时候，我们肯定容不得他，会把他的表演看作胡闹而一致加以拒绝。但愿约瑟芬不会看到，我们倾听她歌唱是反对她的歌唱的一个明证。对此，她大概有所感觉，否则她为什么如此卖力地否认我们听她歌唱呢？但是，她依然一次又一次地歌唱，毫不理会这种感觉。

不过话又说回来，对她来说，安慰总还是有一点的：在某种意义上，我们也还确确实实在听她歌唱，与人们听某个歌唱艺术家恐怕差不多；约瑟芬收到了一个歌唱艺术家在我们这里努力追求而达不到的效果，而这种效果恰恰只赋予她那贫乏的歌唱手段。这一点恐怕与我们的生活方式有关。

在我们民族中没有青年时代，童年时代也非常短暂，几乎等于没有。人们一再提出这样的要求，要保证给予孩子们某种特殊的自由、某种特殊的爱护，给予他们稍稍无忧无虑、悠闲自在地玩耍、多少可以毫无目的地四处闲逛、瞎吵瞎闹的权利，并且帮助他们实现这些权利。这样的要求不时地被提出来，几乎每个人都赞成，没有什么东西比这些要求更应得到允准了。可是在我们的实际生活中，最最得不到允准的恰恰是这些要求，大家赞成这些要求，按照这些要求的意思做出种种尝试，可是很快就又回到老路上，一切照旧。我们的生活就是这样，当一个孩子刚刚跑了几步，刚会辨别一点周围环境，他就得像成人那样自己照顾自己；我们出于经济原因不得不分散居住的地域过于广阔，我们的敌人太多，到处都潜伏着危险而且无法预料，总之，我们无法让孩子们远离生存竞争，如果我们那样做，他们就会提前完蛋。当然，除了这些可悲的原因外，还有一个更大的原因：我们民族有很强的繁殖力。每一代都是人口众多，一代挤一代，儿童没有时间当儿童。但愿在其他民族，孩子们会得到精心照料，在那里为孩子们建立起学校；每天，孩子们，这些民族的未来，成群结队地从学校里拥出来，而在很长一段时间里，每天从学校里蜂拥而出的却始终是同一些孩子。我们没有学校，可是从我们民族中却拥出一群又一群望不到尽头的孩子，间隔时间非常短暂；他们在学会吹口哨以前，就高高兴兴地胡喊乱叫，他们在学会走路之前，在地上又爬又滚，或者借助自身的重力向前滚动，他们还不会看东西的时候，就成群结队地笨拙地把一切东西裹带着一起前行，这就是我们的孩子！不像在那些学校里总是同一些孩子，不，在我们这里总是一批又一批新的孩子，没有尽头，没有中断，一个孩子刚冒出来，就已经不是孩子了，在他身后，又有一大群新的孩子急匆匆地拥过来，挤挤挨挨一大片无法辨别，一张张脸红扑扑的，异常高兴。当然，不管这种情景多么美妙，不管别的民族会多么有理由羡慕我们，我们都不能给我们的孩子一个真正的童年。这必然带来后果。这就是某种永不消失、无法根除的孩子气时时涌动在我们民族的心田；有的时候，我们的行为完全违背我们最大的优点，即违背可靠的、讲求实际的理智，愚蠢至极，就像孩子们傻乎乎地做什么事一样，不动脑筋，大手大脚，慷慨大方，轻率鲁莽，而这一切常常都只是为了获得一点小小的快乐。虽说我们由此得到的快乐自然远远比不上孩子们的快乐那么强烈，但其中终究有那么一点孩子般的快乐。约瑟芬也一样，一直从我们民族的这种孩子气中得到好处。

但是我们这个民族不仅孩子气，而且在某种程度上也未老先衰，童年和老年的关系与其他民族不同。我们没有青年时代，我们马上就成了成年人，于是我们的成年时代就太长，由此而来的是，某种疲惫和无望的感觉就到处伴随着我们民族从总体上说非常坚韧不拔、充满希望的天性。我们缺乏音乐天赋恐怕也与此有关；对音乐而言，我们太老了，音乐带来的激情与兴奋与我们的老成持重格格不入，我们倦怠地挥手拒绝；我们又回到了吹口哨上；不时地吹几声口哨，正是符合我们胃口的东西。谁知道，我们当中是否也有音乐天才；但是即便有，我们同胞的性格也必定会在他们的天赋得到发展以前就把它扼杀了。相反，约瑟芬却可以随心所欲地吹口哨或歌唱，她爱怎么称呼都可以，这一点不打搅我们，而且符合我们的口味，我们可以忍受；如果说她的口哨或歌唱里含有一点音乐成分的话，那也可说有等于无；还有一点点音乐传统得到了保持，但它微乎其微，丝毫没有加重我们的负担。

但是约瑟芬带给这个如此心情的民族更多的东西。在她的音乐会上，尤其是在危急时刻，只有那些乳臭未干的少年才对作为歌手的约瑟芬感兴趣，只有他们惊讶地看她如何噘起嘴唇，如何用长着一口秀齿的嘴巴吐气，如何一边欣赏自己发出的声音、一边渐渐衰竭以至倒下，然后利用倒下的机会，激励自己做出新的、她自己越来越不能理解的战绩，但是，我们清楚地看到，大量的真正的观众都在想自己的事。观众在几次斗争之间短暂的休息时间里一个个进入了梦境，仿佛每个人的四肢完全放松了，仿佛不得休息的人可以在这个民族的又大又暖的床上随意舒展身子了。约瑟芬的口哨声不时地传进他们的梦里；她说她的口哨声清脆悦耳，我们则称之为声如破锣；但不管怎样，这声音在这里适得其所，其他任何声音都不会让人有瞬间的期待，音乐也几乎不会。哨声里含有某些短暂而可怜的童年遗留的东西，某些已经消逝的、再也不可复得的幸福，但也含有某些当今正在进行的生活的成分，含有当今生活的小小的、不可理解的，然而的确存在的、无法扼杀的活泼欢快。而这一切的的确确并非用高亢的声调表达出来，那声音是轻轻的、耳语般的、亲切的，有时还有点沙哑。这自然是吹口哨。怎么能不是呢？口哨是我们民族的语言，只是有的人一辈子吹口哨，所以不知道这一点罢了，而在这里，吹口哨已经摆脱了日常生活的束缚，也让我们获得了短时间的自由。不用说，我们不想错过这类演出。

不过，从这种看法到约瑟芬的断言——她在这样的时刻给予我们新的力量云云——还有很长一段距离。当然，这是对一般人而言，对奉承约瑟芬的人则并非如此。"怎么能不是这样呢！"他们毫无顾忌地说，"这种观众如潮的现象，观众不顾迫在眉睫的危险蜂拥而至的现象，我们能做别的解释吗？有时，观众如潮，拥挤不堪，甚至妨碍我们充分而及时地防止这些危险。"可惜最后这一点说对了，但这并不是约瑟芬的光荣功绩，相反，我们可以补充下面这样一个情况：当这类集会突然被敌人驱散，我们中有些人丢了小命时，这位因为也许是她的口哨声招引了敌人而对这一切负有责任的约瑟芬却总是占据着最安全的位置，在追随者的保护下，头一个悄悄地、急匆匆地溜走了。其实这一点大家都知道，然而，约瑟芬过不久来了兴致，在某个时候、某个地方举行演唱时，大家还是匆匆地赶去听。也许有人会从中得出这样的结论，约瑟芬几乎置身于法律之外，即便她做的事危及整体，她也可以随心所欲，做什么都被原谅。倘若情况真是这样，那么约瑟芬的要求就完全可以理解了，人们甚至可以在某种程度上把这个民族给予她的这种自由，把这个特殊的、没有给予其他任何人的、实际上违背法律的馈赠看作一种自白，承认这个民族如同约瑟芬声称的那样不理解她，浑浑噩噩地带着惊叹的目光注视着她的艺术，感到自己配不上她的艺术，带着绝望的心情，力图做点什么，以补偿他们给约瑟芬造成的这种痛苦，而且，正如她的艺术超出他们的理解能力，他们也把她这个人及其愿望置于自己的管辖范围之外。然而这是完全不对的，也许从局部上，这个民族向约瑟芬投降得太快了，但是正像它不会无条件向任何人投降那样，它也不会无条件向约瑟芬投降。

长期以来，也许从艺以来，约瑟芬就为此而斗争：她要人们免去她任何工作，让她专心歌唱；就是说，不能让她为每天的生计操心，要免去她一切与我们的生存斗争相关的事情，把这一切——多半——转嫁到全民族身上。一个很快就会激动兴奋的人——这样的人也确实有——光是从这个要求的特殊性，从足以想出这种要求的精神状态，就可能得出这个要求具有内在合理性的结论。而我们这个民族却得出了另外的结论，平静地拒绝了这个要求。人们也没有怎么花力气去反驳她提出这个要求的理由。比如约瑟芬指出，干活儿要花力气，势必影响她的嗓音，比起唱歌时的劳累，干活儿时的劳累虽说算不得什么，但总归使她演唱后无法好好休息，无法为新的演唱养精蓄锐，而她演唱时必定会全身心地投入，在这种情况下不可能达到她的最高水平。大家倾听她讲话，却充耳不闻。这个很容易使之动心的民族有时却根本无法让它动心。人们的拒绝有时非常坚定，连约瑟芬都被搞得目瞪口呆，似乎屈服了，该干的活儿她去干，歌也好好唱，可是这一切都只持续了短暂的时间，不久她就积聚了新的力量，重新开始战斗——为了达到自己的目的，她似乎有使不完的力量。

其实很清楚，约瑟芬真正追求的并不是她嘴上要求的东西。她很明智，她不怕干活儿，可不，我们这里根本没有害怕干活儿这一说，即使她的要求得到允准，她肯定也不会改变自己的生活方式，和从前有所不同，劳动一点不会妨碍她的歌唱，当然，她的歌唱也不会变得更美更好。她孜孜以求的，只是大家对她的艺术的公开的、明确的、持久的、前所未有的赞赏。但是，这个目的却总也不能如愿以偿，虽然其他一切目的看来几乎没有她达不到的。也许她一开头就该朝另一个方向进攻，也许她现在看清了这是个错误，可是她现在已经无法回头了，走回头路意味着对自己不忠，她现在只能与这个要求共存亡了。

倘若她如她所说真有敌人，那么，他们就可以袖手旁观，开心地观看这场斗争。但是她没有敌人，即使有些人有时提出反对的意见，这场斗争也不会让什么人开心。就凭这个民族在这里表现出的、在其他情况下极其罕见的冷静的、法官式的态度，这场斗争就不会让什么人开心。即便有人在这种情况下赞同这种态度，只要想到这个民族也会对他采取类似的态度，他就高兴不起来。和约瑟芬提出要求类似，这个民族拒绝她的要求的特殊之处也不在于事情本身，而在于这个民族竟能如此令人无法捉摸地把一个同胞拒于千里之外；考虑到平常，恰恰是对这同一个同胞，它是慈父般地，甚至比慈父还慈父地、可以说是低三下四地加以照料，给予关怀，这就更令人难以琢磨了。

要是把民族换成某个个人，人们可能会这么看：这个人不断地迫切地渴望最终结束这种让步的做法，所以一直对约瑟芬做出让步；他坚信，尽管一再让步，但这种让步终究会找到合适的界限，所以非常慷慨大度地让步；可不是，他必要时让步，不必要时也让步，只是为了加快事情的发展，为了娇惯约瑟芬，纵容她不断提出新的愿望，结果她后来真的提出了这最后的要求；于是他摊牌了，终于拒绝了她的最后要求，因为他早就做好了准备。当然，情况完全不是这样，这个民族用不着这样的阴谋诡计，况且它对约瑟芬的尊敬是真诚的、经过考验的，而约瑟芬的要求又如此强烈，任何一个天真的孩子都会向她预言事情的结局；尽管如此，在约瑟芬对这件事情的看法里，上述这些猜想可能也是起作用的因素，从而给被拒绝的约瑟芬带来痛苦和辛酸。

但是，尽管她有这些猜想，她可不会因此而让斗争吓倒。在最近一段时间，斗争甚至更加激烈了；如果说以前她只是动口，那么现在她也要采用其他她认为更有效的手段了，而在我们看来，这些手段会给她带来更大的危险。

有些人以为，约瑟芬之所以变得这样急不可待，是因为她感到年纪越来越大，声音有了小毛病，觉得为了获得别人的承认，现在是到了做最后一搏的时候了。这话我不相信。假如这是真的，约瑟芬就不是约瑟芬了。对她来说，不存在衰老一说，声音也不会有问题。如果她提出什么要求，那么其起因不在外部，而在于内心的合乎逻辑的思考。倘若她去摘取那顶最高的桂冠，那么，其原因不在于那顶桂冠此刻正好挂得低了一点，而是因为它是最高的；假如挂桂冠是她权力范围内的事，她还会把它挂得更高呢。

不过，她藐视外部困难并不妨碍她采用极不光彩的手段。她毫不怀疑自己的权利；重要的是如何获取；尤其是在展现在她面前的这个世界里，体面的手段恰恰不灵。也许正因为如此，她才把争取自己权利的斗争从歌唱领域转到另一个她并不十分看重的领域。她的追随者散布了某些关于她的说法，说她感到自己完全有能力唱好歌，让她的歌给这个民族的各个阶层，甚至是最隐蔽的反对派，带来真正的乐趣，不过不是这个民族所指的乐趣——因为它声称，它早就从约瑟芬的歌唱中感到了这种乐趣——而是约瑟芬所要求的乐趣。但是，她补充说，现在是什么样就让它是什么样好了，因为她不能假装高尚，不能迎合庸俗趣味。不过为免除劳动而进行的斗争，情况就不同了，虽然这场斗争也是为了自己更好地歌唱，可是在这里，她不直接用歌唱这个珍贵的武器斗争，她使用的任何手段都是好的。

于是散布了这样的谣言，说如果人们不向约瑟芬做出让步，她就要少唱花腔。我一点不懂花腔，在她的歌声中我也从未听出什么花腔。然而约瑟芬却要减少花腔，暂时不想取消，只是减少。据说她真的说到做到，可我并没有听出她的歌唱和以前的歌唱有什么区别。整个民族跟往常一样听她歌唱，没有对花腔说哪怕一句话，至于如何对待约瑟芬的要求，他们的态度也没有一点变化。此外，约瑟芬不仅体态轻盈，有时她的思想也不可否认有那么一点优美可爱的地方。比如那次演出以后，仿佛她觉得减少花腔的决定对民众来说不免过于严厉或突然，于是她宣布，下次她就会再次全唱花腔。可是下次音乐会以后，她又改变了想法，说要和那些又高又难的花腔道一声再见了，只要不作出对她有利的决定，她不会再唱花腔了。可是对所有这些声明、决定和对决定的变动，这个民族一概视而不见、听而不闻，就像陷入沉思的成年人对一个小孩的闲扯充耳不闻一样，虽说非常有善意，却可望不可即。

但是，约瑟芬不让步。比如，她最近声称，她干活儿时伤了脚，很难站着唱歌；而她只能站着唱，所以她现在不得不压缩演唱时间。尽管她走路一瘸一拐，还让人扶着，但没有人相信她真的受了伤。尽管我们承认她娇小的身体特别敏感，但我们是个劳动的民族，约瑟芬也是其中的一员，要是我们擦伤一点皮，就要瘸着走路，那我们整个民族就该永远瘸下去了。然而，尽管她像个瘸子那样让人扶着走路，尽管她在这种令人怜悯的身体状况下比往常更频繁地登台，但整个民族还像从前一样如醉如痴地听她唱歌，心中满怀感激，没有针对缩短时间一事而大吵大闹。

因为她不能总是瘸着走路，她就想出一些别的招数来，比如她借口劳累疲乏，情绪不佳，身体虚弱。这样，除了音乐会，我们还可以看戏了。我们看见她的追随者跟在她的后面，又求又请，要她唱歌。她很愿意唱，但她唱不了。人们安慰她，吹捧她，几乎把她抬到事先找好的演唱地点。她终于让步了，眼里含着令人琢磨不透的泪水，可是当她正要开始唱的时候——显然这是她的遗愿——她却唱不了啦，你看她全身乏力，无精打采，两只胳膊不像平常那样向前伸出，而是无力地垂在身体两旁，让人觉得她的胳膊也许稍稍缩短了一些似的；总之，当她正要开始唱的时候，她又不行了，先是她的头不由自主地颤动了一下，接着她就在我们眼前倒下了。不过她又挣扎着站了起来，并且开口唱了起来，我觉得，她的歌声与以往没有多少区别，也许听觉特别敏锐的人才会听出细微的差别，那就是她的声音里有点不同寻常的激动，而这点激动正好有利于这件事情。唱到最后，她甚至不像先前那样疲倦了，她迈着坚定的步伐——如果我们可以把她轻快的小步称作坚定的话——走下舞台，拒绝追随者的任何帮助，脸上露出冷漠的目光，审视着毕恭毕敬地给她让路的听众。

近一段时间的情况就是这样，而最新的新闻则是，正当大家盼着她唱歌时，她却不见了。不仅她的追随者找她，而且许多人都加入寻找的行列，但一无所获；约瑟芬消失了，她不想唱歌了，甚至不愿意别人请她唱了，这次她是彻底离开我们了。

真奇怪，她会如此失算，这个聪明的女人，竟会如此失算，让人觉得她压根儿没有算计，只是听凭命运的摆布，而在我们的世界里，她的命运只能有一个非常悲惨的结局。她是自己放弃歌唱的，她是自己毁了她赢得的驾驭民众情绪的权力的。她如此地不了解民心，是什么让她赢得这种权力的呢？她躲了起来，不再唱了，而这个民族却照旧走它的路，十分平静，看不出有什么失望，趾高气扬，稳重如山，只能庄重地给人馈赠，而从不接受馈赠，哪怕是约瑟芬的馈赠（即使外表给人的印象相反）。

约瑟芬的情况则必定如日落西山，每况愈下。她吹响最后一声口哨，从此再无声息的时刻很快就会到来。她是我们民族永恒历史中的一段小插曲，这个民族很快就会遗忘她消失这件事。当然，这对我们来说并不是一件容易的事；集会怎么能静寂无声呢？话又说回来，约瑟芬在场时，集会不也是鸦雀无声的吗？难道她真实地吹出的口哨声与对它的回忆相比，有值得一提的差别吗？难道就更响亮、更生动吗？难道她在世时吹出的口哨声不也只是一点点回忆，而不包含更多东西吗？更确切地说，难道不正是这个民族自作聪明，恰恰由于约瑟芬的歌唱本身没有什么东西可以失去，而把它捧得这么高吗？

所以，我们以后也许根本不会缺多少东西。而约瑟芬则摆脱了她认为是出类拔萃、担当重任的人才有的尘世烦恼，她将高高兴兴地消失在我们民族数不胜数的英雄行列中，很快就会和所有她的兄弟一样，完全解脱，被人遗忘，因为我们并不推动历史前进。

和祈祷者谈话 [1]

有一段时间我天天到一座教堂去，因为我爱上的一个姑娘晚上在那里跪着祈祷半个小时，这时我可以好好地观察她。

有一次那个姑娘没有来，我心中不悦，把目光移向那些祈祷的人。这时，一个年轻人引起了我的注意。他身体消瘦，全身扑在地板上。他不时地使出全身的力气，一边叹气，一边把脑袋咚咚地撞到平放在石头地板上的手掌上。

教堂里只有几个年老的妇女，她们常常侧过包着头巾的小脑袋，朝那位祈祷者看。她们的关注似乎让他觉得幸福，因为他每次虔诚地撞头之前，都要环视四周，看看观察他的人是否众多。我觉得这有失检点，所以决定，等他出了教堂，跟他攀谈两句，打听一下他为什么以这种方式祈祷。可不是，我的那位姑娘没有来，我很恼火。

可是过了一个小时他才站起来，一丝不苟地画了个十字，快

---

1 本篇及下篇由作者从《一次战斗纪实》手稿中抽出，发表在 1909 年 3、4 月份的《许佩里翁》上。

步走向圣水盆。我走到圣水盆和大门之间的路上等他，心想，他不做解释我就不让他过去。我噘起嘴，我每次要以坚定的语气说话时，都会做出这个样子。我右腿跨前一步，用它支撑着身子，左脚踮起，轻轻地支着左腿；这种姿势也给我稳定感。

这时，那个人把圣水洒到自己的脸上，可能正斜眼看我呢，也许在这以前他就不安地注意到了我，因为现在，他出其不意地穿过大门跑了出去。玻璃门在他身后砰的一声关上了。我赶紧跟了出去，可他却不见了踪影，因为外面是几条狭窄的胡同，而且交通十分繁忙。

在随后的几天里，他没有来，不过我的姑娘倒是来了。她穿一身黑色连衣裙，衣肩上饰有透明的花边，花边下可见半月形的衬衫边，花边的下沿是剪裁得很好的丝绸领子。因为姑娘来了，我就忘了那个年轻男子，即使他后来又按时进教堂，照老习惯祈祷，我也再没有理会他。可是，他每次总是扭过头，匆匆地从我身边走过。我有这种感觉，原因也许在于，我只能设想他在不断运动中，所以，即使他站着不动，我也觉得他是在蹑手蹑脚地动似的。

一次，我回到房间时已经很晚，但我还是前往教堂。到了教堂，姑娘已不在那里，于是我就想回家。这时我看见那个年轻人又趴在地上。以前的事涌上我的脑际，唤起我的好奇心。

我踮起脚轻轻地走向门口，给坐在那里的盲人乞丐一枚硬币，闪到他的身旁，隐身在开着的门后；我在那里坐了一个小时，也许还做出奸诈的脸相。我在那里觉得挺自在，决定常到那里去。到了第二个小时，我觉得为那个祈祷者坐在那里实在无聊。但是我依然等着，挨过第三个小时，非常恼火地让蜘蛛在我的衣服上乱爬，这时，最后一批人呼着粗气，从黑暗的教堂里走了出来。

这时他也出来了。他走路十分小心，总是先用脚轻轻地试一下地面，然后才实实在在地踏上去。

我站起身，一步跨出去，一把抓住这个年轻人。"晚安！"我说，我的手紧紧抓住他的衣领，把他推下石阶，来到灯光明亮的广场上。

我们到了下面时，他用一种游移不定的声音说："晚安，亲爱的先生，您别为我生气，我是您最忠顺的仆人。"

"好的，"我说，"有些事我想问您一下，我的先生；上次让您逃走了，今天您可逃不掉了。"

"您有同情心，我的先生，您准会让我回家的。我是个可怜人，这是实话。"

"不，"我大声嚷道，当时一辆电车正好驶过，发出一阵噪声，"我不放您走。我碰巧抓到了猎物。我要祝贺自己。"

于是他说："我的老天，看来您是榆木脑袋热心肠。您把我叫作您碰巧抓到的猎物，您肯定是高兴万分了！因为我的不幸是摇摆不定的不幸，是一个挂在一条细细的绳尖上摇摆不定的不幸，谁要是去碰它，它就会掉到提问者的身上。晚安，我的先生。"

"且慢，"我说，紧紧地抓住他的右手，"您要是不回答我，我就在这条街上喊起来。所有下班的女店员以及来接她们回去的情人都会跑过来围观，因为他们会以为，是不是一匹拉出租车的马倒下了，或者发生了什么类似的事。那时，我就把您抖搂给他们。"

我这么一说，他哭了起来，交替着吻我的双手。"您想知道什么，我就告诉您什么，不过我求您，我们最好到那边的小胡同里去。"我点了点头，我们就向那边走去。

胡同里只有几盏间距很大、光线昏黄的街灯，所以很暗，但他还不满足，把我领到一幢老房子低矮的门洞里，头上一盏小烛灯挂在木梯前，烛油不时地滴落下来。

在门洞里，他煞有介事地掏出他的手帕，把它铺在一级梯级上，对我说："请坐，亲爱的先生，这样您可以更好地提问，我站着，这样我可以更好地回答。您可不要折磨我。"

我坐了下来，眯起眼睛朝上看着他，说道："您是个表演得十分出色的疯子，您就是这么个人！您在教堂里是一副什么德行啊，多么让人生气，多么让观众难受啊！要是人们不得不看您，还怎么能做到虔诚祈祷啊！"

他把身体紧紧地靠在墙上，只有脑袋能在空中自由活动。他说："您别生气，您干吗要为和您不相干的事生气呢。我是自己举止笨拙时才生气；要是别人行为仪态不好，我就高兴。所以，要是我说，让别人看我是我的生活目的，您千万不要生气。"

"您说什么！"我大声说道，门洞这么矮，我的声音实在是太大了一点，可是我害怕会降低我的声音，"真的，您刚才说的是什么话！没有错，您是什么状况，我有所预感，我第一次见到您时，我就有所预感。这方面我有经验，我要说，这是一种陆地上的晕船病，我这样说是认真的，不是开玩笑。这种晕船病的本质是：您忘记了事物真正的名称，现在则想匆匆忙忙地随便给它们起几个名字。那就快取名，快取！可是您一离开这些事物，您就马上又忘了它们的名称。您把田野里的白杨称为'巴别塔'，因为您不知道或者不想知道那是一棵白杨，现在，那棵白杨又没有了名字，在那里随风摇摆，您多半会把它叫作'醉酒的挪亚'[1]了。"

他说："我没有听懂您刚才说的话，我很高兴。"我听了这话有些震惊。

我很快接上话茬，语气激动："您对此感到高兴，说明您听懂了我的话。"

"当然，我表明了这一点，先生，可您也说得很特别呀。"

我把两只手放到上面一级梯级上，身子往后靠，摆出几乎无懈可击的姿势——拳击运动员用以自救的最后姿势，问道："您假定别人也处于您的状况，以此拯救自己，这倒挺有趣的。"

这么一说，他胆子大了起来。他两手交叉，致使他的身体给人一种一体的感觉，然后略带勉强地说："不，我这么做不是针对大家，比如说也不针对您，因为我不能这样做。不过，要是我能做到，我是会很高兴的，因为这么一来，我就不需要教堂里的人来注意我了。您知道我为什么需要他们注意吗？"

这个问题让我不知所措。可以肯定的是，我不知道个中原

---

1 据《圣经·旧约·创世记》载，大洪水过后，挪亚出了方舟，"做起农夫来，栽了一个葡萄园。他喝了园中的酒便醉了，在帐棚里赤着身子"（9：20—21）。

因，而且我相信，我也不想知道。我当时心想，其实我也不想到这儿来，可是这个人迫使我听他讲话。所以，现在我只需摇摇头，向他表明我不知道他问的事就完了，可是我的头却动不了。

站在我对面的人微微一笑。然后他蹲了下来，做了个睡意蒙眬的鬼脸，说道："我一生中从未有过通过我自己而坚信生活的时候。我总是以一种回头看的态度去看待我周围的事物，以至我总是这么想，这些事物曾经存在过，可现在它们却正在消逝。亲爱的先生，我始终喜欢观察，事物在我面前显现以前，原本可能是什么样子。它们恐怕是美丽而平静的。情况肯定是这样，因为我经常听大家这样谈论它们。"

他见我没有说话，脸上不由自主地抽搐着，表现出不快，就问道："您不相信大家这么说？"

我觉得该点头肯定，但我不能点头。

"真的，您不相信？那好，请听我说。我小时候，有一次睡了一会儿午觉，睁开眼睛后蒙蒙眬眬地听母亲语调自然地从阳台上朝下问道：'我亲爱的，您在干什么？天可真热啊。'园子里一个女人答道：'我在园子里吃点心呢。'她们就那么不假思索地说着，语句也不很清楚，仿佛每个人都预料到对方会这么说似的。"

我觉得他是在问我，于是我把手伸进后面的裤袋，装出在找什么东西的样子。其实我什么也不找，只想改变一下我的样子，表示我在参与谈话。在这同时我说，这件事很奇特，我一点都不理解。我又补充了一句，说我不相信它是真的，肯定是为了某个我看不清的目的瞎编出来的。说完我就闭上了眼睛，因为我感到一阵眼痛。

"啊，您和我意见一致，好极了，您把我拦住，就为了告诉我这些话，可见您不自私。

"我走路步伐沉重，挺不直身子，不用手杖敲击石子路面，也不触摸大声地从我身边走过的人的衣服，您说，难道我该为此感到羞愧？或者说，难道我们该为此感到羞愧？我支棱着肩，像影子一样沿着一幢幢房子向前跳跃，有时消失在陈列橱窗的玻璃里，也许我更有理由抱怨呢。

"我过的是什么日子啊？为什么所有的房子都造得这么差，以至有时高楼大厦没有外力的作用就倒塌。每当这时，我就爬到废墟上，向每一个我遇到的人发问：'怎么会发生这种事呢！在我们这个城市……一幢新楼……今天这是第五幢了……您好好想想吧。'没有人能回答我的问题。

"常常有人在街上摔倒，断了气，再也没有起来。这时，所有的商人都打开店门，动作敏捷地走过来，把死者抬进某幢房子，然后满面堆笑地出来说道：'你好……今天天色不好……我卖的头巾很多……是啊，这场战争。'我蹦蹦跳跳地进了房子，好几次胆怯地举起弯着食指的手想敲门而没有敲，最后终于在看门人的小窗户上敲了起来。'我的老哥，'我很亲切地说，'刚才有个死人送到了您这里。我求您让我看看他。'他摇了摇头，看样子有些犹豫不决，于是我语气坚定地说：'老哥，我是秘密警察。马上带我看那个死者。''一个死人？'他这时问了一句，几乎感到受了侮辱，'没有，我们这里没有死人。这幢房子住的是安分人家.'我向他挥手致意，转身走了。

"可是后来，到我不得不穿越一个大广场时，我忘了这一切。这件事情这么难，把我搞糊涂了，我常想：如果人们由于骄傲自大而建造了这么大的广场，那为什么不同时造一道穿过广场的石栏杆呢。今天刮起了西北风。广场上的风很强劲。市政厅塔楼的尖顶被刮得东摇西晃。为什么拥挤的人群不安静下来？所有的玻璃窗都在吱嘎作响，所有的灯柱都像竹子那样被吹得东倒西歪。柱子上的圣母玛利亚的披风在风中飘荡，让狂风撕裂。难道没有人看见这个场景？本该在石子路上行走的先生和女士们都随风飘荡。每当狂风喘口气时，他们就停住脚步，互相说几句话，互相鞠躬问候，而一旦狂风又起，他们就无法招架，同时抬起脚，随风前行。虽然他们不得不用手抓住帽子，但他们的眼睛却兴致勃勃地东看西望，仿佛这只是一场和风细雨。只有我感到害怕。"

我觉得受了虐待，说道："您刚才讲的您母亲和花园里的那个女子的故事，我觉得毫无奇特之处。我有这种感觉，不只是因为我听过并经历过许多这样的故事，某些故事我甚至参与其中。这种事其实非常自然。您以为，倘若我当时在阳台上，就不会这样说，不会这样回答吗？事情简单得很。"

我说了这通话，他似乎很高兴。他说，我穿得很漂亮，他十分喜欢我的领带，而且我的皮肤多么细嫩。一旦人们把供认的话收回，那些话就会变得很清楚。

和醉汉谈话

当我小步跨出房门时，想不到外面就是圆形广场，四周高耸着市政厅、玛利亚圆柱[1]和教堂，头顶是巨大的苍穹，明月当空，星光闪烁。

我不慌不忙地从暗处走到月光下，解开大衣的扣子，感受外面的暖意；然后我举起双手，让夜晚停止呼啸，开始思考：

"你们装出是真的样子，这算怎么回事儿？你们想让我相信，我不是真的，而是滑稽可笑地站在绿色的石子路上？可是，苍天，你自古以来就是真的，而你，圆形广场，从来不是真的。

"可不是，你们一直比我强，可是，只有我不打扰你们时，你们才比我强。

"谢天谢地，月亮，你不再是月亮，然而，也许是我的疏忽，一直把你这个被称作月亮的东西称作月亮。我把你叫作'被人遗忘的色彩奇特的纸糊灯笼'时，你为什么不再那样狂妄自大？我

---

1 位于布拉格老城广场，顶部是圣母玛利亚像。该柱建于 1650 年，1918 年随奥匈帝国解体而被拆除，2020 年重建。

把你叫作'玛利亚圆柱'时，你为什么就几乎要隐退？我把你叫作'洒下黄光的月亮'时，我为什么再也看不到你那步步紧逼的态度？

"看来下面这件事是真的：当人们对你们进行思考时，你们就觉得不好受；你们的勇气在减弱，你们的健康在恶化。

"天哪，要是思考者向醉汉学习，那肯定是大大有益！

"为什么一切变得这么悄无声息？我想风已经停了。原本像装着轮子滚过广场的房子完全被夯进了土里——寂静无声，万籁俱寂——连那条以往把房子和地面分开的黑色细线也见不着了。"

我拔腿跑了起来。我绕着大广场跑了三圈，没有碰到一点障碍，因为我没有碰到醉汉，就朝卡尔大街跑去，既没有减速，也不觉得吃力。我的影子常常比我小，和我并排在墙上奔跑，如同在墙和街底之间的一条山隘中一样。

我经过消防队房子时，听见从小环行路那边传来一阵喧闹声，就向那边拐过去，看见喷泉栏杆旁站着一个醉汉，他双手平举放在栏杆上，脚穿木拖鞋，不停地跺着地。

我先停了一会儿，使自己的呼吸平静下来，然后朝他走过去，从头上摘下大礼帽，向他介绍自己：

"晚安，谦和的贵人，我二十三岁，可还没有名字。而您肯定来自巴黎，这个大城市名扬四海，让人称颂。法国正在出轨倾覆的宫廷发出的极不自然的气味弥漫在您四周。

"您那双染过的眼睛肯定看见了那些站在又高又亮的平台上的高贵女士，她们面带嘲讽的神情，扭动着细腰转过身来，彩绘拖裙向四周散开，摊在台阶上，长长的裙裾还停留在花园的沙地上。——真的，到处都有仆人爬到长长的杆子上，他们穿着剪裁得很不像样的灰色燕尾服和白色裤子，两腿钩住杆子，上身则常常朝下或弯向一边，因为他们得用绳子把巨大的灰色银幕从地上吊到空中，把它张挂起来，因为一位高贵的女士希望看到一个雾蒙蒙的早晨。"说到这儿，他打起嗝来，我几乎吃了一惊，说道："真的吗，先生，您真的来自我们的巴黎，来自暴风骤雨的巴黎？啊，您真的来自下着冰雹、天气炎热的地方？"他再次打起嗝来，我窘迫地说了一句："我知道，这对我不啻是个莫大的荣幸。"

我快速地扣好大衣扣子，然后既热切又有点胆怯地说道："我知道，您认为我的问题不值得回答，但是，要是我今天不问您，以后我恐怕就得以泪洗面地过日子了。

"请问您，精心打扮的先生，人们讲给我听的事是真的吗？在巴黎真的有只由镶有饰物的衣服组成的人？真的有除了大门就别无其他的房子？在夏天，天空湛蓝湛蓝的覆盖在城市上空，由于飘着一朵朵全都状如心脏的白云而更加美丽，这也是真的吗？那里是否有一个珍奇物品陈列馆，观众络绎不绝，而里面其实只有各种各样的树，树上挂着写有最著名的英雄、罪犯和情人名字的小牌子？"

"还有这消息！显然是骗人的消息！"

"巴黎的这些街道突然分成许多条，是真的吗？一切事情总是乱糟糟的，这怎么可能呢！一次发生了一件事故，各色人等迈着大城市人走路的步子，脚轻轻地触及地面，从旁边的各条次要街道纷纷聚集到出事地点；大家虽然都很好奇，但也担心失望；他们急促地呼吸，一个个朝前伸出小脑袋。要是有人互相碰到一起，他们就深施一礼，请求对方原谅：'对不起，——我不是故意的——太拥挤了，请原谅——我很笨——我承认。我的名字是——我的名字是叶罗梅·法罗什，我是在卡柏丹大街[1]卖调味品的——请允许我请您明天吃午饭——我的妻子也会非常高兴的。'他们就这么谈着话，而那条街道却已经麻木了，烟囱里冒出的烟朝房屋之间的空隙飘落下来。事情就是这样。这时也有可能，在某个高雅城区的一条熙熙攘攘的大道上停着两辆车。几个仆人神情严肃地打开车门。八条纯种西伯利亚狼狗飞快地跳下来，一边叫，一边又跳又蹦地跑过车行道。这时有人说，他们是化了装的、爱打扮的巴黎小伙子。"

他几乎闭上了眼睛。我不作声，他则把两只手插到嘴里，往下拽下巴。他的衣服很脏。也许他是被人家从一个小酒馆里赶出来的，而他自己却还不明白是怎么回事儿。

也许正是在这个白天和黑夜之间小小的、非常安静的休息时间，我们的脑袋在脖子上耷拉着，而这并非我们的本意，一切都在我们不知不觉中静止，很快消失不见了，因为我们没有去观察。在这同时，我们弯着身独自待着，然后环视四周，但再也看不见什么，连空气的阻力也感觉不到，然而在内心深处却一直想

---

1 原文为 rue du Cabotin。在法语中，cabotin 意为蹩脚演员、哗众取宠者。

着，离我们不远的某个地方是一幢幢房子，黑暗透过屋顶和幸好是方形的烟囱流进房子，穿过阁楼进入各个不同的房间。值得高兴的是，明天将是一个非常美好的日子，人们会看到一切。

这时，醉汉突然扬起眉毛，眼睛闪出光彩，断断续续地解释道："这是因为——因为我困了，所以我要去睡觉了。——我在瓦茨拉夫广场[1]有个内弟，我要到那儿去，因为我住在那儿，就是说那儿有我一张床。——我现在就去——只是我不知道他叫什么名字，住在什么地方——我好像把这一点忘了——但是这没有关系，因为我甚至不知道，我是否真有一个内弟。——好了，我这就走——您相信，我会找到他吗？"

我不假思索地说："肯定会找到。但是，您从外地来，您的仆人们刚巧不在身边。请允许我为您带路。"

他不回答。于是，我向他伸出胳膊，让他挽着我。

---

1 布拉格新城的主要城市广场之一，也是商业和文化中心。

布雷西亚[1]的飞机[2]

我们到达了。机场前还有一个很大的广场,上面有一些可疑的房子,我们没有想到房子的标牌上写的竟是"车库""国际餐厅"等。无数坐在他们的小车里的胖乞丐向我们伸出手臂,我们很急,试图从他们身边跳过去。我们超过了许多人,也被许多人超过。我们抬头看天空,因为这里谈的就是天空。谢天谢地,还没有飞机在天上飞。我们不让路,却也没有被人超过去。意大利骑兵或在千万辆机动车之间,或在它们之后,或迎着它们跳跃着前行。看来既不可能有秩序,也不可能发生事故。

有一次在布雷西亚,我们想在晚上很快地到某条在我们看来相当远的街道去。车夫要三个里拉,我们出两个。于是车夫不愿接这趟活儿,不走了,只是出于友好,他向我们描述了那条街道离这儿是多远。我们为只肯出两个里拉而感到不好意思。好吧,就三个里拉。我们上了车,三拐两拐地穿过短短的街道,就到了

---

1 意大利北部城市,工业中心,有众多中世纪教堂和博物馆、美术馆。
2 本篇发表于 1909 年 9 月 29 日《波希米亚报》。

我们要去的地方。奥托比我们两个强硬，他说这一分钟的路，他压根儿不会给三个里拉。一个里拉就足足有余了，给，一个里拉。那时差不多已经是夜里，街上空无一人，而车夫是个壮汉。他马上激动起来，好像已经吵了一个钟头的架似的：什么？——这是欺骗。——你们想得倒好！三个里拉是议好了的，三个里拉一定得付，要么拿三个里拉，要么你们就等着瞧好了。奥托说："拿收费表来，否则就找交通岗！"收费表？没有收费表。——哪里有什么收费表！——这是一次夜间行车的协议，我们给他两个里拉，他就放我们走。奥托用让人害怕的声音说："拿收费表来，否则就找交通岗！"又嚷了一会儿，终于找出一张收费表，可是表上一片污浊，什么也看不清。于是我们协商一致付一个半里拉，车夫向狭窄的街道里又开了一段，到了不能倒车的地方，他不仅很恼火，而且在我看来还很忧伤。因为我们的态度可能不正确；在意大利不能采取这种态度，在别的地方这也许没有错，可这儿不行。可是在匆忙之中谁能想到这些啊！没有什么可抱怨的，短短的一周飞行旅行，谁也成不了意大利人。

但是，不能让后悔败坏了我们在机场的快乐，那样的话，只能让我们又多一次新的后悔；于是我们全身轻松敏捷，与其说走进机场，不如说是跳进机场，在这灿烂的阳光下，突然一个接一个地兴奋起来。

我们经过挂着帘子的机库，它们就像流动演员关着门的舞台。房子山墙的三角区写着飞行员的名字，帘子挡住了他们的飞机，名字上面是他们家乡的三色旗。我们可以读到下列名字：科比安奇，卡格诺，卡尔德拉拉，罗吉尔，库尔梯斯，蒙歇尔（一个特兰托[1]人，三色旗为意大利色彩，他对意大利人的信任甚过对我们），安扎尼，罗马飞行员俱乐部。可是布雷里奥呢？我们问。整整这段时间我们一直想的是布雷里奥在哪儿。

小个子罗吉尔鼻子很大，穿着衬衣在他的机库前围起来的空地上来回跑动。他正忙着，可不知道他忙些什么；他挥动着手臂，一边走一边在身上到处摸来摸去，叫他的手下人到机库帘子后面去，又把他们叫回来，催他们在他前面走着，他自己跟着一起走进去；他妻子穿着紧身白裙子，一顶黑色小帽紧扣在头上，穿着短裙子的两条腿稍稍向两边叉开，她凝视着炎热的空中，是个精明的经商女人，小小的脑袋里满是怎样做生意的种种忧虑。

在旁边的机库前，库尔梯斯一个人独坐着。透过稍稍掀开的机库帘子可以看见他的飞机；他比人们说的要高大。我们从库尔梯斯面前经过时，他手里高高地拿着一份《纽约先驱论坛》报，读着其中一页最上面的一行；过了半个钟头我们又经过他面前时，他已经读到了这一页的中间；又过了半个钟头，他读完了这一页，开始读新的一页。看来他今天不想飞了。

我们转过身，看着开阔的场地。场地上离我们不远处是终点杆，远处是信号塔，右边某处是弹射器，一辆委员会的汽车在行驶，划出一道弧线，在自己扬起的灰尘中停下，然后又继续往前开，车上插的一面小黄旗随风飘扬。这块场地太大了，以至这一

---

1 意大利北部城市，位于布雷西亚西北，当时属奥地利。

切都显得非常孤单。

在这几乎是热带的土地上建起了一块人造荒漠，意大利贵族、光彩照人的巴黎女士以及其他几千人聚集到这里，眯缝起眼睛，观看这块阳光灿烂的场地，达几个小时之久。这块场地上没有什么东西像体育场上那样丰富多彩，给人带来调剂。这里没有跑马场那漂亮的障栏，没有网球场的白色线条，没有足球场绿茵茵的草地，没有赛车场高低起伏的石头路面。整个下午，只有两三次有一队各种皮色的马慢步跑过平坦的场地。马匹的蹄下扬起灰尘，让人们看不清马的腿。直至下午五点，阳光始终那么强烈，没有什么变化。为了不干扰人们观看这平展展的场地，连音乐也不放，只有票价低廉的座位上的观众吹着口哨，以满足耳朵的需要，给人们解闷。从我们后面票价不菲的座位上往下看，那些平民和那空旷的场地倒也毫无区别地融为了一体。

在某处木栏杆边站着许多人。一群法国人好像叹息一般说了一句："多小啊！"发生了什么事？我们挤了过去。原来就在我们近旁的场地上站着一名小小的飞行员，穿着真正的黄色衣服，有人正为他做着飞行前的准备。这时我们也看到了布雷里奥的机库，旁边是他的学生雷伯兰斯的机库，这两座机库就建在场地上。我们马上认出了布雷里奥，他靠在飞机的一只机翼上，抬着头，仔细地看着他的机械师检查发动机。

一名工人抓住螺旋桨的一个叶片，想把它转动起来，他使劲拽了一下，螺旋桨也确实动了一下，我们听见某种声响，类似强壮的男人睡觉时的呼吸声；可是螺旋桨没有转动起来。机械师又试了一次，一共试了十次，螺旋桨有时马上就停了，有时转那么几下。问题出在发动机上。开始新一轮工作，观众比那些忙碌的当事人更疲乏。机械师们从各个方向给发动机上油；隐蔽的螺丝被松开，然后又拧上；一个人跑进机库，拿了一个备用件；备用件不合适，他又跑回机库，蹲在地上，把备用件放在两腿之间，用一个锤子敲打着。布雷里奥和一名机械师交换了位子，机械师和雷伯兰斯交换了位子。时而这个人拽一下螺旋桨，时而那个人拽一下。但是螺旋桨却总也不为所动，就像一个大家都愿帮忙的学生，全班人都告诉他怎么做，可他总是不行，总是停留在原地，总是失败。布雷里奥静静地在他的位子上坐了好一会儿；他的六个助手一动不动地站在他四周；大家都好像入了梦乡似的。

观众可以先松口气，看看四周了。年轻的布雷里奥太太满脸慈爱，走了过来，两个孩子跟在她身后。要是丈夫飞不了，她心里就会很不是滋味；要是他飞上天，她又会很害怕；再说，今天天气这么热，她那件漂亮的衣服不免太厚了点儿。

螺旋桨又转动了一次，也许比以前好了一点，也许并没有好多少；发动机动了起来，发出隆隆声，仿佛换了台发动机似的；四个男子往后拽住飞机，四周风平浪静，从旋转的螺旋桨中喷出一阵阵气流，从这些男子的工作服之间吹过。我们听不见他们说一句话，发号施令的仿佛只是螺旋桨的嘈杂声，八只手松开了飞机，飞机就颤颤巍巍地在场地上跑了一段，像舞池中某个笨拙的舞者。

就这样试了好多次，每次结果都事与愿违。每次试验都让观众兴奋起来，坐到草垫椅子上，他们在上面伸开双臂既保持平衡，同时又可表示希望、恐惧和快乐。在休息期间，那些意大利贵族则沿着看台走动。他们互相问候，互相鞠躬，互相认出对方，于是热烈拥抱；他们登上梯级到看台上，又走下看台。他们互相介绍莉蒂希娅·萨沃娅·波拿巴侯爵夫人、波尔格瑟侯爵夫人——这是个上了年纪的女士，脸色像葡萄那样呈暗黄色——还有莫洛西尼伯爵夫人。马尔切洛·波尔格瑟跟所有夫人都若即若离，在远处时，他似乎非常善解人意，而到了跟前，他却嘴巴紧闭，判若陌路。加布里埃莱·丹农齐奥身形又小又弱，在委员会的重要成员之一奥尔多弗雷迪伯爵前跳着舞，看起来有点腼腆。普奇尼一张大方脸，酒糟鼻子，从看台上往下看着场地。

但是，人们只有在有意寻找这些人时，才会看见他们，否则大家往哪儿看都只看见那些穿着时髦的长裙的女士。她们与其坐着，宁可来回走动，因为穿着长裙坐着不舒服。她们像亚洲妇女那样，脸上蒙着一层薄纱。从后面看，上身宽松的衣服让她们显得有点胆怯；而这样的女士显得胆怯时，人们会产生混合的、不安的印象。紧身胸衣穿得很低，几乎触摸不到；她们的腰显得比平常粗，因为大家都很苗条；这些女子想让人抱得更低一些。

到目前为止，只有雷伯兰斯的飞机展示过。这时，布雷里奥的飞机来了，他曾驾着这架飞机飞越过海峡；这件事没有人说，大家都知道。休息了很长一段时间后，布雷里奥飞上了天，我们越过机翼看见他挺直的上身，他的两条腿深深地伸进机舱里，成为飞机的一部分。太阳已经西斜，阳光穿过看台的顶盖照耀到空中的机翼上。大家如醉如痴地仰望着他，此时，每个人的心里都只有他。他飞了一小圈，然后几乎垂直地在我们头上飞下来。大家都伸长脖子仰望，看见这架单翼飞机在空中摇晃，被布雷里奥牢牢把住，甚至又向上升起。到底发生了什么事？在离地面二十米高的地方，一个人被困在木制飞机里，与自愿接受的看不见的危险抗争。我们则完全屏声息气，呆滞地站在下面，看着这个人。

一切都顺利地过去了。同时，信号柱告诉大家，现在风向变得有利了些，库尔梯斯要飞了，他要拿布雷西亚大奖。是真的吗？大家的看法还没有统一呢，库尔梯斯的飞机已经呼啸着上了天；大家刚抬头朝天上观看，他已经从我们头上飞了过去，飞过在他面前变得越来越大的平地，飞向远方的森林，森林似乎现在才开始升高。他飞过森林，飞了很长一段时间，然后消失不见了，我们看着森林，看不见他。过了一会儿，他从房子后面——天知道这些房子在什么地方——又出现了，高度和以前一样，冲着我们飞过来；每当他上升时，我们就看见他的双翼飞机机翼朝下的一面黑黑的，向上倾斜，而每当他下降时，机翼朝上的一面就在阳光照射下闪光。他飞到信号柱的地方，掉过机头，对热烈的欢呼声毫无表示，径直朝他原来起飞的方向飞去，不一会儿就又变成孤零零的一小点。他这样飞了五圈，用四十九分二十四秒飞了一共五十千米，赢得了三万里拉布雷西亚大奖。这是一个完美无缺的成就，但完美无缺的成就不能赞赏，因为每个人都自认为能够完成这类完美无缺的飞行，要完成这类飞行仿佛不需要勇气。正因如此，当库尔梯斯孤零零一个人飞越森林、他那大家都认识的妻子为他担忧时，看客们就已经把他给忘记了。看台上到处都在抱怨，说卡尔德拉拉不飞了（他的飞机断裂了），罗吉尔已经鼓捣他的瓦赞[1]飞机两天了，也没有鼓捣好，而意大利的控向气球索迪亚克到现在也没有来。针对卡尔德拉拉的不幸，人群中有这样的传言，说大家愿意相信，对民族的爱会比他的赖特飞机更安全可靠地把他升到空中。

库尔梯斯的飞行还没有完全结束，仿佛受了鼓舞，三座机库中就传来发动机启动的声音。风和尘埃从不同的方向呼呼地吹出来，扬到一起。两只眼睛不够用了。看客们在椅子上转动着身子，左右摇晃着，紧紧抓住旁边的某个人，道声对不起，某个人晃了一下，把另一个人也拽了一下，赶紧向他道谢。意大利的秋天天黑得早，场地上的一切都有些看不清了。

库尔梯斯结束成功的飞行经过场地，微微一笑摘下帽子，却没有朝大家看；这时布雷里奥开始飞一个小圈，大家早就相信他会飞得很出色！我们不知道，现在的掌声是给库尔梯斯的，还是给布雷里奥甚或罗吉尔的，因为这时，罗吉尔的又大又沉的飞机正飞上天空。罗吉尔坐在可以通过他背后一架小梯子爬过去的操纵杆旁，就像某个先生坐在写字台旁一样。他一边飞着小圈，一边升高，超过布雷里奥，让布雷里奥成了他的观众，他不停地向上飞升。

---

1 加布里埃尔·瓦赞（Gabriel Voisin，1880—1973）是法国航空先驱，曾设计出欧洲首架动力飞机。

倘若我们还想坐上一辆车，现在是该走的时候了；许多人已经从我们身边走过。因为大家都知道，最后这次飞行只是一次试验，时间快七点了，这次飞行不会正式登记了。在机场大门厅里，司机和仆人们站在他们的座位上，指着罗吉尔；在机场前的空地上，马车夫们站在分散停在场地上的马车上，指着罗吉尔；三列整装待发的火车由于罗吉尔而停着一动不动。幸好，我们要到了一辆车，车夫在我们前面蹲下（车上没有车夫座），我们终于又成为独立自主的个体，乘车走了。马克斯说，在布拉格也可以而且应该举办类似的活动。这话对极了。他说，这不一定是飞行比赛，不过要搞比赛也值得，邀请飞行员肯定是小事一桩，来参加的人，恐怕谁也不会后悔。他接着说，事情其实很简单；现在赖特在柏林飞，不久，布雷里奥要到维也纳飞，拉坦[1]到柏林。我们只要说服他们绕个小道就行。针对他的这番话，我和奥托什么也没有说，因为我们一则累了，二则也没有什么可反对的。我们的路一拐弯，再看罗吉尔，他显得高不可测，我们不禁想，过不了多久，他的位置就得按照一会儿就会在天上出现的星星来衡量了，这不，天已经开始黑下来了。我们不停地回头看他；罗吉尔又一次升高，而我们则越开越低，终于来到了平原上。

---

1 于贝尔·拉坦（Hubert Latham，1883—1912），法国航空先驱，1909 年和 1910 年曾分别创下当时的飞行高度（155 米）和速度（77.548 千米／小时）纪录。

第一次长途火车旅行 [1]

（布拉格至苏黎世）

萨穆埃尔：1911年8月26日，下午一点两分出发。

里夏德：看见萨穆埃尔在他那本熟悉的小小的袖珍日历上写了短短几个字，一个旧的美好想法又闪过我的脑际：我们每个人都来写旅行日记。我把这想法告诉了他。他先是拒绝，继而赞同，说了拒绝和赞同的理由，两者我都只理解表面，但这没有关系，我们只是写日记而已。——现在他又在笑我的笔记本了，这笔记本装着亮光黑色封皮，全新，很大，方形，像中学生用的练习本。我行前就知道，兜里装着这么个本子旅行又沉又麻烦。再说，到了苏黎世，我也可以和他一起买一本实用的笔记本。他也带着一支钢笔。有时我得借它用用呢。

萨穆埃尔：在一个车站，一节满载农妇的车厢正对着我们的窗户。一个农妇哈哈笑着，怀里还睡着一个。她醒过来，睡眼

1 本篇 1912 年发表于《赫尔德杂志》第 4、5 期。

惺忪，猥亵地冲我们招手："过来。"好像她在嘲笑我们，因为我们无法过去。在她们旁边的隔间里，一动不动地坐着一个身穿黑衣、雄赳赳的女人。她的头往后仰着，顺着玻璃窗往外观望。她就像德尔斐的女祭司[1]。

里夏德：而我不喜欢的是，他接着就做出亲切的样子，几乎拍马屁似的，向那些农妇挥手致意。这时火车开动了，萨穆埃尔刚开始微笑、挥帽子，他的对象就消失不见了。——我是不是夸大其辞？——萨穆埃尔向我念了他记下的第一段话，给我留下很深的印象。我真该多注意一点这些农妇。——乘务员问我们，是否有人要订咖啡，到比尔森[2]时喝。顺便说一句，他的问话很不清楚，仿佛是在和经常坐这趟车的人打交道似的。有人订了，他就在隔间的门玻璃上，为每一份咖啡贴上一张绿色小条子，就像在米斯德罗伊[3]没有栈桥时，远处的游轮用三角旗表示需要出动的小船数。萨穆埃尔没有去过米斯德罗伊。可惜我没有和他一起去那里。那一次游米斯德罗伊美极了。这一次也会很美的。火车开得很快，时间过得很快；我现在渴望到远方旅行！上面所做的这个比较太陈旧了，因为米斯德罗伊有了栈桥都已经五年了。——到比尔森在站台上喝咖啡。人们无须带那张条子，没有条子也能得到咖啡。

---

1 德尔斐是古希腊宗教中心和城邦，系阿波罗神庙及其神托所的所在地，以此庙的女祭司皮提娅宣示的神谕著称。
2 捷克工业城市，啤酒酿造业驰名。
3 波罗的海沃林岛上的海滨浴场，现属波兰。

萨穆埃尔：在站台上，我们看见一个陌生的姑娘从我们的小隔间往外看，她是在比尔森上车的多拉·利普尔特。她长得漂亮，大鼻子，脖子上白色花边衬衣的开口很小。在随后的旅行中我们的首次接触是，她那顶放在纸盒里的大帽子从行李架上掉到了我的头上。——我们听说，她是一个调到因斯布鲁克[1]的军官的女儿，现在去看她很久没有见面的父母。她就职于比尔森的一家技术事务所，全天工作，很忙，但是她很快乐，对她的生活很满意。在事务所里，大家都叫她"我们的小鸟""我们的小燕子"。她周围全是男子，她是最年轻的。噢，在事务所里气氛非常轻松愉快！大家在衣帽间里互相拿错帽子，把十点钟工间吃的小面包钉到墙上，或者用树胶把蘸水钢笔杆粘到某个人的书信夹上。我们有机会和她一起开这样一个"无可指责"的玩笑。她给她的同事写了一张明信片，上面写道："预言的事可惜发生了。我错上了另一列火车，现在到了苏黎世。致以亲切的问候。"她要我们在苏黎世发这张明信片。她希望我们是正人君子，不要在上面添写什么。在事务所里，他们自然会担心，会发电报，谁知道还会做些什么。——她是瓦格纳[2]崇拜者，从不错过任何一场瓦格纳音乐会。"新近，这个库尔茨饰演伊索尔德[3]。"连瓦格纳和魏森东克[4]书信集，她也正在阅读，甚至把这本书信集带到因斯布鲁克，

---

1 奥地利提罗尔州首府。
2 瓦格纳（Wilhelm Richard Wagner，1813—1883）是德国著名作曲家，尤擅长创作歌剧。
3 瓦格纳歌剧《特里斯坦和伊索尔德》中的人物。
4 退休丝绸商人奥托·魏森东克是瓦格纳的朋友，多次向他施以援手。但瓦格纳与魏森东克年轻的妻子产生了感情，并因此创作了《特里斯坦和伊索尔德》。

书是一位先生的，当然是那位为她演奏钢琴片段的先生借给她的。她自己可惜没有多少演奏钢琴的天赋，这一点我们听了她哼过几段主旋律后就知道了。——她喜欢收集巧克力纸，用这些包装纸做成一个大锡球，也带在身边。这个球是给一个女朋友的，是否有其他用途，我们不得而知。她也收集雪茄线，完全用来编一个托盘的。——第一个巴伐利亚乘务员说了几句话，让她简短而又坚定地发表了一个军官女儿对奥地利军队、对军队本身的一番充满矛盾、非常模糊的观点。她不仅认为奥地利军队松垮疲沓，而且说德国军队也松垮疲沓，任何一支军队都是松垮疲沓之师。那么，军乐队经过时，她在事务所里就没有跑到窗口去看？当然没有，因为那不是军队。不错，她的妹妹是要去看的，她算什么。她经常到因斯布鲁克军官食堂跳舞。而多拉自己，她对军服不屑一顾，对她而言，军官一文不值。看来她之所以这样，责任一半在于那位借给她书信集的先生，一半在于我们在菲尔特[1]火车站上来回走动，因为她感到坐了一段时间火车后，走动走动是多么惬意，她用两只手掌抚摩自己的腰部。里夏德为军队辩护，十分严肃认真。——她喜欢说的几个词是：无可指责，以零点五加速，开火，快，松垮。

里夏德：多拉·利普尔特的脸颊圆圆的，有很多淡黄色绒毛；但她的双颊没有血色，我们恐怕得用双手在她脸上摁好一会儿，才能让它泛起一点红色。她的紧身胸衣很差，胸前紧身衣的

---

1 德国巴伐利亚州城市。

边上，衬衣皱皱巴巴的；这些我们一定得撇开不论。

我坐在她对面，而不是她的旁边，这让我很高兴，因为跟一个坐在旁边的人，我无法说话。萨穆埃尔又坐到我的旁边，他喜欢这样；他当然也喜欢坐到多拉的旁边。而一旦有人坐在我旁边，我就有被偷听的感觉。再说，对这样一个人，我们事先真的没有什么准备，现在不得不先转身观看她。自然，由于我跟多拉对着坐，所以有时就不能参加她和萨穆埃尔的谈话，尤其是在火车行驶时。这不，一个人不可能什么好处都占。不参加谈话也有好处，那就是我可以静静地看见他们并排坐着，即使只有瞬间；当然没有我什么错。

我佩服她，她很有音乐天赋。可是，当她轻轻地唱了点什么时，萨穆埃尔却仿佛嘲讽地微微一笑。也许她唱得不完全准确，可不管怎么说，一个大城市里的单身姑娘如此热心于音乐，不值得赞赏吗？她甚至把一架租来的钢琴搬进她租用的房间。你想想，搬运钢琴是多么麻烦的一件事，甚至会给整整一个家庭带来麻烦，何况是个文弱的姑娘！要有多大的独立、果断处理事情的能力啊！

我向她打听过日子的事。她和两个女友住在一起，晚上，她们中的一个到一家美味食品店买晚餐，三人谈得很投机，经常开心大笑。当我听说她们点的是煤油灯时，不禁觉得有点奇怪，但我没有告诉她我的感觉。看来，照明不好对她来说也无所谓，因为她那么泼辣能干，只要愿意，向房东要一盏更好的灯是不会有问题的。

因为她在谈话过程中不得不把包里的东西都拿出来展示一番，我们也看见了一个药袋，里面装着一些令人恶心的黄色东西。这时我们才听说，她身体不是太好，甚至病过很长一段时间。病好后她还很虚弱。当时，她的上司亲自建议她只上半天班（你看大家对她多好）。现在她好多了，但是她必须服用这种铁剂。我劝她还是把它倒到窗外去的好。她虽然有点同意我的话（因为那药实在难喝），但我并不能让她真正这么做，尽管我比先前更近地弯下腰，凑到她跟前，向她非常清楚地阐明我关于人体器官自然疗法的观点，而且我这么做完全是好意，想帮助她，或者说至少要保护这个姑娘免遭伤害，于是我觉得，至少有一瞬间，和我相遇是这个姑娘的一次幸遇。——她不住地发笑，于是我停了下来。我讲话时萨穆埃尔一直摇着头，这也妨碍了我。我了解他。他相信医生，认为自然疗法可笑。这一点我很理解：他从来没有看过医生，所以对这种事从未认真思考过，比如他根本不会把这种可恶的药剂和自己联系起来。——要是我跟这个姑娘单独在一起，我恐怕会说服她。因为，倘若在这件事上我错了，我就没有对的地方了。

她贫血的原因，我一开始就十分清楚。原因就在事务所。和别的一切事情一样，人们会觉得坐办公室挺有趣的（这个姑娘就是这样，是真心觉得有趣好玩，可她完全错了），然而就其本质来说，从它引起的不幸后果看，情况又如何呢？我很清楚我在说什么。而现在，甚至要让一个姑娘去坐办公室，女孩子家压根儿就不是为办公室而生的，她们怎么能老那样紧张，连续几个小时坐在硬邦邦的木头椅子里来回挪动？于是，她们圆圆的屁股被挤压，同时她们的胸脯挤靠在办公桌坚硬的边缘上。——夸张？——对我来说，每次看见办公室里的姑娘都觉得很可怜。

这时，萨穆埃尔和她已经相当亲密。他甚至说动了她和我们一起到餐车就餐，这是我从来都没有想过的。我们三个人踏进餐车，来到陌生人中间时，已经像是很亲密的一伙。人们必定会记住这样一点：为了加深友谊，人们需要到一个新的环境里。你看，现在我甚至坐到了她的旁边，我们一起喝酒，我们的胳膊互相碰到一起，共同度假的欢乐真的把我们变成了一个家庭。

尽管她一直不肯，又下着雨，但萨穆埃尔还是说服她，利用在慕尼黑停留的半个钟头一起乘汽车去逛逛。萨穆埃尔去叫车时，她在车站门廊里挽起我的胳膊，对我说："请您阻止这次活动。我不能去。这是完全不可能的。我信任您，所以跟您说。我无法和您的朋友说话。他太怪了！"——我们上了车，我觉得这件事做得很不好，它也让我想起电影《女白奴》，在这部电影里，无辜的女主角在黑暗的火车站出口处被几个陌生的男人逼到汽车里带走了。萨穆埃尔却情绪很好。因为汽车的顶板挡住了我们的视线，我们只能看到所有建筑物的二层。已经是夜里。远处一栋建筑，看上去像是一幢带地下室的住宅楼。萨穆埃尔却异想天开，说那是宫殿和教堂，而且还推断出其高度。因为多拉坐在黑暗的后排，始终一言不发，我几乎害怕她会发作，于是萨穆埃尔也开始犯疑，在我看来有点拘谨地问道："小姐，您大概不生我的气吧？我对您没有做什么吧？"她答道："我既然已经上了车，自然不想扫您的兴。可是您当时不该强迫我。我说'不'，自然不会没有理由。我真的不能和你们一起坐车逛城。""为什么？"他问道。"这我不能告诉您。您自己该知道，一个姑娘不能在夜里和男人出来乱逛的。而且还有别的原因。您该想到，我已不是自由之身……"我们两人暗生敬意，各自猜想，这件事多半和那位借她瓦格纳书的先生有某种关系。自然，我无须自责，但我还是试图提高她的兴致，让她高兴起来。萨穆埃尔先前对她有点瞧不起，现在似乎也后悔了，只想和她谈乘车逛城的事。司机应我们的要求，大声报出道路两旁看不见的名胜的名字。轮胎在湿乎乎的沥青路面上疾驰向前，发出嗖嗖的响声。又想起《女白奴》。这些空荡荡的、水洗过的又长又黑的街道。看得最清楚的是"四季饭店"的没有拉上窗帘的大窗户，我们不知什么时候听说过，这是本市最豪华的饭店。一个穿制服的侍者向一桌客人点头哈腰。经过一座纪念碑，我们幸好记得这是著名的瓦格纳纪念碑，就告诉她这是什么碑，她表现出很有兴趣。我们只在自由纪念碑前才稍稍多停留了一会儿，碑前的喷泉在雨中发出击打声。经过一座桥，我们只是隐隐约约地感到桥下的伊萨尔河[1]。沿着英国公园[2]是非常漂亮的豪华别墅。路德维希大街[3]，特埃蒂娜教堂[4]，统帅

---

1 多瑙河支流，流经慕尼黑。
2 慕尼黑最大的公园，位于伊萨尔河畔，园林营造上效仿英国，故名英国公园。
3 慕尼黑四条皇家大道之一，由巴伐利亚国王路德维希一世建造。
4 建于17世纪末，是一座意大利巴洛克式天主教堂。

堂[1]，帕朔尔啤酒馆。我不知道怎么会这样：我到过慕尼黑多次，怎么会什么也认不出来呢？森德林门[2]。我担心不能及时赶到火车站（尤其是为多拉担心）。于是，我们像计算好的钟表发条那样，按计时器所示，花了不多不少二十分钟穿越了城市。

我们把多拉送上一列直达因斯布鲁克的火车，好像我们是她在慕尼黑的亲戚。车上一个穿一身黑衣服、比我们还可怕的女士说，她会在夜里保护她。这时我们才看到，其实人们是可以放心地把一个姑娘交给我们的。

萨穆埃尔：多拉的事彻底失败了。事情越往后越糟。我本想中断旅行，在慕尼黑过夜。晚饭前，大约在雷根斯堡[3]站，我还相信事情会成功。我试图用写条子的办法，和里夏德沟通。可他似乎压根儿没有看条子，而只想把它藏起来。到后来我也无所谓了，我对这个乏味的小妞儿已经毫无兴趣。只有里夏德唠唠叨叨的，讨好她，和她纠缠胡闹。这么一来，她更是扭捏作态，越来越不像话，在汽车里变得无法容忍。分手时，她简直成了多愁善感的德国甘泪卿[4]，里夏德自然为她提着箱子，看那样子，似乎她让他无比快乐，而我则只感到难受。简而言之，单独旅行的女人，或者愿意别人把她们看作独立自主的女人，就不应该醉心于卖弄风情（卖俏很普遍，也许今天已经有点过时），时而拉你，

---

1 位于慕尼黑音乐厅广场，是一座纪念凉亭，1844 年为纪念巴伐利亚的统帅们而建。

2 慕尼黑中世纪城堡四大城门之一，为南城门。

3 巴伐利亚州直辖市，位于慕尼黑以北约 104 千米。

4 歌德诗剧《浮士德》里的人物。

时而推你，以此迷惑你的心，为自己捞好处。因为这点小计谋很快就会被识破，对方巴不得让她推得比她所希望的更远。

认识了这么一个旅伴、经历了这么一场并非完全无可指责的邂逅后，最大的快乐是在车站上找到一个专门为洗手洗脸而预备的场所。有人为我们打开了一间盥洗室；尽管我们可以设想，还有比这更好的盥洗场所，而且我们也只有不多的一点儿时间，好不容易穿着衣服在两个洗脸盆之间的狭窄空间里转身，但我们在一点上还是一致的，即德国铁路是有文化的。要是在布拉格，要在火车站上找到这类盥洗场所，不找好一阵才怪呢。

我们进了里夏德提心吊胆放着行李的小隔间。里夏德做起我熟悉的睡前准备工作：把他的披巾垫到头下当枕头，把挂着的斗篷当头盖，放到脸上。至少在睡觉时，他是毫不顾忌别人的，比如他问也不问就熄了灯，尽管他知道，我在火车上睡不着觉，我喜欢他这样。他在凳子上伸展开身子，仿佛他在同行乘客前有特殊的权利似的。他很快就平静地睡着了。可他却常常抱怨失眠。

在我们这个小隔间里还有两个法国人（在日内瓦上中学）。一个是黑头发，爱笑，甚至连里夏德让他几乎没有地方坐时也笑（里夏德伸开身体，占了很多地方），然后，当里夏德起身请在座的人不要抽那么多烟时，那小伙子利用这一瞬间占了里夏德的一点地方，这时他也笑。这样的小小的战斗在说外语的人之间无言地，因而很轻松地进行着，互相之间既无道歉，也无责备。——两个法国人时而拿出一盒饼干，互相递着吃；时而卷根香烟；时而走到过道上，互相叫着，然后又回到车厢里，以此消磨夜间的时光。在林道[1]（他们叫伦多）换了奥地利乘务员，两个法国人见了他开怀大笑，那笑声在夜里显得非常清脆。外国乘务员不可避免地会显得可笑，在菲尔特时，那个巴伐利亚乘务员背着一个红色大口袋，贴着下面的大腿晃来晃去的，我们也觉得可笑。——火车经过博登湖[2]，我们长时间地看着被火车灯光照亮、平静如镜的湖面，还可看到对岸隐隐约约的灯光。我突然想起一首古老的校园诗歌，标题叫《博登湖上的骑士》。我搜索枯肠，去回忆诗句，度过了几分钟美妙的时光。——上来三个瑞士人。其中一个抽烟。两个又下了车，留下的一个起先有些愁眉苦脸的，但快到天亮时情绪好了起来。对于里夏德和黑衣法国人之间的争吵，他各打一板，说两人都有错，夜里余下的时间他就两腿夹着登山拐杖，直挺挺地坐在两人之间，终止了两人的争吵。可里夏德坐着也能睡。

进入瑞士，铁路沿线城市乡村的房子一幢幢都是孤零零的，因而显得那么独立，这让我们很是吃惊。每幢房子都装有深绿色百叶窗，桁架和栏杆也是绿色的，让人觉得类似别墅。但每幢房子都是一个公司，只一个公司，看来家庭和店铺不分。在别墅里做生意这一现象让我清楚地回忆起罗·瓦尔泽[3]的长篇小说《助手》。

---

1 德国城市，在德奥边境。

2 又称康斯坦茨湖，位于德奥瑞三国之间，面积541平方千米。

3 罗伯特·瓦尔泽（Robert Walser, 1878—1956），瑞士作家，著有《丹诺兄妹》《助手》等。

那是星期天，8月27日，清晨五点钟。所有窗户都还关着，大家都在睡觉。我们始终有这么一种感觉：我们被关在火车里，走到哪儿都只能呼吸那污浊的空气，而外面的土地以非常自然的方式揭开了自己的面纱，这自然的方式只有在夜间的火车里，在继续点燃的灯光下才能真正地观察到。这土地先是从黑沉沉的山峦那边向我们迎来，在山峦和我们的火车之间形成一道峡谷，然后晨曦初露，像从天窗射进一丝光线，外面的景色蒙蒙发白，牧场逐渐显现出来，仿佛先前从来没有在上面放牧过似的，又鲜又嫩，绿油油的，在这干旱之年让我十分惊讶，而随着太阳逐渐升高，牧草慢慢地发生了变化，失去了光泽。——车窗外是黑黝黝的针叶林，从根部起的树干上长出长长的、枝叶繁茂的枝条。

这样的形状我在瑞士画家的画里经常看到，此前我一直以为那只不过是程式化的描画而已。

一个母亲带着她的孩子开始在干净的街道上散步晨练。这个情景让我想起戈特弗里德·凯勒[1]，他是由母亲抚养长大的。

在牧场上，到处是养护得很好的篱笆；有的用顶端削成铅笔状的灰色树干围成，很多篱笆是把这样的树干劈成两半。我们还是小孩子时也这样把铅笔劈成两半，取出里头的铅芯。这样的篱笆我还从来没有见过。可见，每个国家的日常生活中都有新鲜的事物，我们千万不要只顾高兴，而忽略了那些稀罕的东西。

里夏德：在清晨的头一两个小时，我没有去看瑞士。萨穆

1　戈特弗里德·凯勒（Gottfried Keller, 1819—1890），瑞士作家，他的长篇小说《绿衣亨利》和许多中短篇小说均有中译本。

埃尔据说看见一座值得一看的桥梁时叫醒了我，可是我抬头观看时，桥已经过去，他通过这一着大概对瑞士获得了一个强烈的印象。而我很长一段时间迷迷糊糊的，看着外面朦胧的景色。

夜里我睡得非常香，我乘火车时几乎都是这样。我在火车里睡觉简直可以说是一项干脆利落的工作。我躺下身子，最后放好头，稍微试试各种姿势，作为睡觉的前戏，然后拿起大衣或旅行帽盖住自己的脸，就算跟同行的旅客隔开了，再也不管他们怎样从四面八方看我，接着重新换了个姿势，就舒舒服服地睡着了。开始时，车厢里灯光暗淡对我入睡自然大有好处，睡着以后也就无所谓了。谈话也可以照常进行，可有一点我得说，一个认真睡觉的人发出的警告，哪怕是一个坐得远远的唠叨大王也是很难抵御的。因为世界上几乎没有别的地方，互相对立的生活方式像在车厢里这样近距离、这样直接、这样突然地挤靠在一起，而且由于持续地互相观看，在极短的时间里就开始互相影响。即使一个睡觉的人没有让其他人立刻昏昏欲睡，他也会使他们变得安静一些，甚至违背自己的意愿，促使他们想起抽烟，这样的事可惜在我们这趟旅途中发生了，因为我在并不令人讨厌的梦乡里梦见了清新的空气，却吸进了腾腾的烟气。

我在火车里睡得很好，这一点我做如下解释：我由于工作过度劳累而情绪烦躁，这内心的烦躁在夜里因外界的噪声——各种各样偶然的声音，如巨大的住宅和街道的噪声，醉汉的吵架声，楼道里的每一个脚步声——而更加强化，使我不能入睡；我常常生气地把不能入睡的罪责推到外界的噪声上，而在火车上，行驶中的各种声音，不管是车厢减震器的声音，还是车轮的摩擦声，铁轨的碰撞声，火车上所有木制、铁制部件和玻璃的震动声，都那么均匀，那么有规律，形成了一种非常安宁的环境，让我能很好地睡觉，仿佛我是一个健康的人。当然，只要机车"呜"地发出一声鸣叫，火车突然加速或减速，这个假象就马上消失了，尤其是车站上给全车人留下深刻印象的情景也突然闯进我沉睡的头脑，使我苏醒。这时，我毫不惊讶地听见有人喊出我未曾料到会经过的地名，如林道、康斯坦茨，我想还有罗曼斯霍恩[1]，即使我梦见过这些地方，我也得不到什么好处，相反是干扰。我一旦在旅途中醒来，那么这种苏醒就更加强烈，因为它违背了我坐车睡好觉的习惯。我睁开眼睛，朝窗户看了一会儿。我没有看见很多东西，我看到的是一个做梦人不清醒的头脑所能把握的东西。然而我敢保证，在符腾堡[2]的什么地方——仿佛我清清楚楚地认出那是符腾堡地区似的——夜里两点钟左右，我看见一个男子俯身在他的乡间别墅阳台的栏杆上。在他身后，书房亮着灯，门半开着，好像他只是睡觉前出来透透气，清醒一下头脑似的……在林道，包括进站和出站时，车站上一片歌声，因为在星期六到星期天的夜里旅行，人们在长长的旅途中把许多夜生活拢到了一起，所以你就似乎觉得睡眠特别深，外面的吵闹特别响。我常常看见那些乘务员从我模糊的窗玻璃前走过，他们没有去唤醒任何一名乘客，而只是履行他们的职责，在空荡荡的车站大厅里大声地向

---

1 康斯坦茨和罗曼斯霍恩分别是德国与瑞士城市，均位于博登湖畔。

2 巴登-符腾堡州位于德国西南部，与瑞士接壤。

我们喊出站名的一个个字母。然后，我的旅伴兴致勃勃地拼出整个地名，或者站起身，透过不得不一次次擦拭的玻璃，亲自去看站上的名字；我则又把头靠回到椅背上。

假如一个人能像我这样在行驶的车上睡得这么好——萨穆埃尔则说，他是睁着眼，坐了整整一个晚上——那就应该让他到达目的地时才醒来，免得他从酣梦中醒来时，发现自己脸上油腻腻的，浑身潮乎乎的，头发蓬乱，穿着二十四小时没有梳刷整理和通风、落满火车灰尘的衣服，蜷缩在车厢的某个角落里，并且还要在这种状态下继续旅行。倘若你现在有能力这样做，你就会诅咒睡眠了，但实际上人们却暗暗地羡慕萨穆埃尔这样的人，他们也许只睡了一小会儿，却能更好地关照好自己，几乎能清醒地度过整个旅途，能赶走任何睡魔，一直保持清醒的头脑。于是到了早晨，我就只好随萨穆埃尔摆布了。

我们并排站在窗前，我是为了他才站在那里的，他一一指给我看，瑞士都有哪些东西值得一看，给我讲我睡着的时候都错过了什么，我则只是点头，如同他希望的那样赞美几句。他要么没有注意到我身上的这些情况，要么是不能正确判断，真是运气，因为恰恰在这样的时候，他对我总是十分亲切友好，比我理应得到他善待的时候更加友好。而我当时真正想的只是利普尔特。对于那些新的萍水之交，尤其是女人，我很难有真正的了解。因为即使在与她相交期间，我看管得更多的还是自己，那时我很忙，只是非常肤浅地了解了她的一点皮毛，而且很快就淡忘了。而在我们的记忆中，这些认识的人马上变得十分高大，值得崇敬，因为他们在回忆中一个个沉默不语，各自忙着自己的事，把我们忘得干干净净，从而显示出他们对我们的蔑视。我如此渴念记忆中最后认识的姑娘多拉还有一个原因。今天早上，萨穆埃尔不能使我满足。他作为我的朋友愿意跟我一起旅行，但这算不了什么。这只意味着，在旅途中每天都有一个穿着整齐的男子在我身旁，他的身体我只有在浴室里才能看见，而即使见了他的身体，我对他也没有丝毫渴望。如果我想哭，萨穆埃尔自然会让我的头靠在他的胸前哭泣，但是，当我看见他的男人脑袋、他的微微飘动的山羊胡子、他的紧闭的嘴巴时——我这就停笔——我会面对他流出解脱的眼泪吗？

巨大的吵闹声 [1]

　　我坐在我的房间里，这里是整幢住宅吵闹声的总部。我听见所有门砰砰的开关声，门的噪声盖过了在它们之间走动的人的脚步声，才使这种脚步声没有侵扰我的耳朵，连厨房里炉灶门的关门声我也听见了。父亲穿着长长的睡衣，打开我房间的两道门，从我的房间穿过，到隔壁房间咔嚓咔嚓地刮去炉子里的炉灰。从前厅传来法莉的声音，她一个字一个字地嚷着问道，父亲的帽子是否已经刷过。先是一个让我觉得好受一点的尖嘘声，这嘘声使大声嚷嚷的回答听起来更加刺耳。有人按动了住宅大门的门把，大门发出一阵像是从黏膜发炎的喉咙里发出的黏滞的噪声，然后，传来一个女人的歌声，门开了，接着，一个男人毫无顾忌地重重一推，门又关上了。父亲走了，现在，由两只金丝雀的鸣叫声带头，那更加柔和、更加分散、更加不可能指望它停止的吵闹声开始了。在此以前我就想到，现在听见

1　本篇于1912年10月发表于布拉格《赫尔德杂志》第4、5期。

金丝雀的叫声我重又想起，我是否该把门打开一条缝，像蛇那样爬进隔壁房间，蹲到地上，向我的妹妹们和她们的保姆请求安静。

骑煤桶的人 [1]

所有的煤都已用光；煤桶空空如也；煤铲变得多余；炉子透出冷气；房间里充满寒气；窗外的树木一片萧瑟；天空像一面抵挡向它求救的人的银盾。我一定得搞到煤，我可不能冻死。我背后是那个冷冰冰的炉子，我前面是冷冰冰的天空；因此，我必须小心地在它们两者之间骑行，向煤店老板求助。可是，对于我的平平常常的请求，他早已麻木不仁；我必须非常确凿地向他证明，我连一粒煤灰都没有了，因此对我来说，他简直就是天上的太阳。我去求他时得像一个饿得天旋地转的乞丐，眼看一口气上不来，就要死在人家门口，于是那大户人家的厨娘决定，把剩下的那点咖啡渣倒给他；同样，煤店老板虽然会怒气冲冲，但在"你不要杀人"这一训诫的光照下，还是会把满满一铲煤铲进我的煤桶里。

抵达门前坡道的瞬间肯定是关键；于是我骑煤桶前往。我骑

---

1 本篇写于 1917 年初，1921 年 12 月 25 日发表于《布拉格日报·圣诞增刊》。

到桶上，手抓住上面的桶把——世界上最简单的辔头，费劲地转到台阶下。到了下面，我的桶却一跃而起，那姿态优美无比；就算是躺在地上的骆驼随着驼帮头的鞭子的指挥，摇着头站起来时，也没有这样优美。我以均匀的速度穿过冻硬的街道，常常被抬升到二层楼那么高，从未下降到和房门一样的高度。最后，我高高地飘到了煤店老板拱形地窖的门前，老板正蹲在深深的地窖里的小桌子旁，写着什么；窖里太热，他让窖门开着散热。

"老板！"我的喉咙冻得发僵，瓮声瓮气地喊道，嘴巴呼出一股浓浓的热气，"求您了，老板，给我一点煤吧。我的煤桶空空的，我都可以拿它当车骑了。您行个好吧。我一有钱，就还您。"

老板把手放到耳朵上。"我没有听错吧？"他扭过头问坐在炉台上织毛衣的妻子，"我没有听错吧？有顾客。"

妻子后背舒舒服服地烤着火，平静地呼吸着，一边织毛衣，一边说："我什么也没有听见。"

"对，是个顾客，"我喊道，"是我，一个老顾客。一向很诚实的，只是眼下身无分文。"

"老婆，"老板说，"你看，是有人来了，我不会那么容易听错的。肯定是个很老很老的顾客了，他说话让人多舒心啊。"

"你怎么了，老公？"妻子说，把毛线和织针放到胸前，停歇了片刻，"什么人也没有；街道空空的，我们所有的顾客都已买好了煤；我们可以关上店门，歇几天了。"

"可我在这儿，坐在煤桶上呢。"我喊道，浑身发冷，不知不觉流出了眼泪，模糊了眼睛，"请你们抬头往上看一眼吧，你们马上就会发现我的；我求你们给我一铲煤；要是给我两铲，那我就高兴死了。不是说其他顾客都供应过了吗？噢，要是我现在听见煤桶里煤块噼啪作响，那该多好啊！"

"我这就来。"老板一边说，一边就要挪动两条短腿，登上地窖台阶往上走。可他的妻子一步跨到他跟前，拽住他的胳膊说："你待着别动。如果你执意要去，那就我上去。你想想，你昨天夜里咳得多厉害。别为了一点生意，何况还是一桩想象中的买卖，就忘了老婆孩子，不顾自己的肺了。我去。""那就告诉他我们库里所有的品种，你说一种，我就在下面喊一声价钱。""好的。"妻子应了一声，就走出地窖来到街上。她自然立马就看见了我。

"老板娘，"我大声说道，"向您请安了。我只要一铲煤；就铲到这煤桶里；我自己背回去；就一铲最次的煤。煤钱我当然一分钱不会少，只是不是马上，不是马上。""不是马上"这几个字听起来多像钟声，和附近教堂钟楼发出的晚钟声混杂在一起，使人迷离恍惚。

"他倒是要什么呀？"老板喊道。"没有什么，"妻子冲地窖答道，"没有什么，我什么也没有看见，什么也没有听见；只听见钟楼响了六下，我们关门吧。天冷得邪乎；明天我们也许要忙一天呢。"

她什么也没有看见，什么也没有听见；然而她却解下围裙，试图用围裙把我轰走。可惜她成功了。我的煤桶具有一匹优良坐骑的种种优点，却没有抵抗力；它太轻了，一条妇女的围裙就把它扇得离开了地面。

　　在她一边转身走回煤店，一边既轻蔑又满足地在空中挥动手臂时，我还回过头朝她喊道："你这个恶婆娘！我只向你要一铲最次的煤，你也不给。你是个恶婆娘！"说着，我飘上了冰山地带，消失不见，再也没有回去。

回家 [1]

我回来了，我穿过过道，环视四周。这是我父亲的老宅。院子中央有一个小水坑。没有用的破旧农具乱堆在一起，堵住了通向阁楼楼梯的路。猫在楼梯栏杆上窥视着。以前做游戏时缠在一根木棍上的破布单在风中飘动。我到家了。谁会接待我？谁会在厨房的门后等我？烟囱里冒出炊烟，正在煮晚饭的咖啡。你觉得舒服吗？你觉得到家了吗？我不知道，我心里很没有数。是我父亲的房子，这不错，可是，每间屋子都是冷冰冰的，一个个互不相干，好像每间都忙着各自的事情，它们的事有的我早已忘记，有的我从未见过。即使我是父亲的儿子，那个老农民的儿子，我对它们有什么用，我能帮它们什么忙？我不敢敲厨房的门，只在远处倾听，只站在远处倾听，免得被人当作偷听者逮个正着。因为我在远处听，所以什么也没有听到，只听见一声轻轻的钟声，或者是我自以为听到了它，也许是从童年时代传来的钟声。除此

---

1 本篇初见于作者的一本蓝色笔记本，创作于约 1920 年秋。

之外厨房里还发生什么事，这是坐在里面的人要对我保守的秘密。我在门外犹豫的时间越长，我就会越显得陌生。要是这时有人打开门，问我点什么，情况会怎样？我是否自己也会成为一个想保守秘密的人呢？

夫妇 [1]

　　总的营业情况很糟糕，所以我在办公室还有一点空余时间时，有时就拿起样品袋，亲自去拜访几位顾客。再说，我早就打算去一趟 K 那里，以前我和他有过长期商务往来，可是到了去年，由于我不知道的原因，业务关系几乎中断了。这种事也不必有什么真正的理由，现在局势动荡不稳，常常一点无关紧要的小事，或者一时的情绪，就决定了一切。同样，一点无关紧要的小事，或者一句话，又可以使一切恢复正常。不过，要到 K 那里去并不那么简单，他是个老人，近来又病歪歪的，虽说店里的事务还由他总抓，可他自己却几乎不到店里办公，所以要和他谈事，就得到他的住宅里去，而这样的拜访，人们自然总是尽可能往后推。

　　但是昨天晚上六点，我到底动了身，前去拜访。当然，这时已经过了会客的时间，但是我们要谈生意场上的大事，而不是

1　本篇初见于作者的一本黑色笔记本，创作于约 1922 年末。

进行一般的社交往来。我很幸运，K 在家里。仆人在门厅里告诉我，他刚和妻子散步回来，现在正在儿子的房间里，他儿子身感不适，正躺在床上呢。他请我就到那里去，我先是犹豫了一阵，但想把这件不愉快的事尽快了结的愿望很快占了上风，于是就像进屋时那样穿着大衣，戴着帽子，手里拎着样品袋，跟着仆人穿过一间黑暗的房间，进了一间亮着微弱灯光的房间，里面已经聚了几个人。

也许是本能，我的目光首先落在一个我非常熟悉的经纪人身上，他在某些方面是我的竞争对手。所以，他在我之前就偷偷溜到这儿来了。他紧挨着病人的床随意舒适地坐着，俨然像个医生。他身穿一件鼓鼓的、敞着扣的精美大衣，威风凛凛地坐在那里，他的狂妄傲慢真是无以复加。那病人恐怕也会像我这么想，他躺在床上，脸颊烧得有点发红，不时地抬眼看经纪人。他其实已经不年轻了，和我一般年纪，留着短短的、由于生病而疏于修剪的络腮胡子。老 K 本是个身材高大、肩宽膀圆的人，但由于长年疾病缠身，已经变得相当消瘦，佝偻着背，步履蹒跚，举止犹疑，让我不免大吃一惊。他还像刚回来时那样穿着皮大衣，对着儿子嘟哝了几句什么。他的妻子身体矮小羸弱，但只要是丈夫的事，她就十分殷勤活跃，而对我们其他人，她几乎看也不看。她忙着给丈夫脱皮大衣，两人一高一矮，所以脱起来不那么方便，但最后还是脱下来了。此外，真正的困难也许在于 K 很不耐烦，老是用哆哆嗦嗦的手不断地去找靠背椅，妻子帮他脱掉大衣后，赶紧把椅子推到他身下。她自己则拿起皮大衣，走了出去，她几乎完全被大衣遮挡住了。

现在，我觉得我讲话的时机终于到了，或许可以说还没有到来，但在这儿也许永远不会到来。可是，如果我还想试试，达到我的目的的话，我应该马上采取行动了。凭我的感觉，在这里进行业务会谈的条件只能会越来越坏，并自己老这么僵在这里——这似乎正是那位经纪人所期盼的——这不是我的处事方式。再说，我根本不想理他。于是我就开门见山，谈起我的来意，虽然我注意到，K 的兴致是，想和儿子多聊一会儿。可惜我有个习惯，每当我有点激动地说了一会儿话，我就要站起来，一边说一边来回踱步——这情况发生得很快，今天在这病房里就更是这样。在自己的办公室里，这本是很好的一件事，而在别人家的住宅里可就有点难堪了。可是我控制不了自己，何况还没有我抽惯了的香烟。好了，每个人都有他的坏习惯，况且，比起经纪人的坏毛病，我还要赞赏我的坏习惯呢。比如说，他把帽子放在膝盖上，慢慢地在那里推来推去，有时又突然完全出人意料地把它戴到头上，这让人说什么好呢？虽然他马上又把它摘了下来，仿佛只是一时疏忽戴上去的一样，可是帽子还是在头上戴了一会儿，而且一而再，再而三地这么做。这样的举止真是太过分了。我倒没有什么，在屋里来回踱着步，完全沉浸在我的事情里，根本没有看他，可对有些人，这无休止的帽子表演会让他们心烦意乱的。不过，我正在兴头上，不仅没有注意到这种干扰，而且也没有去理它；虽然我注意到正在发生的事情，但只要我没有讲完，只要没有听到不同意见，我就基本上不去理它。比如我注意到，

K没有怎么听进去。他抓住两侧扶手，很不舒服地晃来晃去，对我看也不看一眼，只是呆呆地凝视着空中，脸上毫无表情，木木的，好像我的话一句也没有进入他的耳朵，甚至没有感觉到我在这儿。我虽然看到了他这种病态的、没有给我多少希望的举止，但还是继续讲下去，仿佛我还有希望，通过我的话，用我十分优惠的条件使一切重新步入轨道。谈到条件，我自己都大吃一惊，我怎么做出了这样的让步，并没有人要求我做出这样的让步啊。我扫了四周一眼，发现经纪人终于让他的帽子一动不动地放在膝盖上，两手交叉在胸前，这让我多少感到一些痛快，看来我这番原本部分地就是冲他而讲的话在敏感的地方刺中了他的要害。要不是我一直认为是无关紧要的人而忽视的儿子突然在床上半支起身子，拿拳头威胁我，叫我住口，我恐怕在自我感觉良好的状态下，还会长时间地讲下去。他显然还想说点什么，用手指点什么，可他做不到。起先，我以为这是高烧性谵妄，可是我看了K一眼，就马上明白是怎么回事了。

K睁着眼睛坐着，目光呆滞，似乎挺不了多一会儿的样子；他浑身发抖，身体前倾，好像有人扼住他的脖子，或者掐他的脖子。下唇，不，整个下颏无力地下垂着，大张着嘴巴露出牙龈，整张脸都变了形。他还有呼吸，尽管很微弱，但很快他便重重地倒到椅背上，闭上眼睛，脸上掠过一丝艰难挣扎的表情，然后一切都完了。我紧跨一步，来到老头跟前，抓住那只毫无生气地下垂的、冰冷的、让我毛骨悚然的手，已经摸不到脉搏了。完了，一切都过去了。一个老人走了。但愿我们死时不要比他更痛苦。

可现在有多少事情要做啊！时间紧急，该先做什么？我环视四周，寻求帮助，然而儿子用被子蒙住了脑袋，我们只听见他无休无止的抽泣声。那经纪人在 K 对面两步远的地方，冷冰冰的，一动不动地坐在椅子上，看来，他已经决定什么事也不做，只等着时间一分一秒地流逝。看来只有我来做点什么了，而且马上就是那件最最难办的事，即以某种能让人受得了的方式——其实世界上没有这样的方式——把这个噩耗告诉他那瘦小的妻子。这时，从隔壁房间传来匆匆的碎步走路的声音。

　　她拿来了一件放在炉子上烤暖的睡衣，要给丈夫穿上。她还一直穿着出门穿的衣服，没来得及换呢。"他睡着了。"她看见我们那么安静地待着，就摇了摇头，笑着说。她充满信任地拿起我刚才怀着惊恐抓过的那只手，像夫妇间表示爱抚那样吻了吻它。你瞧，这下发生了什么事啊！我们大家都把眼睛睁得大大的，K 动了一下，大声地打了个哈欠，让妻子给他穿上睡衣，露出既生气又嘲弄的表情，听凭妻子温柔地责备，说他不顾身体，散步过了头。他则令人奇怪地说起无聊什么的，以此解释他为什么睡着了。他在换到另一个房间去以前，躺到了儿子的床上，以免受凉，妻子很快拿了两把椅子放在儿子脚边，把他的头枕到上面。我看了之前发生的事以后，对现在发生的事就一点也不觉得奇怪了。他要人给他拿来晚报，然后拿起报纸放到眼前，对客人不理不睬；他当然没有立刻读起来，而只是浏览，同时以非常敏锐的商业眼光，针对我们的条件，对我们说了几句很不客气的话，一只手总是不断地做着不屑一顾的手势，舌头发出啧啧的声音，表示我们做生意的派头让他反胃。经纪人实在忍不住，说了几句不合时宜的话。他性情粗鲁，甚至觉得对于这里发生的事，他必须做点什么，出口气。然而他这么做，成功的希望当然微乎其微。我很快就告辞走了，几乎要感谢那位经纪人，要是没有他在场，我恐怕不可能那么毅然决然地走出那个房间。

在前厅，我还碰见了那老妇人，我从沉思中惊醒过来，看了一眼她那瘦小的身躯说，她有点让我想起我的母亲。她没有搭理我，我又补了一句："不管别人怎么说，她能创造奇迹。我们弄坏的东西，她能重新弄好。我童年时就失去了她。"我故意说得非常清楚、非常慢，因为我猜想，这老妇人耳朵不好。她恐怕是个聋子，因为她冷不丁地问道："我丈夫看上去怎么样？"此外，从短短的几句告别话可以看出，她把我当成了经纪人。我猜想，要不是把我当成了经纪人，她会对我亲切得多。

然后我走下楼梯。下楼比来时的上楼还吃力，上楼就已经不容易了。啊，什么样失败的生意之路没有啊，我不得不继续挑起那沉重的担子。

卡夫卡年表

> 对我来说不存在高空和远方。……我是灰色的，像灰烬。
>
> 一只渴望在石头之间藏身的寒鸦。
>
> ——卡夫卡

1883 年

7 月 3 日，出生于奥匈帝国治下的布拉格，是家中长子。父亲赫尔曼·卡夫卡（1854—1931）是一位成功的犹太商人，母亲是尤丽叶·卡夫卡（1856—1934）。

1885 年

弟弟格奥尔格出生，后在十五个月大时因麻疹而夭折。

1887 年

弟弟海因里希出生，后在六个月大时因脑脊膜炎而夭折。

1889 年

9 月，入布拉格德意志人民小学读书。妹妹加布丽埃勒出生（又称埃莉，1941 年去世）。

1890 年

妹妹瓦莱莉出生（又称瓦莉，1942 年去世）。

1892 年

妹妹奥蒂莉出生（又称奥特拉，1943 年去世）。

1893 年

9 月，入布拉格旧城德语国立九年制高级中学。因入学成绩优异而跳级。

1896 年

6 月，在吉卜赛人犹太教会堂举行了成年礼。

1897 年

捷克民族主义者发起的反德意志活动很快波及犹太人的商业活动，不过卡夫卡家的男用饰品店幸免于难。

1901 年

7 月，顺利通过高中毕业考试后，首次出远门旅行，到达德国北海之上的诺德奈岛与赫尔果兰岛。

10 月，入查理德语大学读书。起初学习化学，两周后改学法律；就读期间，常去听哲学、心理学、德语文学、艺术史、拉丁语及希腊语的讲座和课程。

1902 年

10 月，在一次学生协会的活动上结识马克斯·布罗德（1884—1968）。布罗德是一位多产作家，后来成为卡夫卡亲密的朋友和其去世后出版作品的编者。

1906 年

获博士学位。按照当时规定，开始在布拉格法院进行为期一年的实习。

1907 年

10 月，进入意大利忠利保险公司布拉格分公司就职。

1908 年

因工作压力大、时间长而从忠利保险辞职，进入国家劳工工伤保险公司就职。在弗朗茨·布莱主编的《许培里昂》杂志上发表散文作品八篇。

1909 年

9 月，与马克斯·布罗德及布罗德的弟弟奥托到意大利北部加尔达湖畔的里瓦度假。回程中，在布雷西亚观看航空展，这次经历成为短篇作品《布雷西亚的飞机》的主题。

1910 年

10 月，与马克斯·布罗德和奥托·布罗德前往巴黎旅行，后来因为背上长有疖子而独自提前返回布拉格。

1911 年

8—9 月，与马克斯·布罗德前往瑞士、意大利北部和巴黎旅行。

10 月，在布拉格萨沃伊咖啡馆观看一个意第绪语剧团演出，与演员伊兹查克·勒维结为朋友，并从后者处了解到许多关于意第绪语戏剧、犹太礼节的知识。

1912 年

6—7 月，与马克斯·布罗德经莱比锡前往魏玛旅行。在莱比锡期间，拜访了布罗德的出版商库尔特·沃尔夫，双方就出版一部短篇小说集达成一致意见。旅行结束时，独自前往哈尔茨山的容博恩疗养院做了三周的自然疗法疗养。

8 月 13 日，在布罗德家遇见菲丽丝·鲍尔（1887—1960）。鲍尔在柏林工作，是布罗德的远亲。

9 月，寄出第一封给鲍尔的信。两天后，仅用一晚创作出被公认为其突破之作的短篇小说《判决》。开始着手创作首部长篇小说《美国》（亦称《失踪者》）。

11—12 月，创作《变形记》。

12 月，首部作品集《观察》由库尔特·沃尔夫在莱比锡出版，印数八百册。

1913 年

三次前往柏林见菲丽丝·鲍尔。

5 月，《美国》第一章以《司炉》为标题单独出版。

1914 年

6 月 1 日，在柏林与菲丽丝·鲍尔正式订婚。

7 月 12 日，鲍尔在与卡夫卡就他写给她的朋友格蕾特·布洛赫的密信当面对质后，解除了两人的婚约。

8 月，第一次世界大战爆发。卡夫卡开始创作第二部长篇小说《审判》（亦称《诉讼》）。

10 月，利用业余时间集中精力创作《审判》，最后却写出了《在流刑营》。

1915 年

1 月，放弃《审判》的写作；自分手后首次见到菲丽丝·鲍尔，为她朗读《审判》中守门人的故事。

12 月，《变形记》由库尔特·沃尔夫出版。剧作家卡尔·施特恩海姆获冯塔纳文学奖，但把奖金转赠给了卡夫卡。

1916 年

与菲丽丝·鲍尔和解。

7 月，与鲍尔在波希米亚度假胜地马里恩巴德共同度过十天。《判决》由沃尔夫出版。

11 月—次年 4 月，以妹妹奥蒂莉在城堡区租的一栋房子为写作基地，创作出多部短篇小说，后结集为《乡村医生》。

1917 年

7 月，与鲍尔前往布达佩斯拜访鲍尔的姐姐，两人再次订婚。

8 月，两次夜间咯血，当时被诊断为结核病。

9 月，搬去波希米亚村庄曲劳，与妹妹奥蒂莉一起生活。

12 月，鲍尔前来探视，卡夫卡因对健康悲观而提出解除婚约。

1918 年

5 月，返回布拉格，重新开始工作。

10 月，患上西班牙流感。

11 月，奥匈帝国覆亡，捷克共和国成立。回公司上班四天后再次获准休假，前往谢莱森疗养。

1919 年

1 月，在谢莱森结识同在那里疗养、家境贫寒的尤丽叶·沃里泽克（1891—1944）。

4 月，返回布拉格工作，得知菲丽丝·鲍尔已经结婚。

9 月，与尤丽叶·沃里泽克订婚，遭到父母极力反对。

10 月，《在流刑营》由沃尔夫出版。

1920 年

年初，职务升迁，权限扩大。

2—3 月，开始与已婚的记者、翻译米莱娜·耶森斯卡（1896—1944）密集通信。

5 月，《乡村医生》由沃尔夫出版。

7 月，解除与尤丽叶·沃里泽克的婚约。

12 月，再次因病休假，在塔特拉山中的一座疗养院待至次年8 月。

1921 年

1 月，结束与米莱娜·耶森斯卡的通信。

9 月，返回公司工作，但 10 月起又请了三个月病假。

1922 年

1 月，病假延至 4 月。住在塔特拉山中的一家旅馆，撰写最后一部长篇小说《城堡》。

7 月 1 日，公司因卡夫卡健康问题而批准其提前退休。

1923 年

7 月，在波罗的海海滨的米里茨度假，与多拉·迪亚曼特（1898—1952）相识。

9 月，搬至柏林，与迪亚曼特一起生活；由于通货膨胀，两人的经济状况非常窘迫。

1924 年

3 月，由于健康状况持续恶化，返回布拉格；创作最后一篇短篇小说《约瑟芬，女歌手或者老鼠的民族》。

4 月，经诊断，结核病已经蔓延至喉部。在迪亚曼特陪伴下，前往维也纳一家喉科诊所治疗，后来又至维也纳北部克洛斯特诺伊堡的一家小疗养院疗养。

6 月 3 日，去世，身边有迪亚曼特陪伴。

8 月，作品集《饥饿艺术家》由锻造出版社出版。

1925 年

经马克斯·布罗德编辑的《审判》由锻造出版社出版。

1926 年

经布罗德编辑的《城堡》由沃尔夫出版。

1927 年

经布罗德编辑的《美国》由沃尔夫出版。

1939 年

马克斯·布罗德在德国入侵前乘最后一班火车离开布拉格，前往巴勒斯坦，随身带着卡夫卡的手稿。